PHILIPP REINARTZ

Fremdland

GOLDMANN
Lesen erleben

Buch

Peng, peng. Zwei nächtliche Schüsse ins Nichts. Zwei
Schüsse, die trotzdem alles verändern. Eine junge Familie aus dem Senegal glaubt nicht mehr an das neue
Leben in der Fremde. Reuelose Polizisten schlagen nie
wieder über die Stränge. Und die uralte Frau in der
Seniorenresidenz singt keine Lieder mehr. Berlin, du
kannst so grausam sein.
Jerusalem »Jay« Schmitt, Leiter der Neunten Mordkommission für besondere Fälle, vermutet ein düsteres
Kapitel seiner eigenen Dienststelle. Für ihn beginnt
alles mit einer rätselhaften Botschaft neben einer Leiche. Und endet dort, wo die Schüsse fielen. Und wieder
fallen werden?

Informationen zu Philipp Reinartz sowie zu lieferbaren
Titeln des Autors finden Sie am Ende des Buches.

Philipp Reinartz

Fremdland

Kriminalroman

GOLDMANN

Sollte diese Publikation Links auf Webseiten Dritter enthalten, so übernehmen wir für deren Inhalte keine Haftung, da wir uns diese nicht zu eigen machen, sondern lediglich auf deren Stand zum Zeitpunkt der Erstveröffentlichung verweisen.

 Dieses Buch ist auch als E-Book erhältlich.

MIX
Papier aus verantwortungsvollen Quellen
FSC® C014496
www.fsc.org

Verlagsgruppe Random House FSC® N001967

1. Auflage
Originalausgabe Januar 2019
Copyright © 2019 by Goldmann Verlag, München,
in der Verlagsgruppe Random House GmbH,
Neumarkter Straße 28, 81673 München
Umschlaggestaltung: UNO Werbeagentur München
Umschlagfoto: Felix Kayser / EyeEm / getty images
Redaktion: Gerhard Seidl
BH • Herstellung: kw
Satz: GGP Media GmbH, Pößneck
Druck und Einband: GGP Media GmbH, Pößneck
Printed in Germany
ISBN: 978-3-442-48804-9
www.goldmann-verlag.de

Besuchen Sie den Goldmann Verlag im Netz

1

Plastikbaken

Und das war dann also Deutschland. Eine Leierkastenfrau mit Handpuppe, ein Stand mit russischen Offiziersmützen und ineinander schachtelbaren Holzfiguren, dazwischen alte, dickbäuchige Männer, die mit großen Kameras das Brandenburger Tor filmten. Und alle wirkten sie unzufrieden. Den Holzfigurenmann nervte die Leierkastenfrau, die Leierkastenfrau nervte der Holzfigurenmann, die Rentner nervte die Sonne, und noch viel mehr nervten alle die Baustellen. Ganz Berlin war eine Baustelle. Kräne ragten aus unfertigen Betonskeletten, Bauwagen standen vor riesigen Gerüsten. Presslufthämmer, Bagger – die Leute hielten sich die Ohren zu oder gingen hustend durch Staubwolken.

Nur Mouhamadou Diallo lief durch die Straßen, durch Lärm und Staub, und lächelte.

Er hatte sich Deutschland in den letzten Monaten immer wieder vorgestellt, auf dem Schiff nach Dakar, im Auto nach Nouakchott, später in Marokko, in Spanien. So hatte er sich sein eigenes Deutschlandbild gemalt. Das echte Deutschland stand ihm dafür nur kurz Modell, in einem Fernsehbericht über den Berliner Reichstag, und nicht einmal da sah man viel, das Gebäude war für irgendeine Kunstaktion vollständig verhüllt worden. Mos Deutschland entstand in seinem Kopf. Und war vor allem eines:

fertig. Ein fertiggestelltes Land, ausgebaut, komplett, alles an seinem Platz. Er dachte an blitzblanke Bürgersteige, Glasfassaden, Menschen in Anzügen, weiße Mauern und Werbeplakate. Das war es, worauf Mo sich freute. Das war es, wovor Mo Angst hatte. Es war wie früher, als sie, noch Kinder, in jeder freien Minute Hütten bauten. Ein Abenteuer, ein herrlicher Spaß, der für ihn genau dann endete, wenn es nichts mehr zu tun gab, wenn die Hütte fertig war. Er wurde Fertigmacher, er wurde Maurer. Und so hatte Mo auf seiner langen Reise gefürchtet, dass Deutschland ihn nicht brauche, weil Deutschland ja schon fertig war.

Jetzt lief er durch die Straßen Berlins und genoss seinen Irrtum. Das Deutschland, das ihn empfing, hatte gar keine Zeit, ihn zu empfangen. Das Deutschland baute und baggerte und zeigte auf großen Schildern vor den Baustellen durchaus präzise, wie blitzblank-glasfassadig-fertig es einmal sein werde. Nur eben noch nicht jetzt. Wenn Mo kurz die Augen schloss und an Deutschland dachte, sah er keine sauberen Bürgersteige mehr. Er sah rot-weiß gestreifte Plastikbaken, in dunklen Fußplatten verankert, mit kreisrunden gelben Lampen, die absperrten und umleiteten und dem Maurer aus der Casamance Hoffnung machten. Während alte, dickbäuchige Männer mit großen Kameras sie möglichst nicht im Bild haben wollten.

Als Erstes, sagte sich Mo, als Erstes brauchte man eine Arbeit. Das würde so schwer nicht werden. Er konnte Französisch, ein bisschen Englisch, er würde an jeden Bauwagen klopfen, Nächte durcharbeiten, in Vorleistung gehen, alles. Als Zweites brauchte man ein Auto. Er hatte noch nie ein Auto besessen, und er hatte schon lange das Foto im Kopf, das er in die Heimat schicken würde, mit ihm und den Frauen. Er am Steuer, Aissa auf dem Beifahrersitz, die kleine Marième auf dem Schoß.

Als Zweites brauche man natürlich kein Auto, als Zweites brauche man ein richtiges Zuhause, entgegnete Aissa, wenn sie darüber sprachen. Nicht nur ein Dach über dem Kopf, ein richtiges Zuhause.

Mo lachte, als er daran dachte. Er liebte sie. Er liebte ihre Stärke. Aissa hatte ihren eigenen Kopf, und ohne den wären sie hier niemals angekommen. Während sie in Dakar auf den mauretanischen Transporter Richtung Rosso warteten, hatten sie einen Film gesehen. *Living in Bondage*, ein Kultfilm der jungen nigerianischen Filmindustrie. Ein Mann opfert seine Frau und wird anschließend von ihrem Geist verfolgt, bis er unter der Brücke landet. Dazwischen noch irgendwas mit Satan, sexueller Belästigung und am Ende evangelikalen Christen, aber das hatten sie beide nicht verstanden und spielte Aissas Meinung nach für die Hauptaussage des Films keine Rolle. Ein Mann opfert seine Frau und wird anschließend von ihrem Geist verfolgt, bis er unter der Brücke landet. So sehe es nämlich aus, hatte Aissa gesagt, das solle er nicht vergessen.

Nein, das würde Mo nicht vergessen, dachte er, während er die Friedrichstraße nach Norden ging, während er nur Chancen sah, rechts und links, rot-weiß gestreift. Sie würden zusammen sein, noch viele Jahre, sie würden sich hier etwas aufbauen und ein Auto kaufen und ein Foto der Familie im Auto in die Heimat schicken.

Mouhamadou Diallo lag falsch.

2

Heimkehr

Jay, mein Junge! Endlich, mein kleiner Sturkopf.« Jeanne umarmte ihren Sohn und schwenkte ihn wie ein Pendel hin und her. Sie rief nach Jays Vater, aber niemand kam zur Tür. »Meine beiden kleinen Sturköpfe. Widder und Stier.« Sie ballte ihre Hände zu Fäusten und rieb sie mit verbissenem Gesicht aneinander. Erleichtert lachte sie.

Jerusalem Schmitt war seit damals nicht wieder hier gewesen, seit dem Fall im Frühsommer. Es war merkwürdig, er war hier groß geworden, kannte jeden Zentimeter des Hauses, des Gartens, und doch saß er jetzt am großen Esstisch und fühlte sich fremd zwischen den Schälchen, den duftenden Dämpfen, saß entfremdet dem Mann gegenüber, der ihn das ganze Essen über nicht ansah. Aus Wut? Aus Scham?

»Lorbeer erstaunt mich immer wieder. So ein kleines, hartes Blatt, staubtrocken, und gibt doch so viel Geschmack ab.«

Jays Mutter war die Einzige, die sich um das Tischgespräch bemühte. Die Normalität wollte. Sie hatte noch mehr gekocht als sonst und noch besser, der Fischeintopf war hervorragend.

»Mhm«, meinte Jay.

Sein Vater nickte.

»Bist du denn die letzten Wochen ein bisschen zur Ruhe gekommen? Das war ja … eigentlich müssten die dir einen Urlaub bezahlen, der ganze Stress, die Anspannung, das ist ja auch nervlich …«

»Ich war gerade zwei Wochen raus.« Jay legte die Gabel ab und griff zu seinem Weinglas. Das Gesicht seiner Mutter machte ihm deutlich, dass ihr diese Antwort nicht genügte. »Engadin, zum Runterkommen.« Noch immer nicht. »Alleine.«

Sie seufzte. Sie wünschte sich Sonya zurück oder irgendjemanden. Mitte dreißig, da musste man doch langsam … Muttersorgen, Jay kannte das. Aber es gab niemanden. Und nie war Jay weiter davon entfernt als jetzt. Er hatte sich eine Ohrfeige gefangen, sich aufgerafft, die nächste hinterherbekommen. Er hatte auf die Falschen gesetzt, aus ganz unterschiedlichen Gründen waren beide die Falschen gewesen. Die eine stand plötzlich nicht mehr auf Männer. Die andere stand mit einem Bein im Gefängnis, bevor Jay sie richtig kennenlernen konnte. Und es kam ihm fast ironisch vor, dass in der Zeitung und beim Sommerfest des Dezernats, dass überall sein *guter Riecher* gelobt wurde, mit dem er *Berlins grausamste Mordserie* beendet habe, mit dem er vor ein paar Monaten dem *irren Serienkiller auf die Schliche gekommen* sei. Sein *guter Riecher* – bei der Damenwahl hatte er sich mehrfach vertan.

Als seine Mutter irgendwann aufstand, halb leere Schalen stapelte, stand Jay auch auf, wollte ihr helfen, sie drückte ihn wieder auf seinen Stuhl zurück.

»Nein, die Küche mache ich, ihr sprecht euch jetzt endlich mal aus.« Ohne eine Reaktion abzuwarten, verließ sie das Wohnzimmer.

Ob sie überhaupt wusste, was zwischen ihm und seinem

Vater los war? Oder hatte er gar nichts gesagt, schon wieder, der verschwiegene Gunther?

Wie damals, in den Neunzigern, als Polizeiobermeister Gunther Schmitt seinen Namen heimlich aus einer Ermittlungsakte entfernen ließ. Eine Akte, die Jahre später, kürzlich erst, für Jay aktuell wurde. Und deren Manipulation beinahe Menschenleben gekostet hätte.

»Ich habe nachgedacht ...« Jays Worte blieben einige Sekunden stumm im Raum stehen. »Ich glaube dir.«

Gunther saß inzwischen leicht seitlich vor dem Tisch, den einen Ellenbogen auf der Platte, die Beine übereinandergeschlagen, führte das Bierglas zum Mund und nahm einen langen Schluck.

»Was glaubst du mir?«

»Die Geschichte vor zwanzig Jahren.«

Die Sache mit der Akte. Gunther hatte damals zu Protokoll gegeben, als Streifenpolizist Zeuge einer Vergewaltigung geworden zu sein. Der Täter wurde angeklagt, verlor Job und Familie, beschwor seine Unschuld. Vergeblich. Dann drehte der Mann durch und tötete. Gunthers Aussage hatte eine Tragödie ausgelöst.

»Ich glaube dir«, sagte Jay, »dass du nichts davon wusstest. Dass du dich getäuscht hast, wie sich jeder Polizist einmal täuschen kann.«

Denn die Vergewaltigung war keine Vergewaltigung gewesen. Das Opfer hatte gespielt, es war eine Inszenierung, eine Intrige mit dem Ziel, einen Menschen zu brechen. Und das hatte geklappt. Bis vor wenigen Monaten, Jahre nach der Tat, jemand dahintergekommen war. Jemand, der Rache wollte. Jemand, der nicht wie Jay glaubte, dass Gunther sich getäuscht hatte. Dass er erst im Nachhinein Selbstzweifel bekam, Angst, etwas falsch gemacht zu haben, und seinen Namen nur aus der Akte verschwinden ließ, um nichts mehr mit dem Fall zu tun zu haben. Jemand, der Jays Vater stattdessen für einen Mitwisser, für Teil des Komplotts hielt. Der Jays Vater beinahe umgebracht hatte.

»Ja, man kann sich täuschen in den Leuten.« Gunthers selbstsicherer Ton überraschte Jay. »Manche sind viel harmloser, als man denkt. Andere hält man für harmlos, und dann …«

Jay wurde klar, auf wen Gunther anspielte. Die Frau, der Jay vertraut und der er die Geschichte von der Vergewaltigung erzählt hatte. Er hatte sie bedenkenlos an seinen Vater herangelassen, nicht wissend, wie wenig auch sie an Gunthers Unschuld glaubte. Am Ende war Gunther mit einer Waffe bedroht worden.

»Sie hatte allen Grund, dir nicht zu glauben.«

»Sie hat mich fast umgebracht, deine Freundin!«, schrie Gunther und ließ das Bierglas dumpf auf dem Holz des Tischs aufschlagen. In der Küche verstummte der Wasserhahn. »Lass uns draußen … ich will nicht, dass Jeanne …«

Gunther stand auf und ging zur Terrassentür. Natürlich hatte er Jays Mutter nichts erzählt. Wie Gunther seiner Familie damals auch nichts von dem Vergewaltigungsfall erzählt hatte. Der ihn auffraß, der ihm Schuldgefühle machte. Den er einfach nur vergessen wollte, auslöschen, so sehr, dass er tat, was nicht in Ordnung war.

»Ein Polizist zeigt eine Vergewaltigung an, lässt dann aber heimlich seinen Namen aus der Strafakte verschwinden. Hält die Klappe, als der Fall Jahre später wieder heiß wird und sogar der eigene Sohn die Mordkommission leitet. Was hätte sie denn denken sollen?«

Die beiden liefen über die symmetrisch verlegten Steinplatten der Terrasse Richtung Garten. Gunther vorn, ohne sich umzudrehen.

»Wer? Deine Freundin?«

»Das war nicht meine Freundin.«

Sie waren am Gartenhaus angekommen, Gunther zog hinter Jay die Tür zu. Die Werkbank, die beschrifteten Fächer und Halterungen. Hier war es gewesen. Hier hatten sie zu dritt gestanden, Jay, Gunther und die Frau mit der Waffe.

»Dann hast du sie ja hoffentlich festgenommen«, sagte Gunther.

Jay schwieg.

»Versuchter Mord. Ganz zu schweigen von Mitwisserschaft einer Straftat.«

Jay war noch immer ruhig.

»Du deckst sie? Du deckst die Frau, die deinen Vater umbringen wollte?«

Jays Schweigsamkeit schien Gunther nicht zu irritieren. Er musste damit gerechnet haben, dass Jay sie laufen gelassen hatte.

»Du machst da etwas hochgradig Illegales, Strafvereitelung im Amt.«

Darum ging es. Jays Vater hatte nicht nur damit gerechnet, sondern es sich eigentlich gewünscht. Damit er Jay genau das vorwerfen konnte. Sich nicht korrekt verhalten, rechtswidrig gehandelt zu haben. Damit Gunther nicht der Einzige war.

»Genauso illegal, wie seinen eigenen Namen aus einer Strafakte verschwinden zu lassen«, flüsterte Jay.

»Dann sind wir ja quitt.« Gunther stützte sich mit beiden Händen an der Werkbank ab.

Natürlich waren sie nicht quitt. Jay hatte einem traumatisierten Mädchen das Gefängnis erspart. Sein Vater hatte die Ermittlung in einem Mordfall behindert und mehrere Menschen durch sein Schweigen in Lebensgefahr gebracht. Und ja, er, Jay, glaubte Gunther zwar, dass er das damals wirklich für eine Vergewaltigung gehalten hatte. Dass er den Namen nur aus der Akte löschen wollte, um mit der Sache abzuschließen. Andere würden das nicht so sehen. Würden Gunther verdächtigen, da mit dringehangen zu haben.

»Nein, sind wir nicht«, sagte Jay. »Du kannst viel tiefer fallen.«

Gunther lachte auf.

»Bist du sicher? Du sitzt viel höher als ich.«

Da mochte sein Vater recht haben. Jay stand als Leiter der neu gegründeten Neunten Berliner Mordkommission für besondere Fälle im Fokus der Aufmerksamkeit. Gerade nach dem erfolgreich aufgeklärten ersten Fall. Gunther war Polizeiobermeister im Ruhestand.

»Wir sollten es nicht darauf ankommen lassen. Ich versuche, dich da rauszuhalten, aber du musst mir die Wahrheit sagen.«

»Was für eine Wahrheit?«, fragte Gunther. Er stand noch immer unbeweglich vor der Werkbank. In seinen Brillengläsern spiegelte sich die lose von der Decke hängende Glühbirne.

»Wer hat das mit der Akte gemacht?«

»Was meinst du?«

Gunther hätte einfach einen Namen nennen können. Keine ausweichende Gegenfrage. Dann hätte Jay nicht sagen müssen, was er lieber nicht sagen wollte.

»Du warst ein einfacher Polizist. Du hattest keinen Zugang zum Archiv unseres Dezernats. Wer hat das für dich gemacht?«

Gunther wirkte auf einmal wieder nervös.

»Jay, das ist … ich kann das nicht.«

»Ich helfe dir nur, wenn ich weiß, was damals passiert ist.«

Gunther sah auf den Boden. Das Licht war von seiner Brille gewichen, warf nun einen hellen Kreis auf seine Stirn.

»Das war ja gar nicht meine Idee. Da kam dieser Kollege, den ich kontrolliert hatte, Alkoholfahrt. Der hat das vorgeschlagen, angeboten. Gefallen gegen Gefallen. Aber das waren an dem Tag auch besondere Umstände …«

»Wie hieß der Kollege?«, unterbrach Jay seinen Vater schroff. Gunther blickte unsicher auf.

3

Platzangst

Wenn es Abend wurde, wenn Marième in ihrem Zimmer zum Einschlafen Kassetten hörte, und Mo, der endlich eine Arbeit gefunden hatte, noch nicht heimgekommen war, dann durfte Aissatou Diallo weinen.

Weil sie unsicher war, ob sie hier glücklich werden konnte, in einem fremden, kalten Land. Weil sie Mo nicht mehr fröhlich sah, seit er sich weiter und weiter in sich zurückzog. Weil sie die Casamance vermisste, die satte grüne Landschaft, die so anders war als das Bild, das sich die Welt von Afrika machte. Und weil sie mit ihren siebenundzwanzig Jahren nicht wusste, ob sie jemals wieder ihre Mutter umarmen würde. Die Lösung schien auf den ersten Blick einfach. Raus aus dem kalten Land, in die grüne Landschaft, zu Maman. Doch obwohl es im Widerspruch zu all ihren anderen Sorgen stand, war genau das ihre größte Angst: zurückkehren zu müssen. Denn das hieße auch: zurück zwischen die Fronten einer Armee und einer Rebellengruppe, denen beiden der Tod der anderen egal war und die den eigenen Tod bedenkenlos riskierten.

Ihre Angst, zurückkehren zu müssen, war nicht unbegründet. Die ersten Wochen hatte sie es gar nicht wahrgenommen, war überwältigt vom großen Berlin. Sie hatten eine unendliche Reise überstanden und einfacher als gedacht einen Schlafplatz gefunden. Eine kleine verwinkelte

Wohnung in einem besetzten Haus, in Berlin kam jeder irgendwo unter. Erst als sie zufällig auf eine Demonstration stieß, die Schilder sah, auf denen *Whites only?* und *Against Police* stand, erschrak sie. Sie sprach einen der jungen Demonstranten an, er trug eine Lederjacke, sah sympathisch aus. Er konnte Französisch und erzählte ihr von einem Gesetz, nach dem Schwarze und Migranten an bestimmten Orten in der Stadt keine Rechte hätten. *Gefährliche Orte* nannten sie es. Eine große Partei, die des dicken Kanzlers, Aissa erinnerte sich nicht mehr an die Buchstabenkombination, wolle sogar die ganze Stadt als gefährlichen Ort deklarieren. Woher sie denn komme, fragte der Mann. Oh, Senegal, schwierig. Die Regierung habe den Staat zwar gerade von der Liste der sicheren Herkunftsländer gestrichen. Aber nur vorübergehend, in ein paar Monaten solle das wieder rückgängig gemacht werden.

Aissa schüttelte den Kopf. Diese Deutschen. Während deren größte Sorge – eine Nachbarin übersetzte ihr manchmal die Titelblätter der Boulevardzeitungen – die Lautstärke irgendeiner Musikparade in der Hauptstadt war, machten sie Listen von Ländern, die sie *sicher* fanden. Und setzten da ein Land darauf, in dem wenige Tage vor ihrer Ausreise ihr Grundschullehrer mit Plastik verbrannt in einer Baracke gefunden worden war, in einer offenen Wunde am Hals drei ausgedrückte Zigaretten.

Die Demonstration verstörte sie. Sie wollte dem jungen Mann nicht glauben. Am nächsten Tag, als Mo wieder losgezogen war, nahm sie Marième an die Hand und ging mit ihr los. Lief entschlossen und ohne Angst zum Alexanderplatz, einem der Plätze, von denen der Demonstrant ihr erzählt hatte, überquerte ihn, lachte, blieb vor einem Elektronikgeschäft stehen und blickte auf den Platz. Sie hatte sich aus der afrikanischen Provinz bis in die deutsche Hauptstadt gekämpft, so leicht würde man sie nicht mehr los. Sie ging mit Marième zu der Säule mit den Uhrzeiten der Welt, niemand hinderte sie daran. Dann in Richtung der S-Bahn-Station. Dort sah sie die Polizei schon aus der Ferne, ließ sich nicht irritieren, lief stolz über die Pflastersteine – und hörte die Stimme. *Stopp*, so viel Deutsch verstand sie, dann folgten unfreundlich fremde Laute. Der Alexanderplatz war voll. Alte, Junge, Frauen, Männer. Aber sie wurde angehalten, wurde auf Englisch gefragt, was sie mache. Jemand griff nach ihrer Tasche, sah hinein, ohne zu fragen, drückte sie ihr unsanft zurück in die Hand. Aissa blieb stark, sagte nichts, zitterte nicht, packte die Hand ihrer Tochter noch fester als vorher und ging nach Hause.

Und auch da bewahrte sie Haltung, malte mit der Kleinen, hörte eine der deutschen Kinderkassetten, von denen sie kein Wort verstand, machte ihr das Abendessen. Sie dachte an den Spruch, den ihre Mutter immer gesagt hatte. Aissa wusste nicht, ob es eine Volksweisheit war, ein Dichterzitat oder einfach dem Geist Mamans entstammte: Der Starke ist nicht stärker als der Schwache. Er weiß nur, wann er stark sein muss.

Als Marième im Bett war, ging Aissa ins Badezimmer, stellte sich vor den Spiegel, knotete das gelbbraune Kopftuch auf, legte die Ohrringe ab, machte den Wasserhahn an, sah in ihr Gesicht, ihr stolzes, unverwüstliches Gesicht. Und begann zu weinen. Heulte, schluchzte, ließ für ein paar Minuten alles raus. Sah sich dabei immer wieder an, wollte sich weinen sehen im Spiegel. Sie hasste den Anblick, und es gab ihr Stärke, half ihr, in anderen Situationen die Haltung zu bewahren. So verletzlich durfte nur sie sich sehen, so sollte niemand anderes sie sehen können.

Es dauerte nie lange, fünf Minuten, manchmal zehn. Dann reichte es ihr. Dann drehte sie den Hahn zu, tupfte sich das Gesicht trocken, griff nach ihren Ohrringen, wickelte das Tuch um die Stirn und verließ das Badezimmer. Wenn Mo nachher nach Hause kommen würde, traurig oder schlecht gelaunt wie die ganzen letzten Wochen, schweigend über seine Arbeit auf dem Bau, würde sie wie immer seine Aissa sein, seine Stütze und sein Sonnenschein, die ihn aufbaute und von besseren Zeiten erzählte und ihm das von Marième gemalte Bild neben die Suppe legte. Alles hatte seine Zeit.

4

Fragezeichen

Jay hatte die Keithstraße in den letzten beiden Wochen nicht vermisst. Er ging entlang der groben Steinfassade bis zum Eingang, nickte dem Pförtner zu, nahm routinemäßig den linken Treppenaufgang mit der Gedenktafel der im Ersten Weltkrieg verstorbenen Polizisten, verzichtete auf den Aufzug, fragte sich wie jedes Mal, wie lange sie eine Renovierung der Flure und Treppen noch vor sich herschieben wollten, wurde von zwei flüchtig bekannten Kollegen wissend gegrüßt, lief endlich auf die Tür zu dem Flügel zu, den sie für die Neunte Mordkommission freigeräumt hatten. Es war einfacher geworden, das Grüßen. Das wissend Gegrüßtwerden. Es war schon länger so, dass viele, die Jay kaum kannte, ihm ahnungsvoll zunickten. Aber inzwischen aus anderem Grund. Bis vor ein paar Monaten war er der Kommissar, der etwas mit einer Kollegin gehabt hatte, bis diese ihn für eine Frau verließ. Jetzt war er der Kommissar, der mit einer neu gegründeten Spezialeinheit eine Mordserie aufgeklärt hatte. Zumindest hoffte Jay bei jedem Nicken auf diesen Imagewandel.

»Tock, tock«, sagte er und klopfte an den Rahmen der offen stehenden Tür des Konferenzraums.

»Jay!«

Das Team saß um einen großen Tisch. Handschriftliche Notizblätter, ausgedruckte Mails und sechs Kaffeetassen deuteten auf eine Mischung aus Case Team Meeting und langem Frühstück hin. Es war ruhiger geworden. Seit dem Fall im Frühsommer kamen nicht viele ungewöhnliche Morde rein. Fast alles Bekanntsachen, wie sie hier sagten, Fälle, bei denen der Täter quasi auf der Leiche saß, zumindest aber leicht zu ermitteln war. Und selbst die Unbekanntsachen waren eigentlich zu gewöhnlich für Jays Abteilung. Raubmorde, Unfälle mit Fahrerflucht, nichts Ungewöhnliches.

»Ich habe euch was mitgebracht«, sagte Jay und stellte einen bunten Karton auf den Tisch. »Engadiner Nusstorte, passend zu eurem Kaffeekränzchen hier.«

»Kaffeekränzchen? Wir sind noch mal die letzten …«

»War Spaß, Marcel.«

Jays Vertreter sah auf die Uhr und kündigte der Runde eine viertelstündige Pause an. Dann mache man mit der Neunzehn-Zwo weiter. Und ob er Jay einmal kurz sprechen könne?

Sie gingen gemeinsam in den Spiegelsaal. Den extra für die neue Mordkommission eingerichteten Verhörraum, fensterlos, mit verspiegelter Scheibe. Den Raum, den die Dezernatsleitung wohl als Vorzeigeprojekt für die neu geschaffene Mordkommission angedacht hatte. Der aber im Bürgeramtsflair seiner Umgebung merkwürdig lächerlich wirkte. Und der Jays Einheit noch mehr von den anderen abhob, was ihm eher unangenehm war, trug er als international ausgebildeter Ermittler doch ohnehin den oft lästigen Elitestempel auf der Stirn. Vor allem aber hatte der neue Raum das für Jay vorgesehene Einzelbüro verdrängt. Er sollte mit seinem Stellvertreter Marcel zusammensitzen und dafür war er, jenseits allen Elitegehabes, einfach nicht gemacht. Er brauchte Ruhe, er brauchte das Gefühl eines ihm zugedachten Raums, zum Nachdenken, zum Vordenken. In einem Zweierbüro bewegte sich zu viel, auch wenn es nur die Augen des Kollegen waren. Und deswegen wurden die Verhöre weiterhin in den Befragungszimmern mit Schreibkraft durchgeführt, im Spiegelsaal stand Jays Schreibtisch, und dort war seine Hinweiswand.

»Schweiz war gut?«, wollte Marcel wissen.

Jay erwähnte kurz die Sonne, das Essen, *bisschen abgeschaltet. Schön, schön.* Innerhalb weniger Sekunden war der Informationsgehalt einer Urlaubspostkarte übermittelt.

»Und hier?«

»Ich ... ich bin endlich mal dazu gekommen, alles für den Abschlussbericht zusammenzustellen.«

Als Jays Vertreter war Marcel Schriftführer.

»Und, alles fertig?« Jay merkte, wie zögerlich Marcel wurde.

»Es gibt immer noch keine Erklärung, warum der Vordruck 95 in der Akte fehlt. Die Anzeige, die dein Vater nach der Vergewaltigung erstellt hat.«

Ausgerechnet jetzt wurde Marcel zum Fleißarbeiter. Der Fall schien ihn beflügelt zu haben, auch Jays Kritik damals. Die ganzen letzten Wochen machte er mehr als früher, zeigte sich, war den anderen gegenüber präsenter. Alles gut, nur bei diesem einen Punkt wünschte sich Jay den alten, einfachen Marcel zurück.

»Schlamperei. Schau dir das Archiv da unten doch an. So chaotisch sah es früher bei uns nur bei der Schulbuchausgabe aus. Die Anzeige wurde da nie abgeheftet.«

»Ich dachte nur ... kannst du nicht vielleicht noch mal mit deinem Vater reden?«

»Marcel ...«

»Ob er irgendeine Idee hat?«

»Ich habe mit ihm gesprochen, gestern erst.« Jay ließ sich keine Nervosität anmerken. »Er kann es sich selbst nicht erklären.«

»Und auch das mit der Waffe …«

Die Scheißwaffe. »Was?«

»Die Spurensicherung sucht den ganzen Tatort ab, findet die Waffe des Täters nicht. Und am nächsten Tag liegt sie doch dort?«

Ja, Marcel, weil die Frau, der ich vertraut habe, die Waffe vom Tatort verschwinden ließ und damit meinen Vater bedrohte. Und weil ich sie danach trotzdem nach Hause gefahren und diese Scheißpistole wieder zum Tatort gebracht habe. In Gedanken formulierte Jay die Antwort, die er nicht geben durfte.

»Die SpuSi ist halt nicht perfekt. Wir haben in dem Fall am Anfang auch Fehler gemacht.«

Zufrieden schien Marcel mit Jays Erklärungsversuchen nicht zu sein. Einen Moment redete keiner. Sie brauchten bald einen neuen Fall, dachte Jay, dann wäre Marcel beschäftigt. Dann könnte er sich da beweisen und die alte Geschichte ruhen lassen. Um die würde sich Jay schon allein kümmern.

»Na ja, vielleicht können wir den Abschlussbericht ja heute Nachmittag noch mal zusammen …«

»Heute Nachmittag ist schwierig, da treffe ich einen Kollegen.« Es war nicht gelogen. Jay dachte an den Zettel in seiner Hosentasche. Gunther hatte ihm den Namen buchstabiert.

5

Tempelhof

Dezernat 42, Sonya Mainitz. Jay starrte auf das Türschild. Sie könnte ihm bestimmt weiterhelfen, wüsste, ob es den hier noch gab.

LKA 4, am Tempelhofer Damm, zwanzig Minuten hatte er vom Morddezernat mit dem Auto gebraucht. Hier arbeitete sie seit der Trennung. Seit sie plötzlich nicht mehr das Paar der Dritten Mordkommission waren. Sie, die junge Analystin, er, der junge Ermittler. Seit Sonya nur noch die Lesbischgewordene war und Jay der dafür Verlassene. Sie hatte vorher schon an einem Querschnittsprojekt mit mehreren LKA-Abteilungen gearbeitet, einer Software zum Predictive Policing, mit der sie Straftaten durch gesammelte Daten vorausahnen und verhindern wollten. Hatte dadurch viel mit dem LKA 4 zu tun, wo sie *Organisierte Kriminalität, Banden, Eigentum* und *Rauschgift* machten. Nach der Trennung ließ sie sich hierherversetzen. Inzwischen war ihr Verhältnis okay. Für den Fall im Frühsommer hatten sie Sonya sogar wieder ins Team geholt. Die Dezernatsleiterin hatte es Jay anschließend freigestellt, ihr eine Stelle bei der Neunten zu schaffen. Aber Sonya und er waren übereingekommen, dass es so besser sei. Sie hier, er da. *Man könne ja trotzdem im Einzelfall ... temporär ... na klar, kein Problem, jederzeit gerne.*

Jay drehte sich weg von der Tür und ging den Flur entlang. Sie hätte ihm auf jeden Fall geholfen. Aber er hatte gar nicht vorgehabt, zu ihr zu gehen. Er wollte sie nicht noch weiter reinziehen. Es war schon genug verlangt, dass Sonya sich ruhig verhielt. Sie war die Einzige, die von Gunthers Fehltritt wusste. Sie hatte es sogar herausgefunden, die Sabotage der Akte.

Jay stand inzwischen vor einer anderen Tür im LKA 4. Dezernatsleitung. Er sah noch einmal auf den Zettel mit dem Namen, übte flüsternd den ersten Laut, *Grze, Grze*. Dann klopfte er an die Tür.

»Ja«, hörte Jay und trat ein. Ein vielleicht fünfzigjähriger Mann mit hellblauem Hemd, himmelblauer Krawatte und schwarzem Sakko saß hinter einem Eckschreibtisch.

»Sie sind Steffen Bäumert?«

»Ich bin Steffen Bäumert«, sagte der Mann und sah Jay durch seine rahmenlose Brille an. »Und Sie sind …?«

»Jerusalem Schmitt, Kollege von der Neunten …«

»Ahhh, Herr Schmitt, ja, den Namen hat man jetzt mal gehört …« Bäumert lachte freundlich und reichte Jay die Hand. »Das war ja ein richtiger …«, Bäumert zögerte, weil er den Satz zu schnell begonnen hatte, jetzt fehlte ihm ein passendes Wort, »Schuss«, sagte er dann und schien seine etwas schiefe Wendung selbst zu bemerken.

»Jaja«, antwortete Jay, »ein ruhiger Start in den Job war es auf jeden Fall nicht.«

Er sah Bäumert in kakifarbener Cargohose, Weste und Kurzarmhemd und mit knallrotem Gesicht vor einer Tempelruine stehen. Nicht in Gedanken, sondern auf dem Bild im Rahmen neben dem Computer. Vater, Mutter, Kind, Kind, Kind.

»Was führt Sie zu mir?« Bäumert deutete auf den Stuhl vor dem Schreibtisch.

Jay setzte sich. »Nichts Großes, es ist eher eine private Sache. Die letzten Wochen sind ruhiger, da ist auch mal wieder Zeit für persönliche Angelegenheiten. Dieter Grzesinski arbeitet nicht mehr hier, oder?«

»Grzesinski?«, stieß Bäumert mit heller Stimme freudig aus. »Lange nicht mehr, der müsste über siebzig sein.«

»Aber der saß mal hinter Ihrem Schreibtisch?«

»Ja, jahrelang. Ich bin sein Nachfolger.« Bäumert lehnte sich nicht in seinen Stuhl zurück, saß aufrecht vor dem aufgeräumten Schreibtisch. »Kennen Sie ihn?«

»Indirekt. Wir haben einen gemeinsamen Bekannten.«

»Ach so.« Bäumert nickte.

»Ich müsste mit ihm sprechen und finde keine Kontaktdaten. Wissen Sie, wie ich ihn erreichen kann?«

»Ähhh ...« Bäumert überlegte. »Schwierig auf jeden Fall. Der sitzt glaube ich seit Jahren in seiner Hütte am See.«

»Mail? Telefon?«

»Damals meinte er, dass er das alles lassen will.«

»Und wo ist die Hütte?«

Auf dem Rückweg durch das große Gebäude lief Jay so, dass er noch einmal an Sonyas Büro vorbeikam. Am liebsten hätte er doch geklopft, hätte ihr davon erzählt, von dem kleinen Deal zwischen seinem Vater und dem LKA-Mann. Dem Deal, den er versuchte nachzuvollziehen. Sie war emotional inzwischen ganz weit weg von ihm, kein Objekt von Sehnsucht oder Nostalgie, nur eine nicht verheilte Wunde. Aber er spürte ein Vertrauen, oder besser, eine Vertrautheit, die er so mit keinem anderen Menschen je gehabt hatte. Das war nicht weggegangen, das ließ sich nicht beenden durch eine Trennung. Man konnte sich hassen oder nichts mehr miteinander zu tun haben wollen oder wie in seinem Fall tief gekränkt sein. Ein blindes Verständnis, ein Nur-ein-Blick-von-dir-und-ich-wusste-genau-Gefühl würde immer weiter bestehen. Und in dieser Hinsicht, und nur in dieser, vermisste er Sonya sogar.

Einige Stunden später, während Jay beim Polizeisport mit zwei Hanteln auf den Schultern immer wieder in die Knie ging und aufstand, kam ihm der Gedanke noch einmal. Dass er Sonya vermisste. Bisher hatte er sich das nie eingestehen können. Und es stimmte ja auch nur halb. Der Verlust von Sonya als Partnerin war das eine, das Unumstößliche, der dicke, fette Filzstiftschlussstrich. So schlimm und überraschend es für ihn gewesen war, damit konnte Jay umgehen. Es war aus und vorbei. Über den Verlust von Sonya als Freundin, als Seelenverwandte kam er hingegen viel schwieriger hinweg. Die ganzen Jahre hatte es nur sie beide gegeben. Nicht, dass Jay keine Interessen gehabt hätte. Er sah gerne gute BBC-Dokumentationen, mochte karge Landschaften mit wenig Trubel, las Bücher über Psychologie und Persönlichkeitsentwicklung, mochte es, sich mit anderen zu messen. Aber alles war immer mit Sonya. Mit ihr saß er vor dem Fernseher, mit ihr plante er die Fahrradtour durch die Sierra Nevada, mit ihr unterhielt er sich stundenlang über *Grundformen der Angst*, Fritz Riemanns tiefenpsychologisches Meisterwerk. Je mehr er sich Sonya öffnete, desto mehr verschloss er sich anderen. Neue Freundschaften, die über gerade im Großstadtleben überall anzutreffende Bekanntschaften hinausgingen, hatte Jay in der Zeit ihrer Beziehung praktisch keine geknüpft.

Auch hier nicht, wo er mindestens dreimal die Woche hinging, um sich für seinen Job fit zu halten. Wie er seinen Blick schweifen ließ, sah er fast nur Gruppen, zumindest Grüppchen, zumindest nebeneinander trainierende, die sich zwischen ihren Sätzen unterhielten. Ständig wurde irgendwo gelacht. Er selbst hatte Kopfhörer im Ohr, meistens sogar ohne Musik, mehr als Mittel zum Zweck, um eben nicht angesprochen zu werden. Und gleich würde er noch beim Thailänder vorbeigehen, die Rindfleischstreifen in Austernsauce mitnehmen und allein auf der Couch die Arktis-Dokumentation fertig schauen. Ohne mit irgendjemandem über die Rückkehr ins Büro, den Besuch bei Bäumert, die Kniebeugen, das Fleisch oder die Unterwasseraufnahmen zu sprechen. Alles machte er mit sich allein aus. Mit zitternden Oberschenkeln kämpfte sich Jay ein letztes Mal aus der Hocke nach oben und warf die Hanteln tief ausatmend von den Schultern.

6

Fleißhände

Mo hatte bereits den Blinker, die Hupe und das Nebellicht betätigt, bis er endlich den Scheibenwischer fand. Dann konnte es ja losgehen. Es war passend, dass die Jungfernfahrt nicht wie in seiner Vorstellung mit Frau und Tochter bei Sonnenschein stattfand, sondern er sich allein durch dichten Regen kämpfte. Und auch nicht in einem richtigen deutschen Auto, sondern einem beinahe auseinanderfallenden Japaner. Aber egal, er hatte das Auto, für einen Moment vergaß er alles andere und freute sich. Punkt zwei war abgehakt.

Dann dachte er wieder an Punkt eins, die Sache mit dem Job. Durfte er das abhaken? Er erinnerte sich an die rotweißen Plastikbaken, in denen er sich so getäuscht hatte. Sie waren keine Chancen, sie waren Schranken, sie sperrten ab und ließen niemanden durch, zumindest nicht ihn. Er war umhergezogen, von Baustelle zu Baustelle, hatte immer gefragt, wer hier *in charge* sei, bekam meistens keine Antwort, manchmal deutete jemand mit dem Zeigefinger in eine unbestimmte Richtung. Mo hatte an die Fenster der Bauwagen geklopft, war wütend beschimpft worden, in der hässlichsten Sprache der Welt, andernorts ergaben sich nette Gespräche, die mit freundlichem Achselzucken endeten. *This is not Africa here*, sagte ein bärtiger Mann mit Helm und wedelte mit einem Blatt Papier. Dann wiederholte er mehrmals den Namen des Schriftstücks, immer langsamer und lauter werdend, aber es sagte Mo nichts, eine Erlaubnis oder ein Vertrag oder so was, irgendetwas, was man brauchte, um hier zu arbeiten, und was er eben nicht hatte. *Thank you, goodbye.*

Mo kurbelte das Fenster runter. Er wollte kurz seinen Kopf in den Regen halten, kurz die kalten Tropfen auf seinem beinahe kahl geschorenen Schädel spüren. Er wollte aufwachen. Das konnte es noch nicht gewesen sein, dafür war er nicht nach Deutschland gekommen, hatte alles aufgegeben, hatte seiner Frau und seiner Tochter ein besseres Leben versprochen. Alles musste sich ändern.

Aber was hätte er machen sollen? Er war Tage umhergezogen, Wochen, er hätte jede verdammte Arbeit gemacht. Am Anfang stellte er sich als Maurer vor, dann als Handwerker für alles Mögliche. Hausmeister wäre auch gegangen, Sicherheitsdienst, Müllmann, Möbelpacker, Supermarktregaleinräumer, Reparateur. Es gab doch unendlich viel zu tun in diesem Land, in dieser Stadt. Es gab hier nicht nur Bauern und Erdnüsse. Es gab endlose Ketten von Jobs, die gemacht werden mussten, nur ließ ihn niemand. Bis ihm eines Tages ein Polier eine Nummer aufschrieb. Hier auf der Baustelle gebe es nichts, aber er habe einen Bruder, der immer wieder Leute suche, für verschiedene Sachen. Mo hatte Hoffnung. Er rief direkt an, wurde in eine Hochhaussiedlung bestellt und stand am selben Abend in einem sauberen Hemd vor der Tür. Es öffnete ein verschlafener Mann im Trainingsanzug, der angab, gerade aufgestanden zu sein. Mo lächelte unsicher. Sie setzten sich an, einen Couchtisch, der Mann steckte sich eine Zigarette an und mit einem mit dem Rauch ausgestoßenen *Tell me a bit about you* bat er Mo, von sich zu erzählen. Und Mo erzählte.

Ohne zu wissen, wofür er sich gerade bewarb. Von der Casamance, seiner Arbeit dort auf dem Bau, von der Überfahrt nach Deutschland, von der Unmöglichkeit, in Berlin einen Job zu finden. Der Trainingsanzugmann lachte. *There are always things to do.* Dann kratzte er sich am Hinterkopf und trank Wasser aus einer halb vollen Plastikflasche.

Ein paar Monate war das inzwischen her. Mo hatte erst abgelehnt, glaubte noch daran, einen normalen Job zu finden. War wie ein Irrer umhergerannt in diesen Tagen. Dann hatte er es begriffen. Als Asylbewerber durfte er offiziell nicht arbeiten, durfte offiziell keine Wohnung mieten und auch kein Auto besitzen. Der offizielle Weg, den er eigentlich einschlagen wollte, war ihm versperrt. Es ging nur noch um die Frage: Illegale Arbeit oder keine Arbeit? Und keine Arbeit war: keine Wohnung, kein Essen, keine Zukunft, kein Auto. Nach zwei Wochen war er wieder vor dem Hochhaus aufgekreuzt, im gleichen Anzug hatte der gleiche Mann vor ihm gestanden, sich zwar nur vage an Mo erinnert, aber ja, das Jobangebot stehe natürlich noch.

Als Mo zu Hause ankam, war der Regen schwächer. Er stellte den Scheibenwischer aus, blieb noch kurz im Auto sitzen, dann ging er hoch zu Aissa und Marième. Er schämte sich inzwischen, nach Hause zu kommen. Er schämte sich, wenn er Aissa zur Begrüßung einen Kuss gab, wenn er Marième umarmte. Wenn er beim Abendessen Aissas kämpferische Worte von einer besseren Zukunft hörte. Noch viel mehr, wenn sie wie heute nach seinem Tag fragte. Er erzählte von einem Bauprojekt in Mitte, von ordentlicher Bezahlung. Sie lächelte und gab ihm einen Kuss. Sie stelle sich das vor, meinte sie dann, Mo mit gelbem Helm und Weste zwischen den ganzen deutschen Arbeitern. Sie lachte. Nichts verstand sie, als Asylbewerber durfte man nicht arbeiten, keine Wohnung haben, kein Auto, Mo hatte begriffen.

Er nahm sie bei der Hand und schob die Gardinen beiseite, zeigte auf das rote Klappergestell vor der Tür. Aissa nahm beide Hände vor den Mund. Wirklich? Er nickte. Sie umarmte ihn und flüsterte ihm ins Ohr, wie stolz sie sei. Mit seiner Hände fleißiger Arbeit habe er das erreicht.

Da musste Mo fast weinen, so sehr schämte er sich. Ja, ganz falsch lag sie nicht. Mit seiner Hände fleißiger Arbeit. Ab mittags stand er jeden Tag im Park, suchte Blicke und Gesten, deutete mit Daumen und Zeigefinger am Mund einen imaginären Zug an, sagte *Smoke? Smoke?* und nahm, wenn er erfolgreich war, mit der einen Hand den Geldschein entgegen, während die andere das kleine Tütchen mit dem in Alufolie verpackten Brocken aus der Hosentasche holte. Mit seiner Hände fleißiger Arbeit.

7

Wartenweg

Das Wetter war sonniger als angekündigt, auch mit der Temperatur hatten sie sich um ein paar Grad vertan. Viele solcher Wochenenden würden nicht mehr kommen, bald packte sich die Stadt wieder ein. Jay entschied sich, die letzten Kilometer zu laufen. Er interpretierte das Gekritzel auf seinem Zettel. Er hatte sich die Umrisse des Sees aufgemalt, vertraute nicht auf den mobilen Empfang jenseits der Großstadt. Bei dem rechten unteren Zipfel käme er an, dann noch eine Viertelstunde am See entlang. Bis irgendwo der Wartenweg sein musste. Eine Hausnummer hatte Bäumert nicht für ihn gehabt, Wartenweg sei alles, was Grzesinski ihm damals aufgeschrieben habe. Jay ging los.

Keine Mails, kein Telefon. Er konnte das gut nachvollziehen. Vor allem, wenn man ein Lebensalter erreicht hatte, in dem man nichts mehr gefragt werden wollte. Mails und Telefonate waren ja meist Mittel zum Zweck, aber irgendwann gab es keinen Zweck mehr. So was hier, ein Sommertag, ein, zwei Grad wärmer als gedacht, war Zweck genug. Mit dem See schien Grzesinski alles richtig gemacht zu haben. Es war nicht einer der überlaufenen und überplanschten, wo jedes Ufer mit Badehandtüchern und Kühlboxen belegt war, Kioske standen oder Segelklubs und Villen. Das Wasser des Sees hier war trüber, und vermutlich war das seine Rettung.

Der Wartenweg schien wirklich zu einer Vogelwarte zu führen, zumindest laut einem an einen Baum genagelten Wegweiser. Die Sache mit der Hausnummer stellte kein großes Problem dar. Häuser gab es hier keine. Eine Forsthütte, eine Laube mit verriegelten Fensterläden und unabgeschlossenen Fahrrädern, dann schlängelte sich der weiche Waldweg weiter Richtung See. Ganz am Ende stand sie, die Hütte. Ein kleines Häuschen mit großem Dach, am Steg ein Ruderboot. Vom Weg aus sah Jay nur die schattige Rückseite, und als er auf den Steg zulief, die zum See ausgerichtete, sonnenbestrahlte Front. Und die holzbeplankte Terrasse davor, auf der ein dicker Mann mit geschlossenen Augen und schlaff herunterhängenden Armen in einem Campingstuhl döste. Eine Klingel gab es nicht, nicht einmal ein Zauntor, an das man klopfen konnte. Jay ging näher heran, sah die aufgeschlagene Zeitung auf dem Bauch des Mannes, mit einem beschwerenden Brillenetui vorm Wegfliegen gehindert.

»Hallo?«

Jay vernahm ein schwaches Röcheln aus dem offen stehenden Mund. Braun gebrannt war er, kurze graue Haare säumten nur an den Seiten den wuchtigen Schädel.

»Hallo? Herr Grzesinski?«

Dann öffneten sich zwei kleine Augen.

»Jerusalem Schmitt, Neunte Berliner Mordkommission.«

Ein paar Minuten später saßen sie am kleinen Terrassentisch, vor ihnen zwei Flaschen Bier, die Grzesinski aus einem im Wasser versteckten Korb am Ufer gezogen hatte.

»Kippe?«

Jay lehnte ab.

Grzesinski zündete sich die Zigarette an, atmete lange ein, dann lange aus.

»Ist das nicht herrlich hier? Hier haste wirklich keine Sorgen. Hier sitzte und genießt im Sommer die Sonne, und im Winter« – mit der Zigarettenhand zeigte er auf den Holzverschlag direkt am Wasser – »wärmt dir die Sauna deinen abgesessenen Arsch. Und höchstens die Zeitung macht dir noch schlechte Stimmung.«

Jay nickte. Grzesinski machte keine Anstalten, ihn nach dem Grund seines Besuchs zu fragen. Stattdessen führte er das mit der Zeitung näher aus. Was habe er sich heute wieder aufgeregt. *Der mutmaßliche Tatverdächtige*, hatten sie geschrieben. So was gehe ihm gewaltig auf die Nüsse. *Mutmaßliche Täter*, okay, aber wenn man Tatverdächtige schrieb, stecke die Mutmaßung ja schon drin. Die nächste Stufe sei der *dringend Tatverdächtige*. Er fürchte, dass das nicht mal Unvermögen sei, Hasenfüße seien das inzwischen, die nichts mehr klar aussprechen würden, weil sie die Hosen voll hätten. Versteckten sich hinter *mutmaßlich* und *angeblich* und *unbestätigt*. Journaille! Jay reagierte wenig, was Grzesinski endlich merkte.

»Hat der Bäumert Ihnen also wirklich meine Adresse gegeben? Der alte Saftsack.« Grzesinski lachte, musste dann husten. »Geht's dem gut? Noch auf meinem Platz?«

»Ich habe nichts mit ihm zu tun«, sagte Jay. Er trank einen Schluck.

»Ach, Schmitt. Irgendwie hab ich das schon befürchtet. Dass wir zwei uns mal sehen.«

»Wieso?«

»Ja, als das in der Zeitung war, mit dem Mörder da. Da fiel es mir wieder ein, die kleine gegenseitige Diensthilfe.« Er lachte erneut, hoffte vergeblich, dass Jay einstimmte. »War natürlich nicht okay, keine Frage, keine Frage.«

»Was war die Abmachung?«

»Na ja, ich war da mal einen Abend in der Kneipe, Feierabendbier. Wurden dann doch ein bisschen mehr. Klar, heute sagst du da: Komm, ich lass den Wagen stehen. Das waren damals auch noch andere Zeiten.«

»Und dann hat mein Vater Sie kontrolliert?«

»Ja, der war auf jeden Fall dabei. Alkohol am Steuer, das wäre natürlich gar nicht gegangen, bei der Position, auf dem Weg zum Leiter der 4. Ich weiß noch, am nächsten Morgen, da bin ich aufgewacht wie ein Häufchen Elend. Und dann habe ich gedacht, Dieter, du musst was machen.«

»Was Sie ja geschafft haben«, sagte Jay emotionslos.

»Ich habe mich ein bisschen umgehört. Ob einer der Polizisten vielleicht auch ein Problemchen hat.« Grzesinski nahm den letzten Zug seiner Zigarette, drückte sie im Aschenbecher aus. »So habe ich erfahren, wie sehr Ihrem Herrn Papa die Sache mit dem durchgedrehten Typen nachhängt. Mit der Vergewaltigung, auf die Ihr Vater reingefallen ist. Deswegen bin ich zur Wache und habe geschaut, ob man das nicht irgendwie deichseln kann.«

Genau so ein Typ war Grzesinski. Ein Deichsler, Umhörer, Händewäscher. Der sich in seiner Rolle vermutlich sogar gefiel, sie weniger bereute als vielmehr clever fand.

»Ich habe ihm angeboten, dass ich seinen Namen da rausnehme. Damit er Ruhe hat. Schmitt, Ihr Vater war mit den Nerven am Ende. Der wollte abschließen.«

Jay zwang sich, ruhig zu bleiben. Er war hier nicht als Ankläger, nicht als Polizist oder Sohn. Er war hier, um zu erfahren, was damals ablief. Um die Sache für sich abzuhaken, zu entscheiden, ob er das Vergehen seines Vaters weiterhin decken und trotzdem morgens in den Spiegel schauen konnte.

»Und so sind zwei Dokumente in den Papierkorb gewandert, und keinen hat es gestört.« Grzesinski steckte sich die nächste Zigarette an. »Wie gesagt, aus heutiger Sicht war das nicht ganz tadeloso, aber Schmitt, das ist jetzt zwanzig Jahre her.«

Tadeloso, er versuchte tatsächlich, das Wort durch ein italienisches O aufzuweichen. Wieder lachte Grzesinski hohl. Seine Selbstgefälligkeit war ekelhaft. Aber für Jays Abwägung nicht wirklich relevant. Es ging ihm um die Tragweite der Entscheidung, die sein Vater getroffen hatte. Gunther war in einem Vergewaltigungsfall bewusst getäuscht worden, litt unter den grausamen Konsequenzen seines vermeintlichen Fehlers, sah eine Chance, sich von der Sache zu distanzieren, und verzichtete dafür auf eine Anzeige gegen einen LKA-Mann wegen Alkohols am Steuer. Korrekt war das nicht, Korruption nannte man so was. Aber wog es moralisch so schwer, dass Jay mit seinem Vater brechen würde? Verjährt wäre es ohnehin.

Jay trank sein Bier aus und verabschiedete sich. Er könne gerne noch auf ein paar Würstchen bleiben, bot Grzesinski an. Die kämen direkt vom Metzger aus dem Dorf, nicht so eine Industriekacke. Jay entgegnete, dass er noch einmal mit seinem Vater über die ganze Sache sprechen würde, dann wünschte er guten Appetit.

Auf dem Weg zum Auto merkte er, was ihn ärgerte. Es war nicht Grzesinski. Dessen Handeln war klar, absolut inakzeptabel, aber wenn man ihn auch nur eine Stunde erlebte, war es in sich vollkommen logisch. Der sollte sich da noch ein paar Sommer seine Dorfwürstchen braten und irgendwann in den See kippen. Gunther hingegen, den Jay seit siebenunddreißig Jahren kannte, verstand er immer noch nicht. Er war der Anständigste von allen, ordentlich, pflichtbewusst, im besten wie schlechtesten Sinne deutsch.

Und dann ließ er sich auf ein Eine-Hand-wäscht-die-andere-Ding mit Greasy Grzesinski ein? Es löste wieder diese Entfremdung in Jay aus, die er schon bei seinem letzten Besuch zu Hause gespürt hatte. Was andere aus der Pubertät kannten, trat bei Jerusalem Schmitt mit Mitte dreißig ein. Das Gefühl einer wachsenden Distanz zwischen ihm und seinem Vater. Man kannte sich doch nicht so gut, wie man dachte. Man hatte doch weniger gemein, als jahrelang geglaubt. Es war nicht Gunther und Jay, und die anderen standen drüben. Hier stand Gunther, dort stand Jay, dazwischen viele andere. Das war es, was Jay ärgerte oder vielmehr traurig machte und was ihn einen herrlichen Septembersonnenuntergang und sogar eines seiner Lieblingslieder im Radio – Foo Fighters, »Best of You«, acoustic – auf der Rückfahrt nach Berlin kaum wahrnehmen ließ.

8

Schmerzstumm

Er solle ihr jetzt die Wahrheit sagen, schrie Aissa.

Sie solle ruhig sein, sagte Mo.

»Mouhamadou Diallo«, sagte Aissa.

Sie solle endlich ruhig sein, sagte Mo.

Man verstand ihn kaum. Zusammengekauert saß er am Küchentisch und presste sich eine Milchflasche gegen die Backe, etwas Besseres hatten sie im Kühlschrank nicht finden können. Sie kühlte die aufgerissene Wange und das blaue Auge, bis zu den blutigen Furchen über die Stirn reichte sie nicht. Die Lippe war dick, wie aufgespritzt.

Wo das herkomme, fragte sie.

Noch mal? Noch mal? Mo nuschelte wie betrunken.

Aissa lehnte sich an die Spüle, senkte einen Moment den Kopf, dann sah sie ihn wieder an. »Ja, noch mal.«

Zum dritten Mal ließ sie sich die Geschichte erzählen. Von der provisorischen Treppe im Rohbau, ohne Geländer. Von dem Hammer, den Mo beim Runterlaufen aber nicht sehen konnte, da er ja schwer trug. Auf dem er ausrutschte und das komplette Stockwerk, zwei, drei Meter, hinunterfiel, sich mehrfach überschlug ...

Eben seien es noch fünf gewesen, fünf Meter, unterbrach Aissa.

Aber das habe sie ihm ja nicht geglaubt! Mo schüttelte verzweifelt den Kopf.

Er sei ein Geschichtenerzähler, sagte Aissa.

Dann schwiegen sie. Aissa machte den Abwasch, Mo verharrte am Tisch mit der Plastiktischdecke. Irgendwann setzte sie sich zu ihm. Ganz grausam sah er aus. Es tat ihr in der Seele weh, ihren Mann so zu sehen. Sie wollte ihn ja bemitleiden und pflegen und aufpäppeln, aber er log sie an. Nach allem, was sie gemeinsam durchgemacht hatten. Wir gegen den Rest der Welt, nach alldem. Es gab doch nichts, was er nicht mit ihr besprechen konnte.

Er solle ihr jetzt sagen, was passiert sei. Sonst könne sie ihn gar nicht mehr rauslassen.

Sie wolle das nicht wissen, sagte Mo.

Doch, das wolle sie.

»Hier ist nichts besser als früher«, sagte Mo. Es gebe böse Menschen überall.

Mehr bekam sie nicht aus ihm heraus. *Nichts besser als früher*. Es erinnerte sie tatsächlich an früher. Als sie jeden Tag die Angst hatte, dass er einmal so nach Hause kommen würde. Weil er sich nicht entscheiden wollte, weil sie sich nicht entscheiden wollten. Eine unabhängige Casamance, klar, gerne, sie fühlten sich nicht senegalesisch. Aber dafür schießen? Töten? Um am Ende einen anderen Namen auf dem rostigen Schild am Verwaltungsgebäude zu haben? Der MFDC, *Mouvement des forces démocratiques de Casamance*, ließ keine Diskussion zu. Für uns oder gegen uns. Sie sahen nicht, was für ein immer schnelleres Todespingpong sie mit den Sicherheitskräften spielten. Anschläge, Vergeltungsschläge, Anschläge, Vergeltungsschläge. Hin und her. Bis sie merkten, dass sie gleich stark waren, militärisch konnte keiner gewinnen. Also gingen sie gegen das Volk vor, um Angst zu verbreiten, Leute auf ihre Seite zu zwingen, sie zumindest von der Gegenseite wegzureißen.

Dann häuften sich die Geschichten. Von Jungs, die im Kreis laufen mussten und getreten wurden, bis sie aus den Ohren bluteten. Von Frauen, die zu Wasserlöchern gebracht wurden, in denen sich Schweine suhlten. Alten Männern, die sich nicht bewegen durften, während man ihre weißen Bärte bis zur Haut abbrannte. Deswegen gingen sie weg, deswegen riskierten sie ihr Leben. Um ihr Leben zu retten. Und dann kamen sie in Deutschland an, dem sichersten Land der Welt, wo die Leute Zeit hatten, die Sicherheit anderer Länder auf Listen einzutragen. Und jetzt kam Mo so nach Hause?

All das dachte Aissa, während sie mit alkoholgetränkten Wattebällchen sein Gesicht abtupfte. Er zischte manchmal vor Schmerz, ansonsten sprachen sie kein Wort mehr.

9

Schweinetod

Im Moment des Aufwachens konnte Jay das schrille, ihn weckende Geräusch zwar immer seinem Handy zuordnen, wusste aber nie, ob es sich um den Ton des Alarms oder einen Anruf handelte. Oft glaubte er an einen Anruf und sah dann, manchmal enttäuscht, meistens beruhigt, dass es nur der Wecker war. Heute war es umgekehrt. 07:17 Uhr, dreizehn Minuten zu früh für den Alarm, er wurde angerufen.

»Ja?«

»Marcel hier, es ist was reingekommen für uns.«

»Na endlich«, sagte Jay. Dann ließ er sich eine Adresse diktieren, duschte, trank einen Kaffee und fuhr los.

Die Seniorenresidenz Gregorhof lag im Süden von Schöneberg. Sie war früher vermutlich einmal ansehnlich, sah inzwischen in die Jahre gekommen aus. Nicht anders als ihre Leiterin, dachte Jay, als er der mit Marcel vor der Eingangstür wartenden Frau im beigefarbenen Blazer die Hand reichte. Sie hatte kurze rötlich getönte Haare, um den Hals hing eine silberne Kette mit Herz. Keine Sekunde wartete sie, um klarzumachen, wer an diesem Ort das Sagen hatte.

Man müsse das mit äußerster Diskretion ... aus Rücksicht vor den anderen Bewohnern ... und den Angehörigen ... man wolle ja niemanden abschrecken ... bisher immer einen guten Ruf gehabt … Ob die Männer wirklich diese Schutzanzüge tragen müssten?

Jay bat um einen Moment mit seinem Kollegen.

Klar, selbstverständlich, aber ob er vorher noch abschätzen könne, wie lange das hier insgesamt gehe? Also wann wieder Ruhe sei, alle weg? Sie habe einen pickepackevollen Tag … Personalpläne für den nächsten Monat … zwei Vorstellungsbesuche … würde das gerne abschätzen.

Er wisse noch nicht einmal, was hier passiert sei, sagte Jay, man käme auf sie zurück, sie solle sich bitte in ihrem Zimmer für Rückfragen bereithalten. Dann ging er hinter Marcel den Flur entlang und stellte sich mit Vergnügen das Gesicht der Heimleiterin in seinem Rücken vor.

»Louisa Sprenger, siebenundneunzig Jahre alt«, fing Marcel auf der Treppe nach oben an. An der Wand hingen immer paarweise angeordnete Wachsmalstiftzeichnungen, die im weitesten Sinne Figuren darstellten und einem bunten Schild zufolge der Aktion *Jung malt Alt und Alt malt Jung* im Rahmen des Sommerfests entstammten.

»Wie ist sie gestorben?«

»Erstickt.«

»Erstickt? Kann das in dem Alter nicht auch so … sind wir denn sicher, dass das ein Mord war?«

»Komm mit.«

Sie bückten sich im zweiten Stock unter einem Absperrband durch und zogen weiße Einwegoveralls an. Jay nickte den gleich gekleideten Kollegen von der Spurensicherung zu, dann betraten sie das Zimmer.

Sie war schon lange hier gewesen, das sah Jay auf den ersten Blick. Es war kein trostlos leerer Raum, zwar weit weg von dem, was Jay unter schön oder auch nur gemütlich verstand, aber vermutlich genau das, was für Louisa

Sprenger schön und gemütlich gewesen war. Sofa und Sessel im gleichen Braunton, davor ein massiver Couchtisch mit schräg platzierter und daher an den Tischseiten herunterlappender Tischdecke. Eine Wanduhr mit Pendel direkt neben schweren orangefarbenen Vorhängen. An der Wand zwei Gemälde (einmal Blumenstrauß, einmal goldenes Weizenfeld mit Burschenarbeit vor Dorfsilhouette), dazu ein paar gerahmte Fotos, teilweise schwarz-weiß. Neben dem Bett ein staubsaugergroßer Wagen auf vier Rollen, den Jay der Ausrüstung der Kollegen zuordnete, bis Marcel sich genau neben diesen stellte und darauf zeigte.

»Sie hatte so 'ne Beatmungsdinger in der Nase, über das Teil hier bekam sie Sauerstoff.«

»War sie krank?«

»Ja«, meinte Marcel und holte einen Zettel aus der Tasche. »Ich habe eben mit dem behandelnden Arzt gesprochen. Sie war COPDlerin?« Ein kurzer unsicherer Blick zu Jay, nicht, dass dem die Abkürzung etwas sagte. Tat sie nicht. »Chronisch lungenkrank. Eine sogenannte ...«, wieder zögerte Marcel, »Blue Bloaterin?«

»Nie gehört.«

Marcel schien erleichtert. Diese Blue Bloater, habe ihm der Arzt erklärt, hießen so, weil ihre Haut im Verlauf der Krankheit blau anlaufe. Zudem seien sie oft dick und ja, natürlich starke Raucher.

»Mit diesem Teil«, Marcels weiße Gummihandschuhhand glitt über das Sauerstoffgerät, »hat die konstant zwei bis drei Liter Sauerstoff bekommen.«

»Und dann hat ihr jemand den Sauerstoff abgestellt.«

»Falsch.« Jays Fehlschluss freute Marcel. »Schau mal auf den Tacho.«

Jay sah den Zeiger der runden Anzeige. Zehn Liter.

»Jemand hat ihr den Sauerstoff hochgedreht?«

»Genau. Auf mehr als dreimal so viel.«

»Was macht das?«

Marcel sah noch einmal auf seinen Zettel. Also Jay solle ihn jetzt nicht fragen, warum. Aber irgendwie sei der Körper dadurch so happy, dass die Atmung heruntergefahren werde. »Dadurch steigt das Kohlendioxid im Blut an. Andere bekämen dann Erstickungsanfälle, aber die Blue Bloater haben ständig Kohlendioxid im Blut und merken den Anstieg gar nicht. Bis sie irgendwann benebelt wegtreten.«

»Erstickt durch zu viel Sauerstoff?«

»Ja, und man tritt ab, ohne es zu merken, ohne Stress. Bei Schweinen macht man das auch so«, sagte Marcel. »Superangenehmer Tod.«

Jay musterte das Sauerstoffwägelchen. Zur Regulierung der Sauerstoffzufuhr musste man nur an einem Rad drehen. Wenn sie die Position des Wagens nicht verändert hatten, war das selbst vom Bett aus machbar.

»Wo ist das andere Indiz?«, fragte er.

»Welches andere Indiz?«, fragte Marcel.

»Bis hierhin spricht alles für Selbstmord. Wenn ich die unbemerkt ermorden wollte, würde ich warten, bis sie tot ist, und den Sauerstoff dann wieder auf drei Liter runterdrehen. Da würde am nächsten Tag kein Pfleger die Polizei rufen. Aber irgendetwas spricht gegen Selbstmord, sonst wären wir nicht hier.«

Marcel griff stumm nach einer durchsichtigen Plastiktüte. Jay merkte, dass er ihm die Pointe geklaut hatte.

»Bitte sehr! Lag auf dem Couchtisch.«

Mit spitzen Fingern hob Jay die Tüte ans Licht. Ein Schriftstück, ein Blatt Papier. Dicke schwarze Buchstaben auf weißem Untergrund.

Ihr alten und hochweisen Leut, fallera,
ihr denkt wohl, wir wären nicht gescheit, fallera.
Es blies ein Jäger wohl in sein Horn,
und alles, was er blies, war verlorn.

Schneller und immer schneller
rast der Propeller, wie dir's grad gefällt.
Und was für dich nun für immer fällt,
dahinter wird es heller.

Und sperrt man mich ein, im finsteren Kerker,
das alles sind rein vergebliche Werke.
Wahllos schlägt das Schicksal zu,
heute ich, und morgen du.

Bilder schossen Jay in den Kopf, Wörter sprangen ihn an, verbanden sich mit anderen, lösten sich wieder. Sein Blick flog über die Zeilen, immer wieder. Er suchte nach einem Ankerpunkt, an dem er sich festmachen und von wo aus er starten konnte. *Ihr alten und hochweisen Leut.* Wer das verfasst hatte, war also nicht alt. Fühlte sich unterschätzt: *Ihr denkt wohl, wir wären nicht gescheit.* Von wem hielten die alten Leute nichts? Von den jungen Leuten? Von ihren Pflegern im Heim? Anderen Angestellten? Dann die Schilderung der Tat. Der Jäger, der bläst, schneller und schneller, der rasende Propeller. Das klang nach der erhöhten Sauerstoffzufuhr. Das hatte jemand geplant, aufgeschrieben und war dann hierhergekommen. Jemand, der das Gefängnis nicht fürchtet. Weil das Schicksal wahllos zuschlagen würde. Was sollte das heißen? Ein weiterer Mord? *Heute ich, und morgen du.* Aber wer war *ich,* und wer war *du?*

10

Kinderspiel

Einen Moment noch«, sagte die Frau hinter dem wuchtigen Computerbildschirm.

Jay hörte das typische Klappern einer jener grauen Tastaturen, deren Zwischenräume Auffangbecken menschlichen Bürolebens waren. Er verschränkte die Arme und blickte sich im Raum um. Auf den bis zur Unkenntlichkeit vollgeschriebenen Wandkalender, die Formularbogen in übereinandergestapelten Plastikablagefächern, Berge loser Blätter. Das Büro der Heimleiterin, die sich natürlich nicht Heimleiterin nannte, sondern Geschäftsführerin der Seniorenresidenz Gregorhof, sollte vermutlich den Eindruck von Geschäftigkeit erwecken. Jay sah darin mehr ein nicht funktionierendes Ordnungssystem. Es war ein Zuviel von allem. Auf den offen liegenden Papierbogen stand schon zu viel drauf, unübersichtliche Formularfelder, handschriftliche Anmerkungen, durchgestrichen, Pfeil nach unten, Textmarkerhervorhebungen in drei Farben. Dann wurden zu viele der Papierbogen in eine Klarsichtfolie gestopft, zu viele Klarsichtfolien in einen Ordner und am Ende zu viele Ordner in ein Regal. Überall quoll irgendwo irgendwas heraus.

»So, abgeschickt«, sagte die Heimleiterin und wandte sich Jay zu.

»Frau Sprenger hatte niemanden mehr und hat auch

nicht mehr wirklich am Heimleben teilgenommen. Richtig?«

»Woher wissen Sie das? Ich hatte doch gesagt, Sie sollen erst mit mir sprechen, bevor Sie andere Heimbewohner ...«

»In Frau Sprengers Zimmer hängen Fotos, aber alles uralte, keine Bilder von Kindern oder Enkeln. Fast alle Bewohner haben persönliche Namensschilder an ihren Türen, sie nur die Standardbeschriftung des Heims. Im Treppenhaus hängen die Bilder von der Malaktion mit den Kindern, Frau Sprenger hat nicht mitgemacht. Und auf dem Boden haben wir Rotkrautreste gefunden, was wohl heißt, dass sie nicht mit den anderen im Speisesaal gegessen hat, sondern alleine auf dem Zimmer.«

Jay bekam den verwunderten Blick, auf den er gehofft hatte. Ja, das stimme. Louisa Sprenger sei ziemlich isoliert gewesen. Sie kam vor fünfzehn Jahren, schon damals war ihr Mann lange tot, Kinder hatte sie keine. Anfangs meldete sich ab und an eine Halbschwester, bis auch die verstarb. Seither bekam sie genau eine Geburtstagskarte: *Mit freundlichen Grüßen, Ihre Sparkasse.* Und ja, mit den anderen Heimbewohnern habe sie nicht viel zu tun haben wollen, sie nahm an dem sehr umfangreichen Aktivitätenprogramm – und als müsse die Heimleiterin Jay dessen Umfang belegen, erwähnte sie Malkurse, Gedächtnistraining, Konzertabende, Marktbesuche *und dergleichen mehr* – fast nicht teil. Fast? Ja, nur die Singstunde, da sei sie immer gewesen. Sie sang und sang und sang. Manche Heimbewohner hätten sie bereits *Die Sängerin* genannt.

»Okay, also keine externen Kontakte. Wer hat sie denn überhaupt noch gesehen?«

»Einmal die Woche ihr Arzt. Ansonsten natürlich unsere Pflegekräfte, mehrmals täglich.«

»Gab es da irgendwelche Probleme? Ist irgendwas vorge-fallen?«

»Nicht dass ich wüsste.«

Jay nutzte den Spielraum der Plastikrückenlehne und wippte leicht vor und zurück. Er dachte nach.

»Andere Frage: Zu den Zimmern der Bewohner hat jeder Zugang? Die sind offen?«

»Alle Bewohner haben Schlüssel, aber normalerweise wird nicht abgesperrt. Das wäre ja in der Praxis auch völlig …«

»Aber um ins Haus zu kommen, muss man an der Pforte vorbei?«

»Ja«, sagte die Heimleiterin zögernd. »Theoretisch schon.«

»Was heißt theoretisch?«

»Es gibt noch einen Hintereingang.«

»Einen Hintereingang?«

»Ja, direkt zum Treppenhaus. Aber da muss man einen Code eingeben. Vier Zahlen.«

»Und den kennt nur das Personal?«

Die Heimleiterin wirkte verlegen. Ja, ursprünglich habe den nur das Personal gekannt. Aber da habe jeder Besucher an der Pforte klingeln müssen. Und die sei aus Personalmangel *nicht immer ununterbrochen besetzbar* ge-wesen. Und bevor man dann vor der Tür wartende Angehörige gehabt habe … da sei es gangbarer gewesen, den Code öffentlich … also es sei ja nicht wirklich öffent-lich, man müsse von dem Eingang ja erst einmal wissen … aber dann, ja, wenn man dann davorstehe, dann sei da ein kleiner Aufkleber, auf dem die Zahlen … also da stehe 1 2 3 4.

»Aber Sie haben eine Sicherheitskamera?«

»Mhm, jein.« Also hätten sie früher einmal gehabt, ja, aber der Sohn des Hausmeisters, der das damals eingerichtet habe, sei dann ins Ausland ... und dann habe sich damit hier *niemand so richtig* ausgekannt ... das sei auch so eine Sache, die noch auf der To-do-Liste stehe, aber man komme ja zu nichts.

»Es hätte praktisch jeder unbemerkt bis ins Zimmer von Frau Sprenger kommen können, um ihr den Sauerstoff hochzudrehen?«

Na ja, jeder ... also wie gesagt, man hätte schon ein gewisses Vorwissen um die örtlichen Gegebenheiten ... aber das vorausgesetzt, ja, dann hätte das wohl – mit einer gewissen Zufallskomponente, denn es sei natürlich immer viel Präsenz der Pflegekräfte auf den Gängen –, aber ja, dann hätte das wohl jeder schaffen können.

Jay konnte sich vorstellen, wie hoch die *Präsenz der Pflegekräfte auf den Gängen* einer Seniorenresidenz war, die nicht einmal ihre Eingangspforte dauerhaft besetzte. Es schien wenige Orte zu geben, an denen man so einfach morden konnte wie in einem Altersheim.

Auf dem College of Policing in Coventry hatten sie solche Fälle *Anyone could – No one would* genannt. Die Gelegenheit hatten viele, gleichzeitig war aber keinerlei Motiv ersichtlich. Wobei *Anyone* hier nicht ganz stimmte. Irgendjemand wusste von dem Eingang, von der schlechten Betreuungssituation, den offenen Zimmern, wusste vom Sauerstoffgerät. Oder arbeitete sogar hier. Umso erstaunlicher war es, dass dieser Jemand den Sauerstoff nach Sprengers Tod nicht wieder runterdrehte, sondern den Brief auf den Tisch legte und sich die Chance entgehen ließ, einen vollkommen unsichtbaren Mord zu begehen. Kein Mensch hätte die Leiche einer ohne Spuren von Fremdeinwirkung verstorbenen siebenundneunzigjährigen Heimbewohnerin autopsiert. Es hätte ein perfektes Verbrechen werden können, und nicht das Unvermögen des Eindringlings verhinderte dies, im Gegenteil. Er oder sie wollte die Welt wissen lassen, dass Louisa Sprenger ermordet wurde.

11

Spurenlos

Es war ungefähr zur selben Zeit, dass eine Zusammenstellung verschiedener Dokumente – es handelte sich hierbei um Ausdrucke, Kugelschreibernotizen und ein Foto – jemanden, der diese für sich ordnete, nicht glücklich machte. Zu alt war das Foto, Menschen veränderten sich. Und neuere Bilder ließen sich nicht finden. Das Internet war nicht die erhofft gute Quelle, keine Profilbilder oder Sportvereinfotos. Wie sollte man die Frau so überhaupt erkennen? Und dabei war das Erkennen sogar das nachgelagerte Problem. Zunächst einmal musste man wissen, wo man sie suchen sollte. Auch diesbezüglich war alle Recherche umsonst. Im Melderegister stand noch die Heimadresse. Vielleicht wohnte sie inzwischen gar nicht mehr in der Stadt. Vielleicht wohnte sie inzwischen gar nicht mehr im Land. Nur eines ließ die Lage nicht ganz hoffnungslos erscheinen. Die anderen würden nicht schneller sein. Mehr Anhaltspunkte hatten auch sie nicht, besser: würden auch sie nicht haben, wenn sie sich erst einmal damit beschäftigten. Denn noch hatten sie das Ganze nicht auf dem Schirm. Noch waren sie woanders unterwegs. Es ging nur darum, schneller zu sein als die anderen. Und sollte es einen Monat dauern – solange die anderen die Frau vorher nicht gefunden hätten, würde es reichen. Irgendwo lief sie rum, nichts ahnend, unwissend, was für eine Gefahr

sie doch darstellte. Ein ganzes Leben könnte sie verpfu-
schen. Aber die Gelegenheit würde sie nicht bekommen.
Die Gefahr würde ausgeschaltet werden.

Auch wenn es dieses Mal nicht so einfach werden würde
wie letzte Nacht im Altersheim.

12

Singstunde

1 2 3 4. Die Tür summte. Vom Parkplatz waren es ungefähr dreißig Meter, der Weg wenig einsehbar. Jay drückte auf und lief die schmalen Treppen nach oben. Es war das hintere Treppenhaus, nicht das, das neben den Aufzügen nach oben führte. Kein Alt malte hier Jung und umgekehrt, keine Fenster.

»Hier bist du!« Marcel kam ihm von oben entgegen.

Er habe inzwischen mit der Pflegerin gesprochen, die Frau Sprenger als Letzte lebend gesehen habe. Um kurz vor neun gestern Abend, da stimmte ihrer Angabe nach der Sauerstoff, und es lag kein Brief auf dem Tisch. Heute Morgen um sechs sei ein anderer Pfleger zum Wecken gekommen. Da war der Sauerstoff bei zehn und der Brief auf dem Tisch.

Zwischen neun und sechs. Ob dazwischen niemand da gewesen sei?

Eigentlich habe die Nachtschwester mindestens einmal nach dem Rechten sehen sollen. Aber na ja, irgendwie gebe es hier im Heim viele Eigentlichs, sagte Marcel. Man müsse auf die Autopsie warten.

Sehr viele, bestätigte Jay.

Womit er denn jetzt weitermachen solle?

Jay sah auf die Uhr. Das reiche für heute, morgen um 9 Uhr Case Team Meeting in der Keithstraße, danach würden sie sich Personal und Bewohner vornehmen. Es war immer noch die einfachste Variante, dass der Täter schon im Haus gewesen war.

»Alles klar. Ach so, und ein Foto des Gedichts habe ich gerade ins Kommissariat geschickt. Vielleicht finden die Kollegen dazu ja schon etwas heraus.«

Sollten sie es ruhig versuchen. Auch wenn Jay sich auf die Dechiffrierung des Textes am meisten freute. Ein Täter, der sich mit einem Briefgedicht bewusst verriet, würde irgendetwas damit sagen wollen. Es war wieder so ein Sonya-Moment. Mit ihr hätte er sich jetzt einschließen können, den Text Zeile für Zeile durchgehen, ihn zerlegen, zusammensetzen.

»Dann bis morgen.«

»Bis morgen, Marcel.«

Jay ging seinen Weg noch weiter. Öffnete im zweiten Stock die Tür und stand im breiten Flur. Immerhin an zehn Zimmern musste er vorbei, bis er bei Louisa Sprenger war. Welche Tatzeit kam infrage? Um 9 Uhr abends war es vielleicht noch zu riskant. Wann hätte er selbst es gemacht? Jay betrat das Zimmer, ging zur Sauerstoffmaschine, drehte am Hahn. Um elf, dachte er, elf war gut. So spät, dass alle Bewohner im Bett waren. Aber noch so früh, dass er sich, würde er erwischt werden, doch mit einem späten Besuch herausreden könnte, ohne für einen Einbrecher gehalten zu werden. Wenn die Person überhaupt von außen gekommen war. Er griff nach der Plastiktüte mit dem Gedicht und steckte sie ein. Vielleicht würde er es sich noch heute Abend genauer anschauen. Besser, als allein auf dem Sofa zu liegen. Ein wenig neidisch dachte Jay an Marcel, der sich ganz offensichtlich über seinen frühen Feierabend gefreut hatte. Dieses Gefühl kannte Jay schon lange nicht mehr. Vorfreude auf Feierabend. Nur selten unternahm er etwas, und die Beschäftigung mit einem Fall war für ihn die beste Therapie, sich von einem daraus resultierenden Gefühl der Einsamkeit abzulenken.

Auf dem Rückweg nach unten vernahm Jay Musik. Der Singkreis, Sprengers letzte Leidenschaft. Er blickte kurz durch die offene Tür des Aufenthaltsraums. Sechs Frauen und zwei Männer, teilweise in Rollstühlen, blickten jeweils auf Liederbücher in ihren Händen. Sie saßen um einen Tisch herum, in dessen Mitte ein großer tragbarer CD-Spieler stand. Aus den Boxen drang eine schmalzige Männerstimme im Duett mit einem kleinen Mädchen. *Schön ist es, auf der Welt zu sein.* Die Lautstärke der CD ließ dem unterstützenden Live-Chor im Raum wenig Chance. Fast war es mehr ein leises Brummen, das die Musik untermalte, auch schien das vorgegebene Tempo vereinzelt problematisch hoch. Nur die beiden, die demonstrativ nicht in ihr Liederbuch blickten, um ihre Textsicherheit unter Beweis zu stellen, sangen aus voller Kehle mit, überschätzten ihre Textsicherheit jedoch abseits der Refrainzeile. Erst beim abschließenden *Du und ich, wir stimmen ein* waren alle wieder auf Linie. *Schön ist es, auf der Welt zu sein.*

Die Szene wirkte absurd, ein Aufeinandertreffen von aufgesetzter Schlagerfröhlichkeit und morbider Wirklichkeit. Immerhin hatten sie es geschafft, dass Jay das Lied auf dem weiteren Weg nach unten nicht aus dem Kopf bekam. Und so war er beinahe froh, als er auf dem Parkplatz durch das gekippte Fenster den nächsten Song hörte, in der Hoffnung, seinen eben gewonnenen Ohrwurm loszuwerden.

Im Frühtau zu Berge wir ziehn, fallera, es grünen die Wälder, die Höhn, fallera. Die Engelsstimmen eines kompletten Kinderchors kontrastierten noch mehr mit dem alterstiefen Nuscheln der Anwesenden. Jay setzte sich ins Auto.

Er wollte gerade losfahren, als ihm die soeben gehörten Zeilen noch einmal in den Sinn kamen. *Im Frühtau zu Berge wir ziehn, fallera, es grünen die Wälder, die Höhn, fallera.* Schlagartig griff er in die Tasche auf dem Beifahrersitz, zog das Blatt heraus – und begann, leise zu singen. Es passte.

Keine Minute später stürmte Jay in den Raum der Singenden und erschrak fast, als er hörte, was Engelschor und Senioren gemeinsam anstimmten. *Ihr alten und hochweisen Leut, fallera, ihr denkt wohl, wir wären nicht gescheit, fallera.* Das war der Text. Das war der Anfang der Botschaft. *Wer sollte aber singen, wenn wir schon Grillen fingen, in dieser herrlichen Frühlingszeit?* Aber nur die ersten beiden Zeilen. Die ersten beiden Zeilen des Gedichts stammten aus »Im Frühtau zu Berge«. Er blickte auf das Papier in seinen Händen. Oder war das gar kein Gedicht?

Jay ging zum Tisch und stellte den CD-Spieler aus. Missmutige Blicke umzingelten ihn. Er brauche einmal kurz ihre Hilfe. Er werde ihnen jetzt ein paar Zeilen vorlesen, und wenn ihnen da etwas bekannt vorkäme, dann sollten sie es ihm sagen. Er war sich unsicher, ob seine Spielregeln akzeptiert wurden, fing dennoch an zu lesen.

»Es blies ein Jäger wohl in sein Horn, und alles, was er blies, war verlorn.« Jay sah auf. Keine Reaktion.

»Schneller und immer schneller rast der Propeller, wie dir's grad gefällt.« Immer noch sagte keiner etwas.

»Und was für dich nun für immer fällt, dahinter wird es heller.« Er war sich unsicher, ob sie nicht wollten oder die Zeilen wirklich nicht kannten.

»Und sperrt man mich ein, im finsteren Kerker, das alles sind rein vergebliche Werke.« Jay blickte in die Runde, dann wieder aufs Blatt.

»Wahllos schlägt ...« In diesem Moment wurde er von einer faserigen Frauenstimme unterbrochen.

»Denn meine ... nanana ... nanana na ... Schranken ... nana na nanana ... die Gedanken sind frei.«

»Was?«, fragte Jay.

»Ja, das stimmt schon. Das mit dem Kerker, das ist aus dem Lied«, sagte eine der Rollstuhlfahrerinnen.

Jay griff nach einem der Liederbücher. Die Gedanken ... die Gedanken ... Seite 24. Tatsache. *Die Gedanken sind frei,* dritte Strophe: *Und sperrt man mich ein, im finsteren Kerker, das alles sind rein vergebliche Werke.*

»Und davor war Fliegerlied«, sagte der eine der beiden Männer beiläufig.

»Fliegerlied?«

»Flieger, grüß mir die Sonne. Vom blonden Hans, das kennt man doch.«

Jay sah zurück auf das Blatt in seinen Händen.

»Das ... das mit dem Propeller?«

»Ja, klar«, sagte der Mann und ließ Jay die Missbilligung seiner Unkenntnis merken.

»Und das ... das mit dem Jäger?«

»Ich glaub, das ist auch ein Lied«, sagte die Rollstuhlfahrerin von eben.

Jay nickte dem Kreis der acht Sängerinnen und Sänger dankend zu, stellte den CD-Spieler wieder an und verließ den Raum.

Eine halbe Stunde später freute er sich, als er Marcels Nummer auf dem Display sah. Die Kollegen wüssten bereits, woher die Sätze des Gedichts stammten, sagte Marcel schnell. Er wisse es auch, unterbrach Jay gelassen. Aus Liedern. Marcel war irritiert. Aber wie sei er denn da jetzt …? Er habe ein eigenes Expertenteam drangesetzt, meinte Jay. Dann parkte er seinen Wagen in der Keithstraße und nahm wie immer die linke Treppe.

13

Parktag

Mo drehte sich zur Seite, sah sein Gesicht in einer spiegelnden Schaufensterscheibe und hielt an. Das rechte Auge hing noch immer etwas tiefer als das linke. Die Lippe war wieder verkrustet, sie platzte noch alle paar Tage auf. Aber die meisten Kratzer waren inzwischen verheilt. Er sah schon wieder ganz passabel aus, dachte Mo. Es war nicht unwichtig für seinen Job. In den Tagen, nachdem sie ihn verprügelt hatten, liefen die Verkäufe schlechter. Niemand traute einem Zombie. Die Leute hatten Angst vor ihm, weil er gefährlich aussah, dabei hatte er niemandem etwas getan, hatte nur einstecken müssen. Und wenn die Verkäufe schlechter liefen, bekam auch Mo weniger, das hatte der Trainingsanzugmann geschickt geregelt.

Überhaupt schien der Trainingsanzugmann vieles geschickt geregelt zu haben. Weder bekam Mo das Zeug, das er verkaufte, direkt von ihm. Noch lieferte er die Einnahmen direkt beim Trainingsanzugmann ab. Deswegen war der auch nicht besorgt, als er sah, dass Mo geschlagen worden war. Er lachte nur. *Aha, now they want to get the Africans! I thought they focus on Vietnam people.* Mo verstand nicht, was der Trainingsanzugmann meinte. Er solle in Zukunft vorsichtiger sein, und er wisse ja, *Keep your mouth shut.* Mo erzählte noch von der Ware, die er auf der Flucht in die Hecke geworfen habe, und fragte, wie man das handhaben wolle. Na, das sei natürlich Mos Risiko. Werde vom nächsten Lohn abgezogen. Der Trainingsanzugmann hatte wirklich vieles geschickt geregelt.

Mo hatte sich seither sein Tagesziel selbst nach oben korrigiert. Er musste den Verlust wieder reinholen, viel blieb bei ihm ohnehin nicht hängen. Es reichte zum Leben, für das Auto, mit dem sie an den Wochenenden durch Berlin fuhren, ab und zu für frischen Fisch und frisches Fleisch und manchmal für gebrauchte Kinderkassetten vom Flohmarkt für Marième. Meistens erreichte er seine neue Quote, je wärmer es wurde, desto mehr Menschen kamen in den Park. Richtig kalt war es inzwischen nur noch nachts und frühmorgens, sonst zitterte Mo kaum noch. Aber heute war es ruhig, sechs, sieben Kunden brauchte er noch, und es war schon Nachmittag.

Auf einer Parkbank saß ein junger Deutscher mit kurzen blonden Haaren. Einer von denen, die er in den ersten Tagen nicht angesprochen hätte. Die ihm zu normal, zu gepflegt aussahen. Als er noch nicht wusste, was für gewöhnliche Leute seine Kunden waren. Klar, die Herumgetriebenen gab es auch, die ständig irgendwas nahmen, nur um nie ganz unten anzukommen. Aber das waren die wenigsten. Studenten kamen zu ihm, Touristen, Arbeiter, vereinzelt sogar Leute in ordentlichen Sakkos. Der mit den kurzen Haaren war so einer der Normalen. Mitte zwanzig, übereinandergeschlagene Beine, las ruhig in einem Buch. Er schien gar nicht zu bemerken, wie Mo langsam an ihn herantrat.

»Want to smoke?« Mo hielt sich routinemäßig Daumen und Zeigefinger an den Mund und machte ein einatmendes Geräusch. Er hatte sich das bei den anderen abgeguckt. Die Frage allein reichte nicht, erst mit der eindeutigen Geste grenzte man sich von den vietnamesischen Zigarettenverkäufern ab.

Der Mann machte eine höflich-abwehrende Geste und sah wieder in sein Buch. Mo war keiner der Hartnäckigen. Wenn jemand nicht wollte, ging er weiter. Aufdringlichkeit und Geschwätz waren ihm fremd. Es gab andere, die nach einer ersten Absage mit weiteren Argumenten kamen, auf den *cheap price* oder die *good quality* verwiesen. Mo konnte kein Produkt anpreisen, mit dem er eigentlich nichts zu tun haben wollte. Wer das Zeug benötigte, konnte es bei ihm kaufen wie bei jedem anderen. Aber Mo selbst fühlte sich dabei mehr wie der Automat, aus dem die Kunden ihre Cola zogen. Und Automaten waren stumm.

»Wait«, rief ihm der Blonde auf einmal nach. »How much?«

Mo blickte sich um. Er war tatsächlich vorsichtiger geworden. Irgendwo konnten sie sich wieder versteckt haben und nur darauf warten, ihn zu erwischen. Eine Frau mit Kinderwagen lief den Weg zum Hügel entlang. Zwei Männer in weiten Hemden schlenderten Eis essend über die Wiese.

»Ten Deutsch Mark«, sagte Mo leise.

Der junge Mann zögerte. Er griff in seine Hosentasche und holte eine Handvoll Münzen hervor. Zählte sie und sah nervös zu den beiden Männern.

Mo bemerkte, wie unsicher der Blonde war. Er dachte an Aissa, an Marième, daran, dass er noch einige Kunden benötigte, um Feierabend machen zu können. Und dann sagte er es tatsächlich, leise und ohne große Überzeugung: »Really good.«

Er kam sich so dumm vor dabei, irgendeinem jungen Mann ein Zeug anzudrehen, von dem er selbst keine Ahnung hatte. Das er nie konsumiert hatte und das den jungen Mann, wenn nicht kaputt machen, dann bestenfalls vorübergehend high werden lassen würde. Bis der Kerl runterkäme und vermutlich irgendwann wieder hier im Park aufkreuzte. Was Mo tat, schaffte überhaupt keinen Mehrwert, es brachte niemanden voran. Und das wollte er in diesem Deutschland erreichen, etwas Sinnvolles tun, etwas aufbauen.

Der Mann hielt ihm seine Hand mit Zweimarkstücken hin.

Mo griff in die Gesäßtasche seiner beigefarbenen Hose, holte das kleine Tütchen hervor, reichte es dem Blonden.

Jetzt, wo er ganz nah vor ihm stand, sah Mo ihm in die Augen, die auf einmal anders aussahen, konzentriert, entschlossen.

Es war zu spät.

In diesem Moment schloss der andere die Hand mit dem Geld wieder und rammte Mo seine Faust in den Bauch. Mo sackte zusammen, bekam kurz keine Luft, dann wurde er zu Boden geworfen.

Schreie, Männerstimmen, *Polizei,* verstand Mo nur, *Don't move.* Er lag auf dem Bauch, seine Hände wurden hinter seinen Rücken gerissen, jemand kniete sich auf ihn. *Polizei, Polizei.* Eine Hand presste seinen Kopf auf den Boden, Mo merkte, wie sich die Kiesel in seine Wange bohrten. Durch die halb geöffneten Augen sah er den Parkweg, die Wiese, sah zwei auf ihn gerichtete Pistolen und in einigen Metern Entfernung zwei hastig weggeworfene Eistüten.

Scheiße, dachte Mo. *Scheiße, Scheiße, Scheiße, Scheiße.* Er dachte an sein Gesicht in der Schaufensterscheibe. An das fast wiederhergestellte Gesicht. Und er spürte, wie die

Wunden auf dem harten Boden wieder aufrissen. Morgen früh würde ihm wieder alles wehtun, mehr noch als letztes Mal. Er würde aufwachen und Deutschland verfluchen und es bereuen, jemals hierhergeflohen zu sein. Aber Mouhamadou Diallo, der sich seit seiner Ankunft in der fremden neuen Heimat mit seinen Einschätzungen schon mehrfach geirrt hatte, irrte erneut.

14

Liedgut

Ei dabei?«

Marcel nickte und stellte Jay die Styroporschale auf den langen Tisch. Rührei, vom Buffet am Wittenbergplatz. Jay hatte sich seit Stunden darauf gefreut. Gegen vier Uhr war der Hunger gekommen, der Zucker im Kaffee reichte nicht mehr aus.

»Wo sind die anderen?«

»Müssten jeden Moment kommen, es ist kurz vor neun. Warst du die ganze Nacht hier?«

»Ja«, antwortete Jay und rieb sich die Augen. Er fühlte sich wie gerade aus einem Traum erwacht, sein Kopf noch halb in der anderen Welt. In der Welt der treuen Soldaten, pirschenden Jäger, hinausfahrenden Matrosen und lustigen Wandersmänner. In den Bergen und auf den Wiesen, bei den ganzen Blümlein, den Wäldern, den Brünnlein und Krügen, den Quellen und Schiffen. Das Mägdelein, alternativ die Heimat, wahlweise begrüßend oder verabschiedend oder vermissend. Und irgendwo immer ein Becher, der dringend nachgefüllt werden sollte.

Über Stunden hatte er sich durch Textbücher gearbeitet, die sich *Liederfibeln* nannten, Musikstücke gehört, die man als *Liedgut* bezeichnete. Manch penetrante Melodie hatte sich in Jays Kopf eingenistet, seine Textsicherheit hätte inzwischen für eine Teilnahme am Singkreis gereicht.

»Morgen!« Die eintretenden Kollegen grüßten und stellten sich im Halbkreis um Jay.

Als Letzte betrat eine Frau mit Blazer und knielangem Rock das Zimmer.

»Guten Morgen! Ist das hier also weiterhin dein Büro, Jerusalem?«

Martha Klewicz, die Dezernatsleiterin. Saß über den neun Mordkommissionen, hielt sich im Alltag meistens raus. Nur für die Neunte interessierte sie sich besonders. Die Mordkommission für besondere Fälle war ihre Idee gewesen, sie hatte das intern durchgeboxt, sie hatte Jay zu deren Leiter gemacht. Sie war es vermutlich auch, die geglaubt hatte, Jay mit dem dunklen Verhörraum mit verspiegelter Scheibe eine Freude zu machen.

»Ja, das ist es und wird es auch erst mal bleiben«, meinte Jay ruhig. »Morgen, Martha!«

Dann begrüßte er sein Team kurz, sagte was von *in medias res* und stellte sich vor seine beschreibbare Wand, auf der die Zeilen des Gedichts aus Louisa Sprengers Zimmer standen. Immer zwei Zeilen waren umrandet, sechs solcher Blöcke gab es.

Das Gedicht sei kein originäres Werk des Täters oder der Täterin, fing Jay an, es bestehe, wie man gestern Abend herausgefunden habe, aus mehr oder weniger bekannten Liedzeilen. Er beugte sich über seinen Laptop und klickte. Blechbläser, ein Marschkapellenglockenspiel, fröhliches Pfeifen. Dann begann der Chor.

Im Frühtau zu Berge wir ziehn, fallera.

Jay klickte noch einmal, die Musik machte einen Sprung.

Ihr alten und hochweisen Leut, fallera. Ihr denkt wohl, wir wären nicht gescheit, fallera.

»Nummer eins: Ihr alten und hochweisen Leut, fallera.

Ihr denkt wohl, wir wären nicht gescheit, fallera«, sagte Jay und zeigte auf die ersten Zeilen an der Wand. »Im Frühtau zu Berge. Deutsche Version eines schwedischen Wanderliedes.«

»Unverändert ... also wortwörtlich übernommen?«, fragte jemand.

»Jein, es gibt verschiedene Versionen, aber das ist die bekannteste«, antwortete eine Kollegin.

»Exakt.« Jay blickte wieder auf den Bildschirm. Trompeten ertönten, eine dumpfe Tuba.

Es blies ein Jäger wohl in sein Horn, wohl in sein Horn.

Auch nach dem siebten Mal konnte Jay dem Lied nicht viel abgewinnen. Anders als bei dem Fallera-Gejubel, dessen wiederholtes Hören ihn heute Nacht irgendwann dazu gebracht hatte, sich tatsächlich mit ein wenig Sehnsucht vorzustellen, als Zwölfjähriger in gut gelaunter Gesellschaft und mit vielleicht sogar leicht springenden Schritten auf einem sonnigen Berg singend in den Morgen zu wandern. Das mit dem Jäger war hölzern, umständlich, Text und Musik passten nicht zueinander, wirkten wie zufällig eingefangen und zu einer eigentümlichen Mischwurst verarbeitet.

Und alles, was er blies, das war verlorn, das war verlorn.

»Als Zweites: Es blies ein Jäger wohl in sein Horn, und alles, was er blies, war verlorn. Deutsches Volkslied aus dem 18. Jahrhundert. Heißt wie die erste Zeile: Es blies ein Jäger wohl in sein Horn.«

Das Rauschen einer alten Tonaufnahme war nun zu hören, dann eine Ziehharmonika.

Vom Nordpol zum Südpol ... jeder Witterung ... klingt das Fliegerlied ... grüß mir die Sterne ... die keiner bewohnt ...

Jay klickte sich durch, bis er an der richtigen Stelle war.

Schneller und immer schneller rast der Propeller, wie dir's grad gefällt. Piloten ist nichts verboten ...

»Nummer drei: Schneller und immer schneller rast der Propeller, wie dir's grad gefällt. Hans Albers, Fliegerlied. Aus einem UFA-Film von 1932.«

»Das Blasen, der Propeller, wir glauben, dass der Täter damit die erhöhte Luftzufuhr meinte«, ergänzte Marcel wissend in Marthas Richtung.

»Jetzt wird es interessant«, machte Jay weiter. Alle warteten auf das nächste Lied, doch der Raum blieb stumm. »Und was für dich nun für immer fällt, dahinter wird es heller.« Er blickte in neugierige Augen. »Kein Treffer. Ich finde nirgends diese Zeilen. Hattet ihr gestern was ...?«

Die Kollegen schüttelten die Köpfe.

»Danach ist es wieder eindeutig.« Jay spielte das nächste Lied ab.

Und sperrt man mich ein, im finsteren Kerker, das alles sind rein vergebliche Werke.

Die meisten hatten die Melodie schon erkannt, den Rest ließ Jay auch noch selbst darauf kommen.

Denn meine Gedanken zerreißen die Schranken und Mauern entzwei, die Gedanken sind frei.

»Block fünf: Die Gedanken sind frei, Volkslied, kennen wir alle. Und sechstens und letztens haben wir was von Freddy Quinn.«

Irgendwo im fremden Land, ziehen wir durch Stein und Sand. Fern von zu Haus und vogelfrei, hundert Mann, und ich bin dabei.

Das Lied hatte Jay verstört. Der Text war irgendwo zwischen Kriegs- und Antikriegslied, in jedem Fall traurig. Soldaten, Befehle, Schicksal, verbranntes Land und weinende Mädchen. Darunter hatten sie Quinn jedoch eine fröhliche Sechzigerjahre-Schlagermusik gepackt. Jay war sich nicht sicher, ob das einen bewusst erschreckenden Kontrast ergeben sollte oder nur naive Kriegsnostalgie war. Auf jeden Fall wurde das Lied so zum Nummer-eins-Hit.

Wahllos schlägt das Schicksal zu, heute ich und morgen du. Ich hör von fern die Krähen schreien. Im Morgenrot, warum muss das sein?

»Heißt: Hundert Mann und ein Befehl. Freddy Quinn, deutsche Version eines amerikanischen Soldatenlieds.«

Er habe nun einiges durchgespielt, sagte Jay, Bezüge zwischen den Liedern gesucht, den Sängern, Jahreszahlen, den Zeilen vor und nach den Auszügen. Er habe so viele Daten wie möglich gesammelt. Aber nein, noch sehe er nur eine zusammengeklaubte Liedzeilensammlung, die grob den Tatverlauf andeute. Die eine Unterscheidung mache zwischen Täter und alten, hochweisen Leuten. Und die weitere Morde in Aussicht stelle, selbst wenn Täterin oder Täter verhaftet werden würde.

»Was ist deine Arbeitshypothese?«, fragte Martha. Sie brauchte Fortschritte, das verstand Jay. Die Neunte Berliner Mordkommission stand nach der medialen Aufmerksamkeit des letzten Falls im Fokus.

»Es sind bis auf die zwei Zeilen, die ich noch nicht gefunden habe, alles Volkslieder. Alles Lieder, wie sie im Singkreis gesungen wurden. Und singen war das Einzige, was Louisa Sprenger noch gemacht hat. Das ist etwas Persönliches, etwas Symbolisches. Der Tod, das Gedicht, das wurde genau auf Sprenger zugeschnitten.«

»Also aus dem Umfeld?«

»Das versuchen wir, heute rauszukriegen.«

Jay wandte sich dem Team zu. Es würde ein bisschen wie früher bei den Sternsingern werden, dachte Jay. Als er noch zu jung war, sich dagegen zu wehren, hatte er jedes Jahr mitmachen müssen, weil Gunther das wollte und Jeanne das im Vergleich zu vielen anderen kirchlichen Ritualen immerhin ganz nett fand. Man zog von Tür zu Tür und sagte stets das gleiche Gedicht auf. Gespannt, was man im Gegenzug bekam.

So wie sie heute von Altersheimzimmertür zu Altersheimzimmertür ziehen würden, um immer das gleiche Gedicht aufzusagen. Und ebenso gespannt, was sie im Gegenzug bekämen. Nur hofften sie nicht wie damals auf Süßigkeiten. Sie wollten sachdienliche Informationen, *Leads*, wie sie es in Coventry genannt hatten. Wer Louisa Sprenger war. Wie sie lebte, was sie mochte, wie ihre Routinen aussahen, welche Konflikte es gab, welche Angriffsflächen sie bot. Man würde sich alle anhören, die Pflegekräfte, die anderen Angestellten, die Heimbewohner. Es gab keine Verwandten, Freunde, Kontakte außerhalb des Heims. Sie hatten nur den Gregorhof. Die Antwort, wieso Louisa Sprenger sterben musste, lag irgendwo da drinnen. Und vielleicht in ein paar zusammenhanglos wirkenden Zeilen deutschen Liedguts mit Schicksal, Jäger und Fallera.

15

Telefongedanken

In derselben Stadt und am selben Tag wählte eine Person, die seit dem Wochenende alles dafür tat, sich möglichst namenlos und unsichtbar durch die Stadt zu bewegen, eine Berliner Festnetznummer. Auf dem Tisch die Ausdrucke, Notizen und das Foto, das nichts half. Überhaupt hatte noch gar nichts geholfen, der erste Tag der Suche war ohne Erfolg gewesen. Daneben der Auszug aus dem Melderegister mit der unterstrichenen Telefonnummer.

Vielleicht hätte man doch jemanden beauftragen sollen. Allein würde es schwierig werden, die Frau konnte überall sein. Aber die ganze Geschichte war zu groß, zu gefährlich, zu bedeutsam, um irgendwem das Privileg einer Mitwisserschaft zuzugestehen. Dabei war sie ja überhaupt nicht bedeutsam, es war ein Unglück, eine Verkettung dummer Zufälle, von denen die Welt bisher nichts wusste und auch niemals etwas erfahren sollte. Bedeutsam wurde es nur für den Fall, dass die Welt es eben doch herausfinden würde. In diesen Zeiten. Dann hätten die Geier ein Fressen, dann gäbe es abgekürzte Nachnamen auf Titelseiten und Hintergrundberichte und Archivmaterial und Proteste. Und sie wären beide am Ende. Nein, jeder weitere Eingeweihte war eine Gefahr, Hilfe hin oder her, und noch mehr Gefahr konnten sie nicht gebrauchen. Für ein echtes Geheimnis waren zwei schon einer zu viel.

Am anderen Ende tutete es.

Dieses verdammte dumme Ding. Mit welcher Selbstsicherheit sie damals aufgetreten war. Weinend und wütend. Sie widersprach, glaubte nicht, was man ihr sagte. Wiederholte, wie sicher sie sich sei. Blieb stumm, als sie Angst bekam. Als sie merkte, dass niemand auf ihrer Seite war. Aber sie wusste etwas, das hatte man gespürt. Konnte sie es auch beweisen? Hatte sie, so unmöglich es schien, irgendeinen Beweis, der alles einstürzen lassen konnte? Das war die Frage, das war der Grund, weswegen sie gefunden werden musste.

Das Tuten endete abrupt. Die Heimleitung meldete sich mit freundlicher Stimme.

16

Fokuswechsel

Während es die tief stehende Abendsonne schon nicht mehr über die hohen Birken schaffte und der Garten des Gregorhofs unten im Schatten lag, stand Jay auf dem höchsten Balkon des Hauses noch in sattem Gelb. Sein Blick flog über das Papier, das Marcel ihm eben in die Hand gedrückt hatte.

Fakten stand oben, darunter die spärlichen gesicherten Informationen. Eindeutig, belegbar, dadurch aber auch wenig fordernd. Louisa Sprenger war seit fünfzehn Jahren im Heim gewesen, länger als die meisten Bewohner, länger als die meisten Angestellten. Man kannte ihr Geburtsdatum, ihre Blutgruppe und Krankheitsgeschichte, ihre Kontonummer und Essenswünsche. Sie hatte keinen Fisch gewollt, gerne Fleisch, nur nichts zu Hartes, dann lieber püriert, zum Nachtisch bitte keine Pfannkuchen und kein Eis.

Für alles andere gab es keine schriftlichen Quellen. Alles andere stützte sich auf Aussagen und Erinnerungen. Auf Menschen, die fehlbar waren, unterschiedlich empfanden, die alle eine andere Louisa Sprenger gekannt hatten und aus deren teilweise übereinstimmenden, teilweise gegensätzlichen Wahrnehmungen Jay ein Louisa-Sprenger-Konzentrat destillieren musste.

Schon über ihr Leben vor dem Gregorhof herrschte Uneinigkeit. Laut Heimleitung hatte sie als Sekretärin gearbeitet, mit ordentlich in Klammern stehender Quellennennung fanden sich aber auch die Angaben *Hausfrau* (Pflegekraft Dovifat), *Opernsängerin* (Nowacki OG2) und *irgendwas im Osten* (Borgwardt OG3) in Marcels Zusammenfassung.

Dass sie *früher freundlich* gewesen sei, bestätigten fünf Befragte, ebenso viele attestierten ihr eine schon immer da gewesene Verschrobenheit. Dreimal fiel der Ausdruck *eigensinnig*, einmal *meckerig*. Wörtlich zitiert wurden Koch Baatz (*Die hat die Birne kaputt*) und erneut Heimbewohner Borgwardt aus dem dritten Obergeschoss (*Die hat nicht mehr alle Tassen im Schrank*).

Singend durch die Gänge war sie dem Pflegepersonal nach seit circa fünf Jahren gelaufen, was in Anbetracht der anderen Nennungen (*Schon immer, seit dreißig Jahren*) die wahrscheinlichste Schätzung war. Seit einem Schwächeanfall hatte sie nur noch im Zimmer gesungen, laut übereinstimmenden Aussagen dafür aber umso lauter. Für die Mehrheit waren es *Volkslieder und Schlager* (jeweils mehr als zehn Nennungen), Einzelmeinungen blieben *Opern* (Nowacki OG2), *Tonleitern* (W. Tilke OG3), *abstraktes Gejaule* (Borgwardt OG3).

Die Singkreisbesuche, montags und mittwochs jeweils 17 Uhr, Samstag 10 Uhr vormittags, bestätigten sowohl die Singkreisteilnehmer als auch das Pflegepersonal. Freitagvormittag war sie regelmäßig von ihrem behandelnden Arzt aufgesucht worden, ansonsten hatte sie niemanden empfangen. Die Frage, wie häufig die Pflegekräfte im Zimmer waren, offenbarte zwei Lager. Die Heimleitung sprach von *wie bei Pflegestufe 2 vorgeschrieben drei Stunden am Tag*, was das ausführende Personal mit Einschränkungen – *Haben so viel zu tun, maximal ein bis zwei Stunden pro Patient* (Pflegekraft Bensch) – bestätigte. Andere derselben

Pflegestufe zugeordnete Patienten widersprachen mit Aussagen wie *keine ganze Stunde* sowie *morgens mittags abends jeweils eine Viertelstunde* sowie *nachts nie*. Einmal fiel sogar der Satz *Betreuung wie in Kriegsgefangenschaft*, jedoch hatte Marcel hier selbst den Hinweis *Bewohner dement* ergänzt.

Unter dem Stichpunkt *Konflikte* war nur der Punkt *Beschwerden wegen Ruhestörung* mehrfach aufgeführt, ein von Koch Baatz erwähnter *Besteckdiebstahl* hatte sich der Randnotiz zufolge als Verwechslung herausgestellt. Besitz habe Sprenger keinen gehabt, außer den Möbeln in ihrem Zimmer, die sie bei ihrem Einzug mitgebracht hatte.

Über die Tatnacht selbst wussten wenige etwas zu berichten. Eine Frau Szygula aus OG3 hatte zu Protokoll gegeben, *wegen des Gewitters nichts gehört* zu haben – es hatte nachweislich nicht gewittert. Andere Bewohner wollten *meinen verstorbenen Mann im Garten* gesehen haben (Stoll OG3), einen *großen Mann am Hintereingang* (Emskötter OG2) bzw. *Napoleon* (Dzienian OG1, dement). Die Pflegekräfte sprachen von einer völlig normalen, ruhigen Nacht.

Was nun aber wirklich interessant schien, war der letzte Abschnitt. Es fand sich unter den Kommentaren zu Sprengers Tod kein einziger, in dem dieser aufrichtig bedauert worden wäre. Von einem floskelhaften *Jeder Abschied ist auf seine Art traurig* (Heimleitung), über Berichte des zunehmenden körperlichen Verfalls Sprengers vonseiten der Pflegerinnen Bensch und Dovifat bis zu Aussagen wie *Das wurde höchste Zeit* (Jänicke OG3) oder *War seit Jahren klar, dass die es nicht mehr lange macht* (Friese OG2). Von Erlösung las Jay im Protokoll, *Erlösung für Sprenger* (Stoll OG3), aber auch von *Erlösung für die Bewohner* (Borgwardt OG3). Je mehr Zitate er durchging, desto klarer wurde das Bild: Die einen gönnten der vereinsamten alten

Frau, siebenundneunzigjährig abtreten zu dürfen. Die anderen waren froh, endlich ihre Ruhe zu haben. Was Personal und Heimleitung höchstens verklausuliert ausdrückten, sprachen viele der Bewohner, die in ihrem Alter nichts mehr zu verlieren und ein ohnehin unverkrampftes Verhältnis zum Tod hatten, offen an. Der ganze Gregorhof war mehr oder weniger erleichtert, dass die Sängerin für immer verstummt war.

»Hilft nicht wirklich weiter, ne?« Marcel stand in der offenen Balkontür, mit der rechten Hand an der Stirn die Sonne abschirmend.

»Ach, doch, wir kriegen ein immer besseres Bild von Sprenger.«

»Immerhin.«

»Ja, immerhin.«

Jays Blick schwamm über die Seiten. Er überlegte, ob er noch Nachfragen hatte, Anmerkungen. Aber die Auswertung war solide.

»Ähm, Jay, noch mal kurz wegen dem Abschlussbericht des letzten Falls.« Jay löste seinen Blick nicht von dem Blatt in seiner Hand. »Ich habe das jetzt so weit fertig.«

So zögerlich Marcel sprach, so resolut antwortete Jay.

»Sehr gut, optimal, leg mir das einfach auf den Schreibtisch, dann schaue ich drüber.«

»Also, wie ich schon meinte …«

Er ließ es nicht dabei bewenden. Es machte Jay unruhig, obwohl Marcel genauso hartnäckig war, wie er sich seinen Kollegen wünschte.

»Warum die Waffe erst am nächsten Tag gefunden wurde, kann ich nicht nachvollziehen. Und warum die Vergewaltigungsanzeige von deinem Vater nicht in der Akte war, auch keine Ahnung.«

Noch immer drehte sich Jay nicht um, wollte den Ermittlungspannen des letzten Falls nicht die Bedeutung zumessen, die Marcel ihnen zumaß. Korrekterweise zumaß. Denn es waren keine Ermittlungspannen, nicht die verschwundene Anzeige, nicht die verschwundene Waffe. Von beidem wusste Jay, beides hätte Jay einfach auflösen können. Aber er deckte zwei Menschen, die seiner Meinung nach die Konsequenzen dieser Richtigstellung nicht verdienten. Niemand würde jemals wieder über diese Ungereimtheiten stolpern. Im Archiv würde niemand die Akte schreien hören.

»Passt schon«, sagte Jay und drehte seinen Kopf zu Marcel, »der Fall ist geklärt, ein paar Leerstellen bleiben immer.«

Marcel presste die Lippen zusammen und nickte widerwillig. Er wirkte wie ein Schüler, der nach der Klassenarbeit zum Mathelehrer kam und sich für nicht geschaffte Aufgaben entschuldigte. Der dachte, er würde vertröstet, weil man ihm das Lösen der Gleichungen nicht zutraute. Dabei wurde er vertröstet, gerade weil Jay ihm das Lösen der Gleichungen zutraute. Und weil er das verhindern wollte.

»Verstanden. Es ist nur ... ich wollte nur alles richtig machen, gerade in den zwei Wochen, als du weg warst.«

»Ja, und du hast alles richtig ...«

»Ich will besser werden. Ich weiß, dass ich letztes Mal noch nicht so ... also, dass du mehr erwartest.«

»Das hier«, sagte Jay und hob die Blätter in die Luft, »ist jetzt deine Baustelle. Hier kannst du dich beweisen. Da ist ganz viel drin, was offensichtlich ist, was Beiwerk ist. Aber irgendwo stehen die Sachen, die für uns relevant sind.«

Und während Marcel also den Balkon mit dem Gedanken an die verschwundene Anzeige von Jays Vater betreten hatte, und – zumindest hoffte Jay das – mit dem Gedanken an die tote Frau im Altersheim verließ, war es bei Jay andersherum. Er war den ganzen Tag, ja sogar die letzten beiden Tage, nur mit Louisa Sprenger beschäftigt gewesen. Und hatte dabei die Sache mit Gunther völlig vergessen. Jetzt, da er als Letzter seinen Wagen vom Parkplatz des Gregorhofs lenkte, war es wieder im Kopf, das Fragezeichen, das Unverständnis. Wieso hatte sich sein Vater darauf eingelassen? Während Jays alter Volvo durch den Feierabendverkehr stotterte, ging er noch einmal sein Gespräch mit Grzesinski durch. Dann dachte er an das, was Gunther vorher gesagt hatte. Und dann, im selben Moment, als eine endlos lange rot leuchtende Ampel auf Grün sprang, fiel Jay der Satz ein. *Das waren an dem Tag auch besondere Umstände.* Gunthers Satz, mit dem er alles relativieren wollte. Ein Satz, den Jay durch Grzesinskis Ausführungen nicht besser verstanden hatte. Was hatte Gunther damit gemeint? Eine Minute und einen Fahrtrichtungswechsel später stand Jay, wenn auch von der anderen Seite, wieder an der gleichen Ampel.

17

Schmelzwasser

Jay war sich nie sicher, ob unangekündigte Besuche Jeanne oder Gunther mehr überforderten. Seine Mutter wurde durch Überraschungsbesuche komplett aus ihrem Alltag gerissen. Wie bei der Ankunft eines Königs wirbelte sie durchs Haus und war primär damit beschäftigt, innerhalb kürzester Zeit ein Festmahl zuzubereiten, als müsse sie, was sie nun wirklich nicht musste, um die Gunst des Gastes buhlen. Doch spontan, wie sie war, schien es ihr wenig auszumachen, und sie freute sich immer überschwänglich, ihren Sohn umarmen zu können. Sein Vater wiederum änderte sein Tagesprogramm kaum bis gar nicht, ging seinen Tätigkeiten weiterhin mit der Ruhe und Routine nach, die ihn wesentlich entspannter wirken ließen, als er es eigentlich war. Zumindest hatte Jay den Eindruck, dass sich Gunther unerklärlicherweise mehr gestört fühlte als Jeanne, und ein manches Mal gegrummeltes *Hätteste aber auch anrufen können* bestätigte dies.

»Ich bleibe nur ganz kurz ... ich muss noch mal mit Papa ...«

Jeanne sah Jay enttäuscht an. Sie könnten sich raussetzen, nur was dippen, sie habe noch ein bisschen Baba Ghanoush. Jay liebte Jeannes Auberginenpüree.

»Nein, wirklich nicht, wir ermitteln wieder in einem

Mordfall, und das macht alles noch keinen Sinn ... Ich habe gerade keinen Kopf ...«

Jeanne umarmte ihn und flüsterte, dass sie kein Wort von seinen Mordfällen hören wolle. Sie mache sich so schon genug Sorgen, gerade die letzten Monate. Sie verdränge das alles, aber nachts, da käme vieles wieder. Zwei Polizisten in der Familie, da habe man es wirklich nicht leicht. Seine Kinder solle Jay auf keinen Fall Polizisten werden lassen, aber Kinder, gut, das sei ja ohnehin ein schwieriges Thema bei Jay. Sie wolle damit jetzt nicht wieder anfangen, Gunther sei im Keller, Gefrierschrank abtauen.

Jay stieg die Stufen nach unten. Sein Vater kniete inmitten dreier auf den Boden gestellter Schubfächer, ein Handtuch über einem Plastikeimer auswringend.

»Jay!«, rief Gunther, und das *Hätteste aber auch anrufen können* schwang unhörbar mit.

»Hey. Alles okay bei dir?«

»Ja, hier, die Gefriere ... ständig vereist das dumme Ding, brauchen da glaube ich mal eine neue.«

Die beiden sahen sich an, Jay sagte nichts.

»Habe das jetzt«, ergänzte Gunther, »mit einem Föhn ... aber da sitze hier zwei Stunden, und nach ein paar Wochen ist wieder alles ...«

Er legte das Handtuch vor den Gefrierschrank, als Staudamm vor dem langsam austretenden Wasser, und stand auf.

»Ich war bei Grzesinski«, sagte Jay ruhig.

»Ah, ja, mhm.« Gunther nickte und wischte sich die nassen Hände an seinem Pullover trocken. Es war ihm peinlich, er wollte nicht darüber reden, das merkte Jay.

»Ist doch ein Arschloch, oder?«

»Grzesinski?«, fragte Gunther mit nervöser Stimme.

»Ist doch kein Typ, den du magst.«

»Nein, nein«, Gunther lachte unsicher, »klar ist das keiner, der mir sympathisch …« Er brachte den Satz nicht zu Ende, wechselte auf einmal den Tonfall. »Jay … das war natürlich ein Fehler damals.«

Sie schwiegen sich an, nur das leise Surren des offen stehenden Gefrierschranks war zu hören.

»Du hast doch letztes Mal was gesagt«, machte Jay nach ein paar Momenten weiter. »Das waren an dem Tag auch besondere Umstände, hast du gesagt. Was hast du damit gemeint?«

»Ja, klar, das war für ihn ja auch …«

»Was denn?«

»Ja, er hatte in der Nacht davor zwei Kollegen verloren.«

»Grzesinski?«

»Hat er das nicht erzählt?«

»Nein.«

Jays Vater prüfte die Feuchtigkeit des Handtuchs, ersetzte es durch ein neues, wrang das durchnässte über dem Eimer aus.

Es habe damals eine Schießerei gegeben, vier Tote, zwei davon seien Polizisten gewesen. Aus Grzesinskis Einheit. Deswegen sei der völlig am Boden gewesen, kreidebleich habe er vor Gunther auf der Wache vorgesprochen.

»Der war dabei, die Kränze für die Beerdigungen zu bestellen. Da hätte ich ihm den Führerschein wegnehmen sollen? Manchmal hat man eben Mitleid mit Leuten.«

Gunther öffnete eine Kühltasche, räumte gefrorene Fische, Tiefkühlgemüse und eine Plastikpackung, deren Aufdruck *Schokoladeneis* per Kugelschreiber durchgestrichen und mit *Gulasch* überschrieben war, zurück in die Schubfächer auf dem Boden. Jay half ihm, hievte die Fächer wieder in den abgetauten Gefrierschrank, verabschiedete sich dann unten höflich, oben von seiner Mutter herzlich und verließ sein Elternhaus.

Zwei tote Kollegen aus der eigenen Einheit. Das waren allerdings besondere Umstände damals, dachte Jay. Besondere Umstände, die Grzesinski, aus irgendeinem Grund, mit keinem Wort erwähnt hatte.

18

Schutzengel

Sie musste sich beherrschen, wie sie sich noch nie hatte beherrschen müssen.

Aissa Diallo hätte am liebsten geschrien, wäre hingerannt, hätte Mo verteidigt vor den Wüstlingen, die ihn auf den Boden pressten und mit Waffen bedrohten.

Für eine Sekunde dachte sie daran, die Polizei zu holen.

Dann hörte sie aus der Ferne die Rufe der Wüstlinge.

Polizei, Polizei.

Die Polizei war also schon da.

Die Polizei war es, die Mo auf den Boden presste und mit Waffen bedrohte.

Sie war ihm gefolgt, wie die ganzen letzten Tage. Weil sie es nicht mehr aushielt zu Hause, weil sie zu viel Angst um ihn hatte. Beim ersten Mal lief sie einfach hinter ihm her, in einigem Abstand, ließ den kahlen schwarzen Hinterkopf nicht aus den Augen. Bis er im Park ankam. Sie beobachtete ihn, sah zu, wie er die Leute ansprach, wie er Geld annahm. Aissa wusste, was er da tat. Aber Aissa schwieg. Sie hatte zu viel Angst. Angst, dass etwas kaputtgehen würde zwischen ihnen, wenn sie ihn so bloßstellte. Denn eines war klar. Wie auch immer Mo da reingerutscht war, er war kein Krimineller, er war kein Böser, er war, ja eben, reingerutscht, wie auch immer. Und seine schlechte Laune, seine unsicheren Lügen, all das zeugte von dem

Selbsthass, den er vermutlich spürte. Und so schwieg sie ihm gegenüber und stieg stattdessen in jeder freien Minute ins Auto, stellte sich vor den Park, kaufte sich, wenn es warm war, ein Wassereis für zehn Pfennige und verbrachte die Stunden, in denen Marième versorgt war, unbemerkt in der Nähe ihres eigentlichen Sorgenkinds. Wie ein Schutzengel, dachte sie. Doch jetzt hatte der Schutzengel versagt.

Die Männer führten Mo ab, verrenkten ihm den Arm hinter dem Rücken.

Aissa löste ihren Blick von der Gruppe, sah die Straße entlang, entdeckte die beiden geparkten Autos mit dem einen blauen Licht auf dem Dach. Sie startete den Motor und näherte sich im Schritttempo den dunklen Wagen. Entdecken durfte man sie nicht, sie besaß nicht einmal einen Führerschein. Mo hatte ihr das Autofahren beigebracht, während der langen Reise. Wenn er geschlafen hatte, hatte sie das Steuer übernommen.

Wenige Momente später kamen die Zivilpolizisten mit Mo aus dem Parkeingang. Sie sah, wie er auf die Rückbank gedrückt wurde, wie die Polizisten einstiegen und losfuhren.

Dranbleiben, sie musste dranbleiben. Auf keinen Fall konnte sie Mo allein lassen. Sie war sein Schutzengel, sie musste in seiner Nähe bleiben. Was würden sie mit ihm machen? Abschieben konnten sie ihn nicht, da war sich Aissa sicher. Der Senegal war, zumindest aktuell noch, auf der Liste der Länder, in die die Deutschen einen nicht zurückschickten. Klar, sie würden Mo ausfragen, vermutlich bekäme er eine Strafe, ein Bußgeld, Platzverbot oder was es da gab.

Vielleicht, dachte Aissa, während sie den Autos durch die Straßen Berlins folgte, vielleicht hatte es sogar etwas

Gutes. Denn erstens war Mo in Polizeigewahrsam zumindest vor denjenigen sicher, die ihn vorletzte Woche so übel zugerichtet hatten. Ob es nun andere Dealer, seine Auftraggeber oder wütende Junkies waren. Und zweitens war ihm das Ganze vielleicht eine Lehre. Erst die Prügel, dann die Polizei. Ihm musste doch klar werden, um was es ging. Um ihn, um sie, um Marième. Um die Hoffnung einer kleinen Familie, die alles aufgegeben hatte für ein besseres Leben. Eine kleine Familie, die das Einzige, was sie über das Meer, über die Kontinente und endlosen Tage der Flucht behalten hatte, gerade zu verlieren drohte. Den Zusammenhalt. Die Zuversicht, das gemeinsam zu schaffen. Wenn das weg war, dann hatten sie nach der Heimat, dem Zuhause, den Verwandten, dem eigenen Land, den Düften, Klängen und Gefühlen, dann hatten sie alles verloren. Vielleicht würde Mo endlich aufwachen, dachte sie.

Und trotzdem, als sie die Bremslichter der verfolgten Polizeiwagen sah, als auch der Motor ihres Wagens in einigen Metern Abstand vor der Wache verstummte, als sie in ihren Augenwinkeln sah, wie ihr Mann durch die Eingangstür geschoben wurde, da platzte ihr Herz fast. Und es war das Lenkrad, das ihren Frust abbekam. Mehrmals schlug sie in kurzer Folge mit der flachen Hand auf den Kunststoff ein. Bis Aissa wieder ganz ruhig wurde, durchatmete und die inzwischen geschlossene Tür der Polizeiwache nicht aus den Augen ließ.

19

Hellseher

Jay blätterte durch die Seiten. Mit Kommasetzung stand Marcel auf Kriegsfuß, Unterschiede zwischen Haupt- und Nebensätzen schien er nicht zu kennen. In manchen Fällen wirkte es, als habe sein Kollege instinktiv einen Wechsel von Haupt- zu Nebensatz gerochen, nur konnte er ihn nicht genau lokalisieren und schoss blind in die vermutete Richtung. Hier wurde nicht *das angeführte Objekt weitläufig bestreift, weil dort der Aufenthaltsort des Täters vermutet wurde.* Hier wurde *das angeführte Objekt weitläufig bestreift weil dort, der Aufenthaltsort des Täters vermutet wurde.* Und manchmal schoss Marcel noch ein zweites Mal hinterher, vielleicht klappte es dann ja: Dann wurde *das angeführte Objekt, weitläufig bestreift weil dort, der Aufenthaltsort des Täters vermutet wurde.* Knapp daneben.

Aber gut, solange er zwischen Haupt- und Nebensachen unterscheiden konnte, war Jay schon zufrieden. Und in dieser Hinsicht gab es an Marcels Abschlussbericht nichts zu bemängeln. Ermittlungstaktik, täglicher Fortschritt, Ergebnisse der Case Team Meetings. Er hatte alles stringent aufgebaut. Als Externer – und das war Jays wichtigstes Kriterium – würde man den Fall ohne weitere Quellen gut nachvollziehen können.

Jay schloss die Mappe. Nachher würde er sie einreichen, auf Nimmerwiedersehen. Er musste sich strecken, um sie auf seinen Postausgangsstapel am Ende des Schreibtischs zu legen. Zwei Meter breit war sein Lieblingsmöbel, Walnussholz mit Stahleinfassung, dessen stattlichen Preis Martha anfangs nicht durchgehen lassen wollte, was seit dem Fall im Frühsommer aber nicht mehr angesprochen wurde. Jay verbuchte es innerlich als Bonus. Als holzgewordene *Leistungsgerechte Bezahlung von Landesbeamten und Tarifangestellten*, die sich in Berlin in der Regel nach Kassenlage richtete und damit faktisch nie auf den Bezügenachweis niederschlug.

Es klopfte an der Tür.

»Ja?«

»Morgen.«

»Marcel, guten Morgen. Ich habe gerade deinen Abschlussbericht gelesen.« Jay zeigte auf die Mappe. »Gut. Gut gemacht.«

Marcel schien sich nicht dafür zu interessieren. Er hatte die Hände in die Hüften gestemmt und starrte Jays Wand an. Die Wand, an der sie alles über Louisa Sprenger sammelten. Fakten auf Notizzetteln, angepinnte Dokumente, die Zeugenaussagen thematisch angeordnet. Sein Blick fixierte das Gedicht, die Liedzeilencollage, die Jay gestern angeschrieben und aufgeschlüsselt hatte.

»Alles okay?« Jay stellte sich neben seinen Kollegen. »Ich bin schon alles durchgegangen. Liedtitel, Komponisten, Interpreten, Schlagworte, die jeweiligen Jahreszahlen der Entstehung, die Länder. Ich kann kein Schema erkennen.«

»Ihr alten und hochweisen Leut, fallera, ihr denkt wohl, wir wären nicht gescheit, fallera«, las Marcel gedankenverloren.

Sein Blick wanderte.

»Es blies ein Jäger wohl in sein Horn, und alles, was er blies, war verlorn. Schneller und immer schneller rast der Propeller, wie dir's grad gefällt.«

Er deckte die ersten drei Textblöcke mit seinem linken Arm ab. Den nächsten übersprang er.

»Und sperrt man mich ein, im finsteren Kerker, das alles sind rein vergebliche Werke. Wahllos schlägt das Schicksal zu, heute ich, und morgen du.«

Mit seinem anderen Arm verdeckte er die beiden letzten Blöcke. Nur ein Satz war jetzt noch sichtbar.

»Und was für dich nun für immer fällt, dahinter wird es heller«, las er langsam.

»Was ist deine Idee?«

»Jay, du hast das doch gesagt gestern. Dass es ganz viel Offensichtliches gibt, Beiwerk, und irgendwo stehen die Sachen, die wirklich relevant sind.«

»Ja, ich habe damit die Zeugenbefragung gemeint.«

»Aber könnte es hier nicht genauso sein?«

»Du meinst …«

»Fünf der sechs Doppelzeilen können wir zuordnen. Das sind Lieder.«

»Du meinst, dass es vielleicht gar nicht um die geht? Sondern nur um die andere?«

»Wir versuchen, die ganze Zeit herauszufinden, wo das herkommt. Und was für dich nun für immer fällt, dahinter wird es heller. Aber vielleicht kommt das nirgends her, vielleicht ist das die Botschaft.«

»Nicht blöd«, sagte Jay. »Und was für dich nun für immer fällt«, er machte eine Pause. »Dahinter wird es heller.«

»Wer wird da angesprochen? Sprenger? Und was für Sprenger nun für immer …«

»Der Vorhang!« Jay sah zu Marcel.

»Was?«

»Der Vorhang«, wiederholte Jay und redete schnell. »Sprenger ist tot, der Vorhang ist für immer gefallen. Sagt man doch so: Für die fällt der Vorhang für immer, im Sinne von tot.«

»Dahinter wird es heller«, sagte Marcel ruhig.

»Wir müssen sofort zum Gregorhof.«

20

Versäumnis

Es war schon wieder normaler Heimbetrieb, keine Polizeiabsperrungen mehr wie an den Vortagen. Jay und Marcel eilten zum Hintereingang, 1 2 3 4, dann durch das enge Treppenhaus nach oben.

Dahinter wird es heller.

Hinter jedem Vorhang wurde es heller. Das war ja der Sinn eines Vorhangs, die Helligkeit abzuschirmen. Das würde der Verfasser, die Verfasserin doch nicht gemeint haben?

Auf dem Gang bremsten sie ab. Sie hatten kein Interesse daran, die Aufmerksamkeit der Heimbewohner auf sich zu ziehen. Viel Rollatorbetrieb in OG3. Freundlich grüßen, zügig weiter. Sprengers Zimmer war von den Kollegen mit Absperrband versiegelt. Jay riss es herunter.

Als sie den Raum betreten hatten, blieben sie eine Sekunde ruhig stehen. Blickten auf die dicken orangefarbenen Vorhänge.

Das Wanduhrpendel bewegte sich gleichmäßig von rechts nach links, spielte den tickenden Soundtrack der ansonsten stummen Szene.

Dann gingen sie näher heran, Jay und Marcel, jeder an eine Seite, begannen, hinter den Vorhang zu sehen, den Vorhang umzudrehen.

Tasteten, suchten, krochen auf dem Boden.

»Der Saum!«

Marcel hatte recht. Der Vorhang war einmal umgeschlagen worden. Jay fuhr mit der Hand in die Taschen, die durch aufgerissene Nähte geschaffen worden waren. Bestimmt kein Ort, den sich die Spurensicherung näher angesehen hatte.

Dann hatte er den Zettel in der Hand. Winzig, ein mehrmals zusammengefaltetes Stück Papier. Selbst auseinandergefaltet nicht größer als ein Büronotizzettel. Quadratisch, für Telefonnummern oder Stichpunkte, normalerweise. Nicht hier. Jay las es erst leise, dann noch einmal laut.

Nicht ein, nicht drei, so viele gehen vorbei.
Der kleine Hirsch nimmt sich das.
Nicht was, sondern wie lang ist die Frage.
So lang war kein Trinken die größte Plage.

21

Wunschdenken

Die Frau, die jemand nun seit zwei Tagen vergeblich suchte, blieb ein Phantom. Vor zehn Jahren verlor sich die Spur endgültig. Da hatte sie das Heim verlassen.

Wohin? Die Dame am Telefon wusste es nicht.

Hatte sie Freunde? Die Dame am Telefon wusste es nicht.

Hatte sie Pläne? Die Dame am Telefon meinte, sie habe jetzt keine Zeit mehr.

Frechheit, wie rede sie denn mit der Polizei!?

Die Dame am Telefon entschuldigte sich, verwies auf das gestrige Telefonat, da habe sie doch schon alles … sonst solle die Polizei vorbeikommen, dann könne man das in Ruhe … so am Telefon sei das ohnehin … anrufen könne ja jeder, sie wisse ja gar nicht sicher, dass sie gerade mit der Polizei telefoniere.

Ganz doof war sie nicht. Vorbeikommen ging natürlich nicht.

Danke, danke, man käme auf sie zurück.

Auf dem Schreibtisch stapelte sich das Papier. Durchgestrichene Telefonnummern von möglichen Anlaufstellen. Alles gestern schon durchtelefoniert, vergeblich. Nach dem Heim war sie verschwunden, die Frau. Die Adresse im Melderegister wurde nie wieder aktualisiert. Auf dem Schreibtisch lag auch noch das Foto. Die Frau als Mädchen.

Es könnte alles so einfach sein. Wenn sie zum Beispiel tot wäre. Wenn eine sichere Quelle belegen würde, dass die Frau nicht mehr lebte. Autounfall, vor fünf Jahren. Oder Selbstmord, direkt nach Verlassen des Heims. Das wäre ein Traum. Dann könnte man das alles abschließen, dann könnten zwei Menschen nachts wieder ruhig schlafen. Die Mauer stände fest, kein Stein wackelte, und was hinter der Mauer passierte oder besser passiert war, würde niemals einsehbar werden. Ja, herauszufinden, dass die Frau keine Beweise oder die Sache vergessen hatte, oder der Frau die Beweise abnehmen, das waren Optionen, in der jetzigen Situation sogar Wunschszenarien. Aber es war doch alles nichts gegen die Erleichterung, die Entspannung, die alle Verkrampfung lösen würde, wenn sie nur unter der Erde läge.

22

Diktiergerät

Wie lange sind Sie denn unten?« Die Sekretärin senkte den Kopf und sah Jay über die Ränder ihrer Brille an.

»Kann ich nicht genau sagen.«

»Eigentlich müssen Sie den Schlüssel vor 18 Uhr ...«

»Entschuldigung, ich war noch bei Frau Klewicz, das hat länger gedauert.«

Sie notierte seinen Namen auf einer Liste.

»Dann geben Sie ihn nachher beim Pförtner ab.«

Jay bedankte sich, nahm den Schlüssel und lief zum Fahrstuhl.

Marthas Job unterschied sich schon gewaltig von seinem, dachte Jay, und ihre unterschiedlichen Ansichten ließen sich meist auf diese simple Erkenntnis zurückführen. Martha verwaltete, musste einen großen Apparat am Laufen halten, repräsentieren, verteidigen, umschichten, erneuern. Ihr Erfolg ließ sich daran messen, wie wohlwollend ihre Regentschaft rückblickend beurteilt werden würde. Was sie angepackt hatte, was verbessert, wie erfolgreich ihre Kommissionen gewesen waren, danach würde sie eines Tages bewertet werden. Und in keinem Rückblick würde die Neunte Mordkommission fehlen, ihr Baby. Daher verstand Jay, dass sie in seinen Fällen immer mehr mitmischte als für eine Dezernatsleiterin üblich. Und er nahm es ihr nicht übel.

Jay hingegen arbeitete auf Projektbasis. Ihm wurde ein Fall aufgetragen, und von diesem Moment an hatte er nur noch ein Ziel. Es war ihm egal, wer was zu welchem Zeitpunkt über die Ermittlungen dachte. Wer den Ermittlungsstand wie beurteilte. Er selbst hatte ein Gefühl, wie nah er seinem Ziel war. Manchmal trog es, oft stimmte es ungefähr. Danach ging er.

Und so war es nicht verwunderlich, dass Martha und er auch den heutigen Tag unterschiedlich bewerteten. Für Jay war es ein Erfolg. Sie hatten die Botschaft des Täters entschlüsselt, waren einen großen Schritt weiter, hatten neues Futter bekommen, das Vorhangrätsel. Für Martha zählte das nicht. Sie wollte Namen von Verdächtigen, Vermutungen, die Gewissheit, dass die Berliner in Sicherheit waren. Damit konnte Jay nicht dienen.

Martha war bestimmt eine, dachte er, als er aus dem Aufzug trat, die sich früher beim Kreuzworträtsel der Fernsehzeitung nicht über das Lösen der schwierigen 22 waagrecht freuen konnte, wenn nicht mindestens ein Buchstabe der 22 waagrecht umkringelt und somit Teil des Gesamtlösungsworts war. Die Tatsache ignorierend, dass jeder richtige Begriff es viel wahrscheinlicher machte, dieses Ziel zu erreichen. Jay hatte das Gesamtlösungswort meist auf den ersten Blick erraten – je nach Jahreszeit war es *OSTERHASE*, *SOMMERFERIEN*, *FROHES FEST* oder *FROHES NEUES* –, dennoch legte er die Zeitschrift erst weg, wenn kein Kästchen mehr weiß war.

Jay lief den Flur im Erdgeschoss entlang, bis zu der unscheinbaren Tür, stieg dort die Treppe hinunter. Er erinnerte sich noch an den Tag, als sie ihn zum ersten Mal hierhinführten. Aus Coventry war er einen modernen Glasbau gewohnt, rund um die Uhr besetzt, zu jeder Zeit mit mindestens drei Mitarbeitern. Hier bekam man einen Schlüssel in die Hand gedrückt und musste durch den dunklen Heizungskeller.

Er ging durch eine zweite Tür, noch ein paar Stufen tiefer, lief durch einen großen, kalten Keller, den die eine Leuchte neben dem Eingang kaum erhellte. Quer durch, ganz am Ende links war der Raum, für den sein Schlüssel passte. Er drückte die Klinke, schaltete das Licht an.

Eng aneinandergereihte Regale, Aktenordner mit gänzlich uneinheitlicher Beschriftung. Jahreszahlen, Namen, mal handgeschrieben, mal auf ausgedruckten Etiketten, bunt, schwarz-weiß.

Das Archiv des Berliner Mordkommissariats.

Früher war das hier nach Art des Tötungsdelikts sortiert gewesen. Irgendwann hatte man entschieden, die Ordner chronologisch aufzustellen.

Jay lief die Regale ab. Anfang Zweitausender, dann auf einmal ein Sprung in die Achtzigerjahre. Wo waren die Neunziger? Er sah auf das Datum, das er sich auf den Arm geschrieben hatte. Da, 1991 las er auf einem der Ordnerrücken, hier ging es wohl los. 1992, 1993. Er ging den Gang entlang, die Toten der Jahrzehnte standen ihm Spalier, Etiketten wie Grabsteine.

Dann hatte er die richtige Jahreszahl gefunden. Wo war jetzt der April? Er sah zwei Akten vom März, dahinter Oktober. Die Ordner standen kreuz und quer. 15. April, 15. April. Jay ging in die Hocke, scannte eine Aufschrift nach der anderen.

Es dauerte einige Momente, bis Jay fand, wonach er suchte. *Morde Koletzkigelände* stand in schwarzer Filzstiftschrift auf dem Ordnerrücken.

Er blätterte durch die Seiten, machte mit der Kamera

seines Telefons Fotos. Von einem rekonstruierten Tatverlauf las er da, von einer wahrscheinlichen Ereignisabfolge. Von vier Toten, alle erschossen. Zwei davon Polizisten.

Am Ende der Akte eine Klarsichthülle mit losem Blatt und winziger Kassette. Eine Diktiergerätkassette. Jay ging die Liste auf dem Blatt durch, überflog die Namen. *0:20:23 Grzesinski.* Er nahm die Kassette aus der Hülle. Sie mussten hier doch irgendwas zum Abspielen haben.

Er lief zum Eingang, öffnete die wenigen verschlossenen Fächer einer Schrankwand neben der Tür. Stifte, Schere, Papier, Etiketten. Er zog an den Schubladen. Die ersten beiden waren verschlossen, dann … Kabel. Jay wühlte. Scart, Klinke-Cinch, ein altes Mikrofon. Hier könnte doch … dann hielt er es in der Hand. Olympus Pearlcorder S700.

Er legte die Kassette in das Diktiergerät, spulte das Band ein Drittel nach vorn, drückte die Play-Taste, musste noch ein bisschen spulen, drückte wieder, spulte wieder, hörte die vertraute Stimme.

Na, Sorgen gemacht schon so ab elf. Die wollten nach ihrem Dienst ja zu uns in die Kneipe kommen. Aber weißte ja nicht. Kann ja was dazwischenkommen.

Dann eine andere Stimme.

Also 23 Uhr?

Es musste ein Kollege der damaligen Mordkommission sein. Es tue ihm sehr leid, er müsse das nur einmal sauber aufschreiben, dann würde man auch nicht mehr stören. Schon gut, schon gut, verstehe er ja, antwortete Grzesinski.

Wann haben sie vom Tod Ihrer Kollegen erfahren?

Am Morgen erst. Ich wurde da ja in aller Herrgottsfrühe aus dem Bett geklingelt. Dann bin ich direkt zum Koletzki-gelände. Ich habe das irgendwie nicht geglaubt. Ich bin da hin, aber hatte noch die Überzeugung, dass die sich geirrt haben. Dass meine Jungs noch am Leben sind. Und dann laufe ich da über die Wiese, zu der alten Halle, ich sehe es noch vor mir. Das Auto. Und dann liegen die beiden da. Tot wie die Mäuse.

Jay sah sich parallel die Fotos in der Akte an. Zwei junge Männer, noch keine dreißig.

Haben Sie irgendeine Ahnung, warum Ihre Kollegen zum Koletzkigelände gefahren sein könnten?

Keine Ahnung. Da ist ja nix. Außer Schrott und leeren Hallen. Aber die wollten wohl einem Tipp nachgehen.

Einem Tipp?

Ja, der da, den hatten wir auf der Wache vorher. Ich weiß noch, dass die Jungs meinten, der will ihnen was zeigen.

Grzesinski schien während des Gesprächs auf irgendein Foto zu zeigen.

Sie glauben, er hat sie da hingelockt?

Ich kann es mir nicht anders erklären.

Jay stoppte die Aufnahme. Er blätterte noch einmal in der Akte, wollte wissen, zu welchem Urteil der Bericht damals gekommen war. *Bewusste Fehlinformation* stand dort, von einem *Hinterhalt, in den die Beamten gelockt worden waren*, war die Rede. Plötzlich sei *das Kfz auf sie zugerast … Schüsse in Notwehr … Kugelhagel …* vermutlich hätten die Polizisten *auf das entgegenkommende Kfz geschossen*, die Angreifer dadurch tödlich verletzt, seien aber dennoch von dem Wagen erfasst worden und verstorben.

Jay sah auf die Uhr. Das würde vorerst reichen. Er musste sich beeilen, in einer halben Stunde wollte er da sein. Und es war kein Treffen, bei dem er zu spät kommen sollte.

Im Spätfeierabendverkehr dauerte die Fahrt zum Tempelhofer Damm länger, als Jay dachte. Erst eine Minute vor der verabredeten Uhrzeit parkte er den Wagen schräg gegenüber dem Eingang. Fünf Tage war es her, dass er das letzte Mal hier war. LKA 4.

Er versuchte, nicht zu offensichtlich in die Richtung zu schauen, aus der die Mitarbeiter das Gebäude verließen. Dann überprüfte er noch einmal den Chatverlauf. Aber nein, er hatte sich nicht in der Zeit vertan. Und sein alter Volvo 240 war unschwer zu erkennen. Sie wollten sich jetzt treffen, genau hier. Nur warum, das hatte Jay heute Mittag nicht verraten.

Plötzlich ging die Beifahrertür auf. Ohne Begrüßung setzte sich die blonde Frau auf den Sitz.

»Fahr los.«

Jay fragte sich, ob sie der kurzsilbigen Konversation entnommen hatte, wie heikel das Thema war, oder ob sie eher aus privaten Gründen nicht mit Jay gesehen werden wollte. Er startete den Motor.

»Hallo, Sonya.«

23

Dienstplan

Sie war nicht überzeugt. Der Leiter einer Einheit wartete die halbe Nacht auf zwei Kollegen in der Bar. Die kamen und kamen nicht. Und irgendwann hatte er dann ein Bier zu viel im Tank. War das so verwunderlich?

Jay lenkte den Wagen ziellos durch Kreuzberg, bog vom dreispurigen Mehringdamm in eine Seitenstraße ab.

Und selbst wenn das Betrinken nichts mit der Abwesenheit der beiden Polizisten zu tun gehabt habe, machte Sonya weiter, dann sei Grzesinski vielleicht einfach der unsympathische Prollpolizist, für den Jay ihn offensichtlich halte. Der sich volllaufen lässt und ins Auto torkelt. Erwischt wird und nicht dafür geradestehen will, aus Sorge um die eigene Karriere.

»Na klar kann das sein, es ist nur …«

»Du steigerst dich da in was rein, Jay.«

»Wieso hat er mir gegenüber mit keinem Wort erwähnt, dass er in der Nacht, in der er besoffen angehalten wurde, zwei Kollegen verloren hat?«

Sie sah ihn von der Seite an, Jay blickte auf die Fahrbahn.

»Weil es Grzesinski wohl unangenehm war. Die Kollegen erscheinen nicht, er stellt sich einen rein, anstatt nach ihnen zu suchen. Wie eben jeder schon mal versetzt wurde und trotzdem ruhig geblieben ist. Erinnerst du dich an unser drittes Date?«

Jay hatte sie über eine Stunde beim Italiener warten lassen. Sie hatte sich Wein bestellt und mit der Vorspeise begonnen.

»Wäre mir im Nachhinein auch unangenehm gewesen, wenn am Ende rausgekommen wäre, dass du gegen einen Baum gefahren bist.«

Jay schwieg.

»Aber du warst ja nur wieder auf irgendeinem Alleingang und musstest auf die Kollegen warten.«

Sechs Jahre war das her, er erinnerte sich. Von wegen auf die Kollegen warten. Das mit dem Alleingang war eine Notlüge gewesen. Auf dem Weg zur Verabredung hatte er den Garten mit den Geranien gesehen. War eingestiegen, hatte ein paar für Sonya rausgerupft. Nicht mehr als fünf, von sicher über hundert. Egal, auf einmal jagte ihn ein Rentner mit einem Rechen durch den Garten, Jay floh ins Hinterhaus, und wie ein Kind beim Räuber-und-Gendarm-Spiel verharrte er dort, bis die Gefahr vorüber war.

»Ich will ja nur sicher sein.«

»Sicher womit?«

»Dass das nichts miteinander zu tun hat. Grzesinski war der Chef der Einheit. Stell dir mal vor, der hatte Aufsicht an dem Abend. Oder auch nur Bereitschaftsdienst. Und der hat einen Notruf nicht gehört, weil er betrunken in der Kneipe …«

»Jay, du konstruierst da was.«

»Dann hätte nämlich wirklich seine Karriere auf dem Spiel gestanden. Und wir reden hier nicht über schwindende Aufstiegschancen. Dann hätte er ein Verfahren bekommen. Und wäre suspendiert worden.«

Sonya atmete hörbar aus. »Warum erzählst du mir das alles?«

»Weil du die Einzige bist, die überhaupt davon weiß. Von der Akte, von Gunthers Manipulation. Wir haben eine gemeinsame Verantwortung. Dass das, was wir decken, mit Unsicherheit zu tun hat. Mit Traumabewältigung, mit einem dummen Deal von Polizisten zu tun hat, die um sich selbst besorgt waren. Und nicht mit einer schwerwiegenden Straftat.«

»Ich habe dafür eine Verantwortung?« Sonya beugte sich im Sitz nach vorn und sah Jay verständnislos an. »Ich will mit dieser ganzen Sache nichts zu tun haben. Ich bin nur ruhig, um dich nicht reinzureiten.«

Jay bog wieder ab, kam auf eine Straße, auf der sie eben schon einmal waren. Fuhr in die Richtung zurück, aus der sie gekommen waren.

»Du hast ja recht, ich bin dir auch sehr dankbar dafür. Sehr, sehr dankbar.«

»Aber?«

»... aber ich brauche noch einmal deine Hilfe.«

»Darum geht es also?« Sie lehnte sich wieder zurück, verschränkte die Arme und blickte aus dem Fenster.

»Man muss doch irgendwie rausbekommen können, ob Grzesinski an dem Abend im Dienst war?«

»Jay!«

»Das lief doch damals schon per Computer, da müssen doch irgendwo alte Dienstpläne ...«

»Jay!«

»Sonya, bitte.«

Zwanzig Jahre alte Dienstpläne? Wo sie die denn herholen solle? Einfach im Keller den alten PC mit Windows 95 anschließen? Und überhaupt, er stifte sie gerade dazu an, gegen ihren eigenen Arbeitgeber zu ermitteln. Sie wolle nicht ihren Job verlieren, weil Jay sich auf einen vielleicht unsympathischen, in jedem Fall aber unverdächtigen Ex-Polizisten eingeschossen habe. Dann schwiegen beide.

»Bitte!«, sagte Jay noch mal, als er sie wieder vor dem LKA-Gebäude rausließ. Sie drehte sich nicht um.

24

Toresschluss

Es wurde fünf, es wurde sechs, es wurde sieben, es wurde acht. Dunkel war es bereits geworden, Aissa wich nicht von der Stelle. Zwischendurch war sie kurz ausgestiegen, in das gelbe Telefonhäuschen am Anfang der Straße gegangen. Ohne den Blick vom Eingang der Wache zu lösen. Hatte die Nachbarin mit dem Ersatzschlüssel angerufen und gebeten, Marième in die Wohnung zu lassen. Auf Englisch, Französisch, ein paar Brocken Deutsch, irgendwie verstanden sie sich immer. Die Nachbarin versprach, sich zu kümmern. Ob sie der Kleinen etwas zum Abendessen machen solle? Sie war ein Goldschatz.

Aissa starrte auf die Tür. Immer wieder waren Polizisten herausgetreten, in den Feierabend. Eben erst auch zwei von denen, die im Park dabei gewesen waren. Was wollten sie so lange von ihm? Ob sie ihn hierbehalten würden? Sie begann zu beten. Als sei es der letzte Kommunikationskanal, über den sie Mo erreichen könne.

Aissatou, Aissatou, der Mann ist ein Geschenk. Das hatte ihre Großmutter gesagt, als sie ihr damals Mo vorstellte. Die alte Frau war blind, aber sie kannte die Menschen. Er kann dir ein Haus bauen, hatte sie gesagt, was willst du mehr? Dann streichelte sie minutenlang über Mos raue Hände und redete von Lebensadern. War Mo ein Geschenk? Würde das alles am Ende gut ausgehen? Der Tiefpunkt war heute erreicht, weiter runter konnte es nicht mehr gehen. Jetzt ginge es bergauf, sagte sie sich, jetzt ginge es nur noch bergauf.

Oder war das noch gar nicht der Tiefpunkt? Was, wenn sie sich doch in Mo getäuscht hatte. Wenn er nicht durch unglückliche Umstände in eine Sache geraten war, die ihm allmählich über den Kopf wuchs. Ein Krimineller, durch und durch, der von Anfang an nach Deutschland wollte, um schnelles Geld zu machen. Frau und Kind nur brauchte, um reinzukommen, nicht aufzufallen. Der drin war im Geschäft, Geld beiseitegelegt hatte. Den die Polizei nicht gehen ließ, weil er ein großer Fisch war. Aissa musste lachen. Mo, ein großer Fisch. Es war eine absurde Vorstellung.

Abrupt wurde sie aus ihren Gedanken gerissen. Die Tür der Wache ging auf. Zwei Polizisten kamen heraus. Den einen erkannte sie sofort, er war mit im Park gewesen. In ihrer Mitte, gebückt, gekrümmt, Mo. Noch immer in Handschellen. Sie schoben ihn aus dem Haus, wie sie ihn hineingeschoben hatten. Waren sie noch nicht fertig mit ihm? Sie liefen wieder zu dem Auto, aus dem sie vor Stunden gestiegen waren. Verfrachteten Mo auf die Rückbank, fuhren los.

Aissa folgte dem Wagen. Das ergab doch keinen Sinn. Sie hielten ihn erst stundenlang fest und brachten ihn dann an einen anderen Ort. Welchen Ort? Wie Punkte auf einer Karte zeigte ihr Kopf ihr die Möglichkeiten. Sie könnten ihn nach Hause begleiten, als Entschuldigung für ein Missverständnis. Aber warum die Handschellen? Sie könnten ihn ins Gefängnis bringen, in ein richtiges Gefängnis mit Stacheldraht und Zellen. Sie könnten ihn zum Flughafen bringen, abschieben, ehe er aufwachte, wäre er wieder im

Senegal. Dabei hieß es doch, sie schieben momentan niemanden in den Senegal ab. Sie könnten ihn zum Park zurückbringen, dort aussetzen, wo sie ihn aufgesammelt hatten, vielleicht waren sie dazu gesetzlich verpflichtet. Ihre Gedanken gingen kreuz und quer.

Der Wagen fuhr bedrohlich langsam. Routiniert, kein Blaulicht. Sie konnte schon nicht mehr einschätzen, ob das ein gutes oder schlechtes Zeichen war.

Wie gerne sie jetzt in Mos Kopf geschaut hätte. Gewusst hätte, ob er Angst hatte. Ob er selbstsicher war. Ob er Schmerzen hatte. Ob er an sie dachte. Ob er an Marième dachte. Ob er sich schämte. Ob er noch Hoffnung hatte. Aissatou, Aissatou, der Mann ist ein Geschenk.

Erst jetzt merkte sie, wie sie zitterte. Je länger die Fahrt dauerte, desto nervöser wurde sie. Die Straßen waren schon dunkler, sie bewegten sich weg von den Lichtern, den Menschen und Autos. In ihrer Heimat wäre das kein gutes Zeichen gewesen. Da waren dann die Wasserlöcher nicht fern, in denen man sich suhlen musste. Die Garagen und großen Zelte, aus denen die Leute ohne Ohren zurückkamen, wenn überhaupt. Aber das hier war ja Deutschland.

Oder lenkte Mo die Polizisten? Sagte er ihnen, wo sie hinfahren sollten? Weil er sie zu jemandem führen wollte oder irgendwo etwas versteckt hatte. Vielleicht hatte das alles so lange gedauert, weil sie etwas aus ihm herauspressen mussten, eine Information. Gab es hier Folter? Von dem ganzen Drogengeschäft wusste sie nichts und wollte sie nichts wissen, aber ein paar Sachen bekam man auch als Laie mit. Dass man nie die anderen verpfeifen durfte. Dass die Bosse sonst die Familie holten und niemanden am Leben ließen.

Der Polizeiwagen bog in eine große Einfahrt. Das rostige Betriebstor stand offen, dahinter nur noch spärliche Beleuchtung. Aissa bremste ab, wollte nicht direkt hinterher, es wäre zu auffällig gewesen. Erst als das Geräusch des anderen Autos immer leiser wurde, trat sie vorsichtig aufs Gas, schaltete das Licht aus und fuhr auf das Gelände. *Koletzki* stand kaum mehr zu entziffern auf der Wand neben dem Tor.

25

Totenliste

Jay blickte auf die Liste. Namen, Namen von Verstorbenen, mit Todesursache und Datum. Und dachte wieder an die vier Toten aus der Akte. Die fast zwanzig Jahre kürzer gelebt hatten als die auf dem Papier.

An diesem Morgen waren Jays Gedanken nicht mehr nur beim Fall Sprenger. Die Grzesinski-Geschichte war keine Feierabendbeschäftigung mehr, zumindest nicht in seinem Kopf. Vielleicht, weil es bei Sprenger immer noch keinen Verdächtigen gab und Jay sich nicht sicher war, ob sie jemals jemanden überführen würden. Denn nur, weil Täter oder Täterin auf den perfekten, nicht aufzuklärenden, unsichtbaren Mord zugunsten einer rätselhaften Botschaft verzichtet hatte, konnte es dennoch auf den perfekten, nicht aufzuklärenden, sichtbaren Mord hinauslaufen. Eine Tote mit Statement, aber ohne Mörder.

Und dann Martha. Anstatt direkt mit dem Vierzeiler weiterzumachen, der einzigen Spur, die sie momentan hatten, bestand Martha darauf, den umgekehrten Weg zu gehen. Sie wolle nicht schon wieder im Nachhinein von Morden nach ähnlichem Schema erfahren. Daher sollten sie als Erstes überprüfen, ob und wo es andere Todesfälle gab, die in Relation zur Tat im Gregorhof standen. Was sie mit *in Relation* meine? Das überlasse sie Jay. Alles, woraus man später den Vorwurf stricken könne, nicht sauber gearbeitet zu haben.

»Habt ihr schon irgendwas?« Jay blickte in die Runde. Case Team Meeting.

Die Kollegen sahen krampfhaft auf Zettel voller Namen. Durchgestrichene, markierte, angekreuzte.

»Negativ«, meinte Marcel, »nichts mit ähnlicher Tötungsart oder Botschaft. Also Abschiedsbriefe, klar, aber nichts ... Rätselhaftes.«

Jay hatte die Suche einschränken müssen. In Berlin starben täglich im Schnitt neunzig Menschen. Allein an den drei Tagen seit Sprengers Tod waren es zweihundertsiebenundsechzig. Die gingen sie als Erste durch. Ein Kollege kümmerte sich um die zweiundzwanzig Fälle, bei denen die Todesursache *Krankheiten des Atmungssystems* war, eine andere Kollegin überprüfte die elf Fälle, die in die Kategorie S00 bis T98 fielen: *Verletzungen, Vergiftungen und bestimmte andere Folgen äußerer Ursachen*. Die unnatürlichen Tode. Marcel konzentrierte sich auf demografische Ähnlichkeiten. Auf seiner Liste standen die Namen von zweiundachtzig Frauen, alle älter als achtzig, verstorben in den letzten drei Tagen, sechzehn davon in Pflegeheimen.

»Apropos Rätsel: Ist jemand mit der Vorhang-Botschaft weitergekommen?«

Ja, sie hätten das *mal ein bisschen* analysiert, meinte eine Kollegin. Vom Wording her passe es auf jeden Fall zur ersten Botschaft.

So weit war Jay auch schon. Hirsch, Durst, das passte in die Welt, in die er sich vorgestern Nacht bei der Recherche der Liedzeilen begeben hatte. Blümlein, Heiden, Tannen, Rehe, die viel besungene Natur, in der man sich austobte, sang, liebte, umherzog, schoss, bis man dann zur Stärkung wieder irgendwas gegen den Durst brauchte. Schenket ein!

Aber sie hätten keine Lieder oder Gedichte gefunden, aus denen die Sätze stammten, ergänzte die Kollegin.

Auch das überraschte Jay nicht. Es klang dieses Mal weniger nach zusammengewürfelten Versen, mehr nach zu beantwortenden Fragen. Er begann zu lesen.

»*Nicht ein, nicht drei, so viele gehen vorbei.*«

»Würde man ja erst mal an zwei denken«, sagte ein Kollege, »wegen nicht eins und nicht drei.«

»Oder fünf«, warf Marcel mit verschränkten Armen ein.

»Fünf?«

»Wie so eine Zahlenreihe, eins, drei, fünf.«

Jay rieb sich die Augenbrauen. »Gut, aber wieso? Also was soll das?«

Stille.

Jay machte weiter. »*Der kleine Hirsch nimmt sich das.*«
Wieder meldete sich keiner zu Wort.

»Ja, was nimmt so ein Hirsch?«, sagte die Kollegin dann, »Futter, Gras, ein Tier als Beute.«

»*Nicht was, sondern wie lang ist die Frage.*«

»Da brauchen wir irgendeine Was-Frage«, sagte Marcel, »aus der wir eine Wie-lang-Frage machen können. Vielleicht ist die Zeile in Zusammenhang mit der danach … mit dem Trinken …«

»*So lang war kein Trinken die größte Plage*«, sagte Jay.

»Genau. Scheint bei beiden Fragen um das Wie-lange zu gehen.«

Jay war das zu wenig Input. Die Gedanken der Kollegen hatte er alle selbst schon gehabt. Mehr noch: Er hatte sogar eine Vermutung. Die erste Zeile wollte eine Zahl zur Antwort, ganz klar. Nicht eins und nicht drei. Und die letzten beiden, die mit den Fragen nach dem *Wie lange*, konnten vielleicht auch mit einer Nummer beantwortet werden.

Vielleicht waren das vier Rätsel in vier Versen, und jeder Vers verlangte eine Antwort. Dreimal könnte eine Zahl passen, nur der Hirsch fiel raus.

Er bedankte sich bei seinem Team, gab Marcel die Liste zurück, *Frohes Schaffen.* Während die Kollegen zusammenpackten, aufstanden, Kaffeetasse in der einen, Unterlagen in der anderen Hand, gerade den Raum verlassen wollten, klopfte es.

»Hat von euch jemand Lego bestellt?« Die Sekretärin stand in der Tür, drei große Pakete in der Hand.

Alle sahen sich fragend an.

»Lego?«, meinte Marcel.

»Ja, diese Spielzeugbauklötze, mit diesen Figuren und Menschen und …«

»Ich weiß, was Lego ist, aber für was sollen wir hier …?«

»Dachte mir schon, dass das eine Fehlzustellung ist. Wollte nur fragen … dann lasse ich das zurückschicken.«

»Nein.«

Alle Kollegen drehten sich zu Jay um.

»Ich habe das bestellt.«

26

Bauklötze

Bauarbeiter wollte Jay nie sein. Architekt ja, Ideen haben, Pläne machen. Aber die blinde Umsetzung des Plans eines anderen gefiel ihm nie. Wenn er früher Lego gespielt hatte, waren ihm die Anleitungen meist egal gewesen, die bildlichen Schritt-für-Schritt-Baupläne. Er packte aus und setzte die hubbeligen Klötze zusammen, wie er wollte.

An diesem Nachmittag stand er gebückt über seinem Schreibtisch und hielt sich strikt an die Vorgabe. Immer wieder schaute er nach, platzierte dann Steine neu, veränderte die Position des kleinen Autos mit den zwei Insassen, legte die beiden anderen gelbköpfigen Figuren auf dem grünen Noppenuntergrund um. Doch seine Quelle war keine bebilderte Anleitung. Seine Quelle war eine Mappe, voller Texte, vereinzelter Bilder, wenig Grafik. Die Akte aus dem Archiv. *Morde Koletzkigelände.*

Marcel hatte sich gewundert. Wieso er Kinderspielzeug bestellt habe?

State of the Art sei das, hatte Jay geantwortet. Sowohl in Coventry als auch in dem EU-geförderten Trainingslager in Lyon, in das er zur Vorbereitung auf die Leitung der Neunten Mordkommission geschickt worden war. *Rapid Prototyping* nannten die es dort in den Workshops. Nicht lange nachdenken, nicht zu viel im Kopf oder auf dem Papier arbeiten. Tatorte und Situationen visualisieren, so flexibel, dass verschiedene Ideen ohne Aufwand durchgespielt werden konnten. Und durchgespielt war wörtlich gemeint, sie machten es mit Spielzeug.

Jay war selbst lange skeptisch gewesen. Gerade in Coventry herrschte in seinem Jahrgang eine Hurra-Mentalität, die jede als Neuheit verpackte Methode ungeprüft abfeierte. Jay stimmte in den Jubelchor nicht ein, stellte kritische Fragen, wollte wissen, ob die Effizienz der neuen Vorgehensweise denn belegt sei. Im Plenum erntete er dafür verdrehte Augen. *I think we should defer judgement* hieß es dann oder *I suggest we stay open-minded*, Blabla-Sätze, die jede Diskussion sofort abwürgten. Und irgendwann fragte sich Jay, ob er zu rational für diese Welt war. Bis dahin hatte er es für eine Stärke gehalten, die Dinge kühl und sachlich zu analysieren. Am College of Policing bekam er die Nachteile zu spüren. Wenn der Jahrgang irgendetwas plante, meistens Pubbesuche, war er zwar immer eingeladen, wurde nur selten vergessen. Aber er war keiner von denen, die den Plan ausheckten, die sich untereinander besprachen, bevor der Rest informiert wurde. Und er war auch keiner von denen, deren Absage aus terminlichen Gründen zu einer Umdisponierung geführt hätte. Man respektierte ihn, man liebte ihn nicht. Es waren vor allem die Grinsekatzen, die Hurra-Jubler, die die prägenden Figuren am College waren. Als Jay schon überlegte, inwiefern er an seinen Persönlichkeitsmerkmalen arbeiten konnte, kam er für eine Gruppenaufgabe in ein Team mit Julie. Eine junge Irin mit Brille, glatter Haut und kaum verständlichem Akzent. Sie trafen sich noch am selben Abend. Und am Tag darauf. Und am Tag darauf. Sie wurde seine erste Freundin seit der Abiturzeit in Berlin. Viel später, sie waren schon mehrere Monate zusammen, gestand sie Jay, wie sexy sie ihn bereits in den ersten Collegestunden fand. Es war eben jener wache Geist, den sie an ihm so mochte, die unbeirrbare Standhaftigkeit im Denken. Und da verstand Jay, dass er keinen Fehler gemacht hatte. Er polarisierte mit seiner Art, er würde nie derjenige werden, den alle lieb hatten. Aber es hatte keinen Sinn, seine Wesensmerkmale zu verleugnen. Er musste nur die Menschen finden, die sie zu schätzen wussten. Gegen die Tatortvisualisierung mit Spielzeug hatte er im Übrigen keine Einwände mehr geäußert, sobald die ersten Projekte tatsächlich die Überlegenheit der Methode belegten.

Jay betrachtete die bunten Steine auf dem Tisch. Martha würden solche Experimente bestimmt gefallen, konnte sie im nächsten Interview wieder mit einem kleinen Detail im Nebensatz auf die innovative Polizeiarbeit der Neunten Mordkommission verweisen. Den konkreten Anlass müsste Jay verschweigen. Es war ihm um den Tatort Koletzkigelände gegangen, um eine viele Jahre zurückliegende Geschichte. Die Jay begreifen wollte, ohne sein Team, am allerwenigsten Marcel, darauf aufmerksam zu machen. Details an die Indizienwand heften ging also nicht. Die unbeschrifteten Steine waren schweigsam.

Es war schon weit nach Feierabend, als es leise an Jays Tür klopfte. Kein lautes Marthaklopfen, kein schnelles Marcelklopfen. Er schlug die Akte zu, legte sie unter einen Papierstapel.

»Ja?«

Sonya stand auf einmal im Raum, kam auf Jay zu, sah erst ihn an, bis die Lego-Szenerie ihre Aufmerksamkeit auf sich zog. Was denn das sei?

Jay war sich unsicher, was Sonya hier wollte. Aber sie

war die Einzige, die von der Sache wusste. Ihr konnte er sein Modell erklären.

Eine maßstabsgetreue Nachbildung des Koletzkigeländes sei das, des Tatorts, also so gut es eben gehe mit den Informationen aus der Akte. Da – und dabei zeigte er an den Rand der grünen Bodenplatte – sei der Zugang zum Gelände. Nur hierdurch hätten die Autos kommen können. Das der Polizei und das der anderen beiden Toten, der laut Akte Tatverdächtigen. Glaube man Grzesinskis Vermutung, habe der eine Tatverdächtige selbst im Polizeiauto gesessen und die Polizisten zum Gelände geführt, gegen 21 Uhr an jenem Abend. Jay setzte drei Figuren in das eine Auto und schob es über den noppigen Untergrund.

Was dann genau passiert sei, das ließe sich mit der Information aus der Akte nicht rekonstruieren. Das Gelände sei riesig, das sehe Sonya ja. Ehemalige Wachswarenfabrik, seit den frühen Neunzigern eine Ruine. Jay tippte mit dem Finger auf unterschiedlich große Blöcke, durchnummeriert von eins bis fünf. Fünf große Hallen ständen dort, mit Laderampen und Pipapo. Den Fotos vom Tatort nach zu urteilen damals schon ziemlich heruntergekommen. Zerbrochene Scheiben, rostige Tore.

Also, was dann passiert sei, Blackbox. Nur was man am nächsten Morgen vorgefunden habe, sei wieder eindeutig. Jay stellte das Spielzeugauto neben Halle 3, nahm alle drei Figuren heraus. Er legte zwei der Figuren direkt vor Halle 3, setzte die andere auf den Beifahrersitz des zweiten Autos. Das leere Polizeiauto habe etwas abseits gestanden. Vor der Halle selbst: zwei tote Polizisten, mit ihren Dienstwaffen in der Hand, überfahren vom Wagen der Tatverdächtigen. Und die beiden Tatverdächtigen, in ihrem Auto sitzend, erschossen mit den Waffen der Polizisten.

Irgendwie habe sich der eine Tatverdächtige also von der Gruppe der Polizisten gelöst und sei in das Auto gestiegen, das dann auf die Beamten zuraste. Die dabei ihre Waffen zogen, auf den Wagen feuerten und die Insassen tödlich trafen. Allerdings zu spät, überfahren wurden sie trotzdem.

»Mhm«, meinte Sonya ruhig und blickte auf Jays Modell. Fragend, sorgenvoll.

»Warum bist du hier?«

»Um dir zu sagen, dass du dich mit der Sache nicht mehr beschäftigen musst.«

»Wieso?«

»Grzesinski hatte an dem Abend keinen Dienst. Keinen Dienst, keine Aufsicht, keine Verpflichtung für seine Leute. Er war in der Kneipe und hatte alles Recht dazu.«

»Woher …?«

»Na ja, weißt du noch, was ich gestern gesagt habe?« Sonya lächelte. »Einfach im Keller den alten PC mit Windows 95 anschließen? War gar nicht so weit davon entfernt.«

Sie schwiegen. Sie konnten das, noch immer, gemeinsam ruhig sein. Niemand versuchte, die Stille mit einer Floskel aufzulösen. Jay starrte gedankenverloren auf das Koletzkigelände aus Kunststoff. Sonya sah ihn von der Seite an.

»Du freust dich gar nicht«, sagte Sonya dann.

»Warum soll ich mich freuen?«

»Weil du die Geschichte abhaken kannst.« Sie hatte die Ruhe in ihrer Stimme verloren. Jay erinnerte ihr bestimmter Tonfall an früher, an das Ende ihrer gemeinsamen Zeit. »Weil du kein Verbrechen verschweigst. Nur eine nicht geahndete Alkoholfahrt. Nicht in Ordnung, ja, aber zwanzig Jahre her.«

Jay blieb stumm. Sie hatte recht, er war nicht froh darüber, mit seiner Vermutung falschgelegen zu haben.

»Warum willst du, dass mehr dahintersteckt? Denk doch mal an deinen Vater.«

»Mein Vater hat mich in die Scheißsituation ja erst gebracht«, presste Jay hervor.

»Doch nicht mit Absicht!«

Noch einmal gipfelte ihr Schlagabtausch in einer Redepause. Jay war nur halb anwesend, er hörte Sonya, er sprach mit Sonya, verarbeitete die Information. Aber mit der anderen Hälfte war er noch immer auf dem Koletzkigelände. Oder wieder auf dem Koletzkigelände. Fieberte dem Moment entgegen, in dem er gleich erneut seine Bauanleitung hervorholen würde.

»Hast du dich mal in Gunthers Lage versetzt?« Sonya sah ihn noch immer an, Jay sie noch immer nicht. »Überleg doch mal, wie schwer das alles für deinen Vater ist. Andere Söhne schauen auf zu ihren Vätern. Du bist mit Mitte dreißig da, wo er nie war. Und dann reibst du ihm seine Fehler unter die Nase.«

»Ich lüge für meinen Vater.« Jay drehte den Kopf zu Sonya, flüsterte stechend. »Marcel ist das auch aufgefallen mit der Akte. Ich muss meinen eigenen Stellvertreter anlügen.«

»Du bist wütend, Jay.«

»Ja, sicher bin ich wütend.«

»Du bist wütend und deswegen willst du deinem Vater beweisen, was für einen Riesenfehler er gemacht hat.«

»Warum hat Grzesinski die Morde verschwiegen?«

»Aber es war kein Riesenfehler, sieh es ein!«

»Warum hat Grzesinski …«

»Grzesinski ist vielleicht nicht sympathisch, aber …«

»Warum hat er die Morde verschwiegen? Wenn das damals angeblich sein Hauptargument war, die Mitleidsnummer.«

»Er war nicht im Dienst, Jay. Er hatte an dem Abend keine Verantwortung. Du verrennst dich da. Lass ihn in Ruhe, lass den Fall in Ruhe, lass Gunther in Ruhe. Das ist durch.«

Vielleicht hatte sie recht. Wahrscheinlich hatte sie recht. Jay war ein Jäger und hatte Wild gerochen. Hatte eine Spur entdeckt und war ihr gefolgt. Wusste nicht, was er finden würde, aber wollte etwas finden. Weil er ein Jäger war. Und konnte sich nicht eingestehen, dass die Spur ins Nichts führte.

Sonya sah ihn an, blickte nachgerade durch ihn durch. Wenn sie seine Gedanken lesen konnte, und das hielt Jay nicht für ausgeschlossen, dann hoffentlich nur bis hierhin.

Denn ja, er würde der Spur nicht ewig folgen, würde umkehren. Nach der nächsten Kurve wäre Schluss. Doch die – und bei dem Gedanken sah Jay auf die Uhr und griff zu seiner Jacke – wollte er noch mitnehmen.

Er müsse mal los, sagte Jay. Sonya nickte. Als sie gemeinsam den Gang entlang Richtung Aufzug liefen, hatte Jay so viel im Kopf, dass es ihm beinahe nicht aufgefallen wäre. Sein Kurzzeitgedächtnis schob ihm die Erinnerung nach, als er bereits im Auto saß. Marcels Stimme war aus der offenen Bürotür gedrungen, offensichtlich am Telefon. Das gehe nicht, hatte Marcel gesagt. *Ich leg jetzt auf*, hatte er gesagt, *ich leg jetzt wirklich auf*. Dann war Ruhe.

27

Fehlersuche

Über der Eingangstür warb ein großes Banner für *Das kleine Frühstück*. Es war nur an den beiden oberen Ecken befestigt, der stärker werdende Wind ließ es flattern, für kurze Momente verdeckte es den Namen der Eckkneipe, die roten Leuchtlettern in Frakturschrift. *2 Brötchen, 2 Port. Butter, 1 Port. Konfitüre, 1 Port. Zwiebelmettwurst, 2 Sorten Wurst, 2 Sorten Käse, 1 Gekochtes Ei*. Für 3,50 Euro. Spandau-Preise, der Schultheiss-Mönch auf dem Emailleschild im Fenster lächelte zufrieden. Jay blickte in den dunklen Himmel, vermutlich würde es am späteren Abend noch gewittern. Dann trat er ein.

Er sah eine geschäftig kartenspielende Frauengruppe, sonst viel Lethargie und Tresensitzer. Hinter der holzvertäfelten Theke spülte die Kneipenmutter mit der Ruhe, die nur diese Kneipenmütter haben, Gläser. Jay ging zu ihr.

»Ich suche Hermann Brasch.«

Sie antwortete nicht, machte mit ihren Gläsern weiter, hob dann erst den Kopf und nickte zur Seite.

»Braschi«, rief sie durch den Raum, »dein Typ wird verlangt.« Jay folgte ihrem Blick und sah drei Männer am Ende der Theke unter einer Wimpelkette mit vergilbtem *WM2006*-Aufdruck.

»Wir kaufen nichts«, rief der, der mit dem Rücken zu Jay saß, und setzte sein Gespräch mit den Kumpanen fort.

Mit der einen Hand stützte er sich an der Theke ab, mit der anderen hielt er sein Bier. Aus seiner Weste ragte ein bulliger Nacken, Schweißperlen auf dem kahlen Hinterkopf.

»Jedenfalls, war der Wahnsinn. Sie stehen auf dem Hof, sie und er, Schnitt auf sie, im Hintergrund herrlichste Sonne, das Autodach spiegelt die Sonne sogar, Schnitt auf ihn, im Hintergrund Wolken. Nur Wolken, so richtige Regenwolken, kein bisschen Sonne. Wieder Schnitt auf sie: Sonne. Schnitt zurück auf ihn: Wolken. Ist mir unerklärlich, dass die so was nicht merken.«

»ZDF halt«, lallte einer der beiden anderen.

»Ach hör auf, ZDF, ist überall das Gleiche. Hollywood doch genauso. Weißt du, wie viele Fehler bei *Gladiator* sind?«

»Jetzt kommste wieder mit *Gladiator*.«

»Hundertachtundvierzig Fehler, absoluter Rekord.«

Synchron griffen die drei zum Bier, Jay nutzte die kurze Pause.

»Hermann Brasch? Ihre Frau meinte am Telefon, dass ich Sie hier finden kann.«

Jetzt drehte sich der Nacken um. Zwei kleine Augen musterten Jay von oben bis unten. Zwei müde Augen.

»Höchstpersönlich.«

Wenig später saßen Jay und er an einem Tisch in der Ecke, auf Holzstühlen mit ausgesägtem Herz in der Rückenlehne. Im Licht der Theke sah man den dichten Qualm stehen. Bis vor zehn Jahren war Brasch bei der Spurensicherung gewesen, dann Burn-out, Frühverrentung. Seither schaue er vor allem Filme, mindestens zwanzig pro Woche, er habe das zu seinem Hobby gemacht: Filmfehler suchen.

»Inhalt ist mir scheißegal, ich suche nur die Fehler. Falsche Uhrzeiten, Flugzeuge im Hintergrund. Du scheißt dich weg.«

Es war nicht sein erstes Bier heute, das sah, hörte, roch Jay. Er musste es trotzdem versuchen.

»Ich bin zufällig über eine Akte gestolpert. Erinnern Sie sich noch an die Morde auf dem Koletzkigelände?«

»Koletzkigelände«, wiederholte Brasch langsam und dachte nach.

»Vor zwanzig Jahren? Sie haben damals die Spurensicherung geleitet.«

»Ach, mit den Schwarzen, klar.«

Jay griff in seine Hosentasche und faltete eine Papierseite auf. In seinem Bericht habe Brasch von Spuren geschrieben, die nicht für den vermuteten Tathergang gesprochen hätten.

»*Diese können jedoch gegebenenfalls auf eine Vertauschung von Proben beziehungsweise Tatortverunreinigung zurückzuführen sein*«, las Jay vor.

»Vertauschung von Proben ...« Brasch lachte auf.

»Ist das nicht von Ihnen?«

»Doch, klar. Aber ich sollte das ja so schreiben. Die haben mir ja nicht geglaubt.«

»Was geglaubt?«

»Meine Theorie.«

Und dann erzählte Brasch, erinnerte sich wieder an die Ereignisse von damals. In der einen Halle, neben dem Tatort, hatten sie Blutspuren entdeckt. Es war das Blut des Senegalesen.

»Und da frag ich mich natürlich: Wie kommt das Blut in die Halle? Wenn der Typ doch angeblich im Auto erschossen wurde. Wird der erschossen, läuft als Zombie noch über das halbe Gelände und setzt sich wieder ins Auto?« Brasch lachte noch einmal.

»Was glauben Sie?«, fragte Jay.

Brasch sah sich um, als wolle er die Intimität einer kleinen Konspiration sicherstellen. Dann beugte er sich zu Jay.

»O. K.«

»Organisierte Kriminalität?«

»Bandengeschichte, wie alles in Berlin.« Ob Jay denn wisse, dass die Schwarzen im Drogenmilieu tätig waren? »Zwei Schwarze überrollen zwei Polizisten, zwei Polizisten erschießen zwei Schwarze. Das ist doch Affenscheiße.«

»Da war noch jemand?«

»Jemand hat dem Schwarzen gesagt, der soll die Bullen zum Gelände locken. Also fahren die da hin, die Brüder warten schon auf sie. Hände hoch, zack, in die Halle. Dann tun sie so, als wollten sie die Kollegen wieder gehen lassen.«

Brasch nahm einen hastigen Schluck, setzte Zeige- und Mittelfinger der anderen Hand auf dem Tisch auf und tippelte in Richtung des Aschenbechers.

»Kaum sind sie raus, rasen die mit dem Auto auf sie zu. Nicht die Schwarzen, die sind hier.«

Brasch deutete auf seine andere Hand.

»Die Jungs von der Bande. Gut, Polizisten sind überfahren, tot. Aber irgendwem wollen die das in die Schuhe schieben, damit nicht weiter ermittelt wird. Also erschießen sie die beiden Schwarzen, kleine Fische, in der Halle. Bringen sie raus und setzen sie in das Auto. Oder prügeln sie in der Halle blutig, setzen sie ins Auto und erschießen sie da, ganz egal. Und mit einem Schlag hast du vier Tote und brauchst keinen Mörder mehr. Weil es so aussieht, als hätten sie sich gegenseitig umgebracht.«

Brasch lehnte sich zufrieden zurück und nickte ein selbstgerechtes *Siehste*.

»Gab es denn Hinweise, dass noch jemand am Tatort war?«

»Logik ist das, mein Freund. Spuren hinterlassen die nicht, das sind Profis.«

Je überzeugter jemand seine Meinung vortrug, desto vorsichtiger war Jay. Als Kriminalist verfolgte man Spuren, hatte vielleicht Vermutungen, stellte sich aber erst hinter Theorien, wenn diese bewiesen waren.

»Ist irgendwer Ihrem Verdacht nachgegangen?«

»Einen Scheiß sind die. Die waren am Trauern, wegen der toten Kollegen, wollten das alles schnell vergessen. Und wenn einer dann den Mund aufmacht, wird er ruhiggestellt, wie immer. Die haben sich eine einfache Lösung gestrickt, und was nicht dazu gepasst hat, wurde ignoriert. Bier?«

Jay verneinte. Brasch drehte sich zur Theke, hob den Arm, zeigte mit dem Finger in das leere Glas. Die Kneipenmutter nickte.

»Das ist doch alles ein großer Bums«, meinte er ruhig. »Wirst du merken, wenn du ein paar Jahre dabei bist.«

Sie saßen noch einige Minuten da, dann verabschiedete sich Jay. Er müsse auch bald los, meinte Brasch, schon wieder viel zu lange hier. Mühsam zählte er die Striche auf seinem Bierdeckel. Dann klopfte er auf den Tisch, schlurfte zur Theke und wurde wieder Braschi. Ging zurück in eine Welt aus Hertha, Filmfehlern und denen da oben. Und Jay konnte sich nicht des Eindrucks erwehren, dass in dieser Welt sein Zuhause war.

28

Feueraugen

Augen sprachen lauter als Münder, davon war Aissa überzeugt. Und die zwei Augenpaare, die sie gerade gesehen hatte, redeten laut und deutlich und nahmen ihr, was sie noch nie in ihrem Leben verloren hatte. Die Hoffnung. Den Glauben an ein gutes Ende. Zum allerersten Mal spürte sie, wie wahrscheinlich es war, bald nicht mehr zu existieren.

Mit erhobenen Händen lief sie aus der Halle nach draußen, auf das verlassene Gelände, die Pistole im Rücken.

Das eine Augenpaar hatte Mo gehört. Sie hatte versucht, seinen Blick zu treffen, in seinen Augen irgendein Körnchen Überlebenswillen zu finden. Doch da war nichts. Sie erkannte ihn fast nicht, so anders sah er aus. So anders als früher. Der Mann hatte zehn Stunden an einer Straße in der Sahara stehen und immer noch daran glauben können, gleich auf das eine Auto zu treffen, das sie nach Marokko mitnähme. Er hatte Gewehrsalven in Hörweite erlebt, er war von rechts nach links über ein Schiff geschleudert worden, während der Sturm sein Gesicht peitschte. Nie – nie, nie, nie – hatte er aufgegeben. Wenn Aissa ihm in die Augen sah, war da stets etwas gewesen, ein *Das wird schon*, ein *Alles wird gut*. Tout va bien se passer. Gefühle, Botschaften kamen bei ihr an, ohne dass Mo sprach. Und nun? Ein Auge zu, das andere wie tot, blicklos. Mo hatte aufgegeben.

»To the car«, hörte sie die Stimme mit der Pistole hinter sich.

Das zweite Augenpaar gehörte dieser Stimme. So wenig Kraft, so wenig Entschlossenheit sie in Mos Augen erkannt hatte, so viel sah sie in jenen. Hass war da, Verachtung, und diese merkwürdig irre Freude, die sich nur bei den Deutschen in diese Gefühlslage mischen konnte. Alkoholglasige Pupillen, die wussten, was sie wollten.

»Open.«

Aissa öffnete die Beifahrertür und setzte sich. Die Stimme meinte es ernst. Der Starke ist nicht stärker als der Schwache. Er weiß nur, wann er stark sein muss. Jetzt wäre so ein Moment zum Starksein. Aber jetzt weinte Aissa. Die Erdaugen, die Feueraugen, es gab keine Hoffnung. Sie begann, leise zu schluchzen, wie sie es nicht von sich kannte. Sie war nicht stark, kein bisschen, sie war ganz klein und ganz schwach. Wie eine Ameise fühlte sie sich, schon im Schatten eines riesigen Schuhs, der gleich zutreten würde. So waren die Kräfte hier verteilt.

Noch einmal blickte sie nach links, suchte nach den Augen, die sie kannte. Sie fand sie nicht.

Dann prasselten die Schüsse durch die Scheibe.

29

Stimmlos

Jay hielt mit der einen Hand den Kaffee, mit der anderen öffnete er die Tür zu seinem Büro. Er erschrak.

»Martha! Was machst du hier? Das ist mein Büro, du kannst hier nicht einfach …«

Sie saß auf seinem Schreibtischstuhl, hielt sich den Zeigefinger vor den Mund, signalisierte Jay, ruhig zu sein.

»Alles okay?« Jay suchte vergeblich mit Blicken nach irgendeinem Hinweis im Raum, der Marthas Verhalten erklären konnte.

»Ich habe keine Stimme«, krächzte Martha beinahe lautlos. »Laryngitis, Entzündung der Stimmbänder.«

Das tue ihm leid, aber deswegen habe sie noch lange kein Recht, in sein Büro einzusteigen. Besorgt sah Jay auf sein Tatortmodell.

»Dein Büro?«, presste Martha hervor. »Das ist ein Verhörraum, den wir für teures Geld gebaut haben. Und den du hier mit einem Schreibtisch belegst, der viermal teurer ist als jeder andere im Haus.«

Sie hustete, kniff die Augenbrauen zusammen, fasste sich dann an den Hals. Es war kein guter Moment, um zu streiten. Sie kämpften mit ungleichen Waffen. Marthas fast unhörbare Stimme war zwar schwächer als die von Jay, bekam jedoch gerade dadurch ein unheimliches Gewicht.

»Und Sprenger? Was ist mit Sprenger?« Martha schien sich weiter quälen zu wollen.

»Was ist mit Sprenger?«, fragte Jay zurück.

»Das frage ich dich. Das ist jetzt vier Tage her, und ihr habt noch nicht einmal ein Motiv. Was ich auch nur von Marcel weiß, denn der Leiter der Neunten Mordkommission spielt lieber Lego und war schon zu Hause, als ich gestern hier war.«

Jay wurde wütend. Nicht nur, weil er diese Woche schon eine ganze Nacht hier verbracht hatte. Vor allem, weil er ja nicht nach Hause gegangen war, sondern zu Brasch. Er ermittelte gerade in zwei Fällen gleichzeitig, nur konnte er Martha das nicht sagen. Und er ließ sich einiges vorwerfen, Alleingänge, Überreaktionen, Overthinking. Aber mangelnden Ehrgeiz, das konnte man ihm nicht unterstellen. Das war falsch und dumm, und er hätte es am liebsten sofort aufgeklärt, was natürlich nicht ging.

»Das Lego ist zur schnellen Visualisierung. Rapid Prototyping, schon mal gehört? Machen sie jetzt überall. Ich dachte, du willst, dass wir bei der Neunten up to date arbeiten.«

»Ich will Sprenger vom Tisch«, bäumte sich Martha noch einmal auf, und hätte sie mehr Stimme gehabt, hätte sie wohl geschrien. Jay lehnte an einer der anthrazitfarbenen Wände und nahm einen Schluck Kaffee.

»Bist du nur gekommen, um dich zu beschweren?«

»Nein«, meinte Martha jetzt wieder leise und reichte Jay eine Karte. Die Polizeihistorische Sammlung Berlins präsentierte eine neue Ausstellung. *Vom Mordauto bis zu DIANA – 90 Jahre Ermittlungstechnik.* Der Beschreibungstext kündigte an, man wolle einen Bogen spannen, von Ernst Gennats Mordbereitschaftswagen, dem fahrenden

Ermittlerbüro der Zwanzigerjahre, über Arbeitsalltag in Vergangenheit und Gegenwart bis zur seit Neuestem eingesetzten Predictive-Policing-Software DIANA.

»Was soll das?«, fragte Jay.

Martha machte ihm mit einer drehenden Handbewegung klar, sich auch die Rückseite anzuschauen. Für den heutigen Freitagabend wurde da zur feierlichen Eröffnung geladen. 19 Uhr, Polizeihistorische Sammlung, Platz der Luftbrücke 6. Man freue sich *ganz besonders* auf das Grußwort der Dezernatsleiterin Martha Klewicz.

»Und jetzt?«

Martha zeigte auf Jay.

»Ich?«

Martha nickte.

Sie wollten einen von der Mordkommission, erklärte Martha, der vom Fall im Frühsommer berichtete. Die DIANA-Software, die durch die Auswertung enormer Datenmengen zur Verbrechensprävention eingesetzt wurde, hatte auch da geholfen. Das sollte der Aufhänger der Rede sein.

Es klopfte.

Marcel steckte seinen Kopf zur Tür herein, sah Martha, fragte, ob er besser später noch mal …

»Nein«, sagte Martha und stand auf, flüsterte Jay ein »Danke« zu, dabei hatte der sich noch gar nicht zu ihrem Vertretungswunsch geäußert.

»Was soll ich denn da erzählen?«

»Drei Minuten«, sagte sie und ging zur Tür.

»Aber was?«

Martha drehte sich noch einmal um und sah Jay mit einem Blick an, der *Stell dich nicht so an* zu sagen schien.

»Drei Minuten«, wiederholte sie stimmlos. »Und schick ihnen vorher deinen Lebenslauf für die Anmoderation.«

Jay ließ sich auf seinen Stuhl plumpsen und verschränkte die Arme hinter dem Kopf. Er atmete hörbar aus.

»Um was ging es gerade?«

»Ich soll ein Grußwort halten, heute Abend, für eine Ausstellungseröffnung.«

»Ausstellungseröffnung?« Marcel lachte. »Im Sinne von Kunst?«

»Nein, bei der Polizeihistorischen Sammlung. Kommst du mit?«

Marcel zögerte, verzog das Gesicht. Wann das denn sei? Jay las ihm die Rückseite der Einladungskarte vor. 19 Uhr? Das sei schwierig, sagte Marcel schnell, da käme noch ein Kollege von früher rein, der auch einmal einen Mordfall im Pflegeheim untersucht habe, Erfahrungsaustausch.

»Kein Problem«, sagte Jay gelangweilt und legte die Einladungskarte neben seinen Laptop. »Warum bist du hier?«

Marcel erzählte vom gestrigen Tag, von der Auswertung der Berliner Todesfälle. Alle Heime seien durchtelefoniert worden, alle Angehörigen angerufen. Aber weder habe man ähnliche Tötungsarten noch vergleichbare Botschaften ausmachen können. Kein einziger Fall lasse sich in Relation zu Sprenger setzen.

Jay nickte, war wenig überrascht. Erst jetzt sah er den Zettel in Marcels Hand, als habe sich sein Assistent Notizen für das Schulreferat gemacht.

Danach sei, fuhr Marcel fort, endlich Zeit gewesen, sich die Zeilen aus der Notiz hinter dem Vorhang anzuschauen. Er blickte auf das Blatt Papier in seiner Hand.

»Wir lagen vor Madagaskar«, sagte Marcel nur und sah Jay an.

»Okay.«

»Kennst du, ne?«

»Ja.«

»Wir lagen vor Madagaskar. Und hatten die Pest an Bord.«

»Kenn ich.«

»Kennst du auch die Strophen?«

»Nein.«

»Da gibt es eine, da heißt es ...«, sagte Marcel und suchte auf seinem Blatt. »Der Durst war die größte Plage, dann liefen wir auf ein Riff.«

Jay sah zu seiner Wand, an die er die vier Zeilen geschrieben hatte. »So lang war kein Trinken die größte Plage.«

»Genau. Kein Trinken, ist gleich: Durst.«

»Könnte passen. Steht da denn, wie lange das da ging vor Madagaskar?«

Marcel blickte wieder auf den Zettel.

»So lagen wir vierzehn Tage, kein Wind in die Segel uns pfiff. Der Durst war die größte Plage, dann liefen wir auf ein Riff.«

Er sah Jay erwartungsvoll an.

Vierzehn Tage, dachte Jay, vierzehn Tage lang war der Durst die größte Plage. Er ging zu seiner Wand und schrieb eine 14 hinter den letzten Vers.

»Und der Rest?«

»Habe ich noch nichts zu gefunden«, meinte Marcel. »Ich hole kurz meinen Laptop, dann können wir gemeinsam ...?«

Jay spürte auf einmal wieder dieses wohlige Kribbeln, nicht nur im Bauch, im ganzen Körper. Den Schub, den er bekam, wenn er das Gefühl hatte, sich einer Lösung zu nähern. Plötzlich wich alles andere aus dem Kopf, er wurde in die Aufgabe gezogen, wurde eins mit den Zeilen an der

Wand. Merkte nicht mehr, wann er laut sprach und wann nur für sich, vergaß die Zeit, vergaß sich selbst. 14. Wollte doch jede Zeile eine Zahl als Antwort? Aber wieso dann der kleine Hirsch? Der kleine Hirsch nimmt sich das. Der kleine Hirsch nimmt sich … eins. Der kleine Hirsch nimmt sich zwei. Das ergab keinen Sinn. Der kleine Hirsch nimmt sich drei. Der kleine Hirsch nimmt sich vier. Der kleine Hirsch nimmt sich fünf. Aber was denn? Der kleine Hirsch nimmt sich sechs. Der kleine Hirsch nimmt sich sieben. Marcel kam wieder zur Tür herein, seinen aufgeklappten Laptop auf dem Arm. Der kleine Hirsch nimmt sich acht. Jay stockte. Der kleine Hirsch nimmt sich acht. Der kleine Hirsch nimmt sich in Acht. Sich in Acht nehmen. Er schrieb beinahe unbewusst eine dünne 8 neben die Textzeile.

»Acht?«, fragte Marcel.

»Gibt es das?«, fragte Jay zurück. »Der kleine Hirsch nimmt sich in Acht?«

Marcel starrte auf seinen Bildschirm und tippte. Schüttelte dann den Kopf.

»Finde ich nichts.«

So leicht wollte der Verfasser es uns wohl nicht machen, dachte Jay. Aus *Durst* hatte er *kein Trinken* gemacht, damit man es nicht direkt finden konnte. Ob er hier auch …?

»Der kleine Hirsch«, murmelte Jay. »Wie nennt man einen kleinen Hirsch? Hirschkalb? Minihirsch? Hirschchen?«

Jay hörte Marcel wieder tippen. In irgendeinem Lied würde sich doch ein kleiner Hirsch in Acht nehmen. Vor den Großen oder den Jägern oder sonst irgendwem. Jay griff zu dem Stapel mit den ausgedruckten Liedtexten. Es waren Volkslieder, Schlager, Trinklieder, Liederfibeln von Burschenschaften. Jay wühlte in den Blättern.

»Hirschlein«, sagte Marcel laut und wandte seinen Blick nicht vom Bildschirm. »Lustig ist das Zigeunerleben.«

»Was?«

»In dem Lied kommt ein Hirschlein vor.«

»Ein Hirschlein, das sich in Acht nimmt?«

»Sollt uns einmal der Hunger plagen«, las Marcel, »tun wir uns ein Hirschlein jagen: Hirschlein nimm dich wohl in Acht, wenn des Jägers Büchse kracht.«

»Peng«, sagte Jay und fuhr die dünne 8 an der Hinweiswand deutlich nach. 14 und 8. *Nicht ein, nicht drei, so viele gehen vorbei*, las Jay stumm. Er hatte keine Assoziation, übersprang die Zeile. *Nicht was, sondern wie lang ist die Frage.* Sie brauchten eine Was-Frage. In irgendeinem Lied wurde nach einem *Was* gefragt, und das sei egal, auf das *Wie lange* käme es an. Jay lief gedankenverloren durch den Raum. Merkte nicht einmal, dass er lief, dass er die immer gleiche Runde lief. Irgendwann ergriff er wieder die Textblätter. Sie waren ja alphabetisch sortiert. Wenn die Frage schon im Liednamen steckte, müsste er es unter W finden. Er ging die Anfangsbuchstaben der Lieder durch. P ... Q ... R ... S, bald war er bei W angelangt. *Schwarzbraun ist die Haselnuss, Schätzle bist stolz, Tief im Böhmerwald, Und wenn wir marschieren, Was sei mir, Was wollen wir trinken, Wenn die bunten Fahnen wehen.*

»Was wollen wir trinken?«, sagte Jay leise.

»Ich nichts, danke«, sagte Marcel ruhig, ohne sich vom Laptop zu lösen.

»Das Lied.«

»Was?«

»Was wollen wir trinken, sieben Tage lang? Was wollen wir trinken? So ein Durst.«

»Ach so. Du meinst ...?«

»Nicht was, sondern wie lange ist die Frage. Nicht wie in der Refrainzeile: Was wollen wir trinken? Sondern: Wie lange?«

»Sieben Tage lang.«

Jay ging sofort wieder zur Wand, setzte auch neben die dritte der vier Zeilen eine Zahl. 7. Leerstelle, 8, 7, 14. Er dachte nach.

Auch wenn sich Jay sicher war, die Leerstelle jeden Moment zu füllen – und das in den letzten Minuten aufgenommene Tempo beim Entschlüsseln der Botschaft ließ dieses Gefühl nicht vermessen erscheinen –, so dauerte es doch noch einige Zeit, bis Jay, der sich bereits ersten Zahlenspielen hingab, ein *Bingo!* hinter sich hörte. Vom kleinen Hänschen erzählte Marcel, der *in die weite Welt hinein* ging, mit *Stock und Hut*. Der dann als großer Hans wiederkam, *braun gebrannt, wird er wohl erkannt*? Nein, wurde er nicht. *Eins, zwei, drei geh'n vorbei, wissen nicht, wer das wohl sei*, las Marcel vor. Nicht eins, nicht drei, so viele gehen vorbei. Zwei. Es war aus Hänschen klein. Jay schrieb 2 neben die Zeilen an der Wand. 2, 8, 7, 14, stand da nun, von oben nach unten. Die Zahlen starrten ihn fragend an.

30

Zahlenspiel

Jay lief den langen Flur mit den gelb gestrichenen Wänden entlang, das Telefon am Ohr.

Nein, das bilde er sich nicht ein ... Persönlicher Rachefeldzug? Das sei nun wirklich Quatsch ... Sonya, Sonya, bitte ... Ja, das verstehe er ... es sei wirklich nur noch diese eine Sache ... nein, er gehe einfach einem Hinweis nach ... Was solle denn zusammentun heißen? Er tue sich überhaupt nicht mit Verschwörungstheoretikern zusammen, er habe sich über Brasch noch gar kein Urteil ... aber genau deswegen rufe er sie ja an, um einschätzen zu können, ob da was dran sei, und es sei eben ihr Spezialgebiet, Bandenkriminalität, das machten sie doch bei der 42 ... nur schauen, ob es da irgendwelche Verbindungen, zu der Zeit ... gut, jeder habe auch anderes zu tun, aber ... Hermann Brasch habe der geheißen, B-R-A-S-C-H ... ja, er müsse auch los, Teambesprechung.

Jay legte auf. *Gruppenraum* stand auf dem Schild neben der Tür vor ihm. Genau hier war er vor vier Tagen schon einmal gewesen. Nur war die Gruppe heute eine andere. Wo das letzte Mal Senioren in Liederbücher starrten und dünne Stimmen *Fallera* sangen, starrten nun Marcel und zwei weitere Ermittler der Neunten Mordkommission auf Laptops und Dokumente. Durch die Fenster, an denen aus Papier gebastelte Sonnenblumen hingen, schien die Septembersonne und warf sonnenblumenförmige Schatten auf den vollgepackten Tisch in der Mitte des Zimmers.

»Ist sie schon da?«, fragte Jay.

Marcel nickte zur Kaffeeküche hin.

Im selben Moment reckte die Leiterin des Gregorhofs ihren Kopf aus der Küchentür. Sie musste Jays Stimme gehört haben. Ohne Begrüßung begann sie, auf ihn einzureden. Ob ihm denn klar sei, dass so eine Altersresidenz vor allem von ihrem guten Ruf lebe? Ob er wisse, was das Gerede von einem Mordfall bedeute? Man habe doch wirklich ausführlich Rede und Antwort gestanden, schon jetzt habe sie täglich Anrufe von besorgten Angehörigen. Da sei es ja nun nicht nötig, wieder mit dem ganzen Tross – und sie bezeichnete das Viererteam der Neunten Berliner Mordkommission tatsächlich als *Tross* – anzurücken. Ob er denn als Nächstes die Kavallerie in den Gregorhof schicken wolle?

Jay setzte sich an den Küchentisch und legte der Heimleiterin mit einer Geste in Richtung des anderen Stuhls nahe, es ihm gleichzutun. Die Frau im blaugrünen Blazer mit dem lose um den Hals verknoteten Tuch in Türkis-Lila setzte sich nur widerwillig, nicht ohne darauf zu verzichten, ihren vollen Terminkalender zu erwähnen, der keinen Platz für einen Kaffeeklatsch lasse.

Der Tod von Sprenger schien sie weiterhin nicht im Geringsten zu berühren, und Jay verstand allmählich, wieso. Eine Ähnlichkeit hatten ihre Berufe, so unterschiedlich sie waren. Anders als die meisten Leute hatten sie und er in ihren Jobs tagtäglich mit dem Tod zu tun. Das Sterben gehörte dazu, man entwickelte eine gewisse Routine im Umgang damit. Aber während Jays Arbeit mit dem Tod erst begann, hörte die der Heimleiterin in jenem Moment auf.

Für sie war eine Tote eine versiegte Geldquelle, eine abgesprungene Kundin, die man nicht mehr zurückholen konnte und die daher – rein aus Geschäftssicht – irrelevant geworden war. Warum die Zahlungseingänge Louisa Sprengers wegbrachen, konnte der Geschäftsführerin egal sein, sie musste sich um Ersatz kümmern. Und so blickte sie auf Sprenger wie ein Zulieferer, dem der Autokonzern den Vertrag gekündigt, wie ein Rechtsanwalt, dem der Klient das Mandat entzogen hatte. Wirtschaftlich war das alles nachvollziehbar. Menschlich war diese Nullempathie weit von dem entfernt, was man sich von einer Person erwartete, der man seine liebsten Menschen anvertraute.

»Zwei, acht, sieben, vierzehn. Haben Sie irgendeine Ahnung, was das bedeuten könnte?«

»Nein, keine Idee.«

Sie hätte ja bereits alle verfügbaren Daten zu Sprenger weitergegeben, natürlich käme da in der Kontonummer mal eine Sieben vor, vielleicht auch eine Sieben und eine Acht, und die Zimmernummer begann mit zwei, ja, aber einen Sinn sehe sie nicht darin. Und sie zweifle stark daran, dass es irgendetwas bringe, diese Zahlenkombination bei jedem der Heimbewohner abzufragen. Viele seien von den ganzen Befragungen am Dienstag noch traumatisiert, zumindest verstört.

Jay entschuldigte sich pro forma für die entstandenen Unannehmlichkeiten, versicherte, man werde weiterhin mit höchster Diskretion arbeiten, so unaufdringlich wie möglich, aber so umfangreich wie nötig.

»Danke«, sagte die Leiterin und stand auf. »Wissen Sie, letztlich ist es doch so: Eine Frau ist gestorben, die es vielleicht noch ein paar Monate gemacht hätte. Alleinstehend, ohne Kontakte. Da draußen gibt es so viele wichtigere

Sachen ... Kindesentführungen, die Gewalt unter Jugendlichen, ganz zu schweigen vom Islam-Terror. Braucht man Sie anderswo nicht viel mehr?«

Sie wartete keine Antwort ab, verließ den Raum, verabschiedete sich nicht von Marcel und den anderen und huschte zurück in ihr Büro, um zwischen zu vollen Klarsichthüllen in zu vollen Ordnern und zu vollen Regalen darauf zu warten, dass sich neue Kunden meldeten, die die von Sprenger hinterlassene Lücke füllen konnten.

»Die hilft uns nicht weiter«, wandte sich Jay an sein Team. »Wusste von den Bewohnern jemand was?«

»Nichts. Keiner konnte mit der Kombination etwas anfangen«, meinte die Kollegin hinter dem Laptop.

»Eine fünfstellige Nummer.« Jay lief durch den Raum und sah an den Sonnenblumen vorbei aus dem Fenster. »Wofür kann die stehen?«

»Telefonnummer«, sagte Marcel. »Haben wir aber schon gecheckt, zumindest in Berlin ist die Nummer nicht vergeben.«

»Postleitzahl?«

»Hattet ihr auch überprüft, oder?« Marcel blickte auf den Laptopbildschirm seines Nebenmanns.

»Ja«, meinte der, »28714 gibt es nicht, nur 28717 und 28719, ist in Bremen. In den USA gibt es da was, Burnsville in North Carolina, die haben den Zip-Code 28714. Aber das ist irgendein Nest mit nicht mal zweitausend Einwohnern und vielen Bäumen.«

»Und decodieren lassen sich die Zahlen auch nicht?«

»In Buchstaben umwandeln?«, fragte Marcel. »Wir haben das durch alle gängigen Dechiffrierungen gejagt, was Sinnvolles kam nicht raus.«

»Schließfachnummer? Häftlingsnummer?«

Marcel schüttelte den Kopf. »Bisher nichts dazu gefunden.«

Sie saßen noch zwei weitere Stunden zusammen, griffen Ideen auf, recherchierten, gelangten in Sackgassen, fingen von vorn an. Hielten sich an fünf Ziffern fest, weil sie das einzig Greifbare waren. Wieso, weshalb, warum Sprenger ermordet wurde? Bei den Fragen waren sie seit Tagen keinen Schritt weitergekommen. *Eine Frau ist gestorben, die es vielleicht noch ein paar Monate gemacht hätte.* Da hatte die Heimleiterin ja recht. Der Mord war, dachte Jay, allem Anschein nach unnötig wie ein Kropf. Unnötig wie ein Kropf. Und nur diese rätselhaften Botschaften machten ihn überhaupt zu einem Fall für seine Neunte Berliner Mordkommission für besondere Fälle. Nichts rund um Sprenger deutete auf ein Geheimnis hin, sie fanden keine Verstrickungen oder Konflikte. Lediglich diese merkwürdigen Botschaften. Sie bekamen Happen vorgeworfen, auf die sie sich stürzten. Getriebene waren sie bisher, nicht Treiber. Aber wenn sie die Botschaften am Ende nicht einmal knacken würden, was hätte dem Täter sein ganzes Theater dann gebracht? Er konnte das nur gemacht haben, damit man seine Rätsel löst. Sonst hätte er ein paar Tage die Polizei beschäftigt, doch kein Statement gesetzt. Und das schien er ja zu wollen, ein Statement setzen. Den Mord an einer Greisin mit Bedeutung aufladen, die der auf den ersten Blick nicht hatte.

»Jay?«

»Was?« Marcel hatte ihn aus seinen Gedanken gerissen.

»Mit der Verdopplung kann es auch nichts zu tun haben, oder? Also sieben mal zwei ist vierzehn. Und das mal zwei ist achtundzwanzig. Sieben, vierzehn, zwei, acht.«

Jay fuhr sich durch die Haare. Ja, könne man sich Gedanken machen. Nur wieso dann die andere Reihenfolge?

In der Botschaft habe es ja geheißen: zwei, acht, sieben, vierzehn. Jetzt hatte auch Jay die Zahlen wieder im Kopf, gruppierte sie um, mischte und verband, in der Hoffnung auf irgendeinen Suchtreffer.

»Zwei, acht, sieben, vierzehn«, murmelte er, »achtundzwanzig ... sieben ... vierzehn. Achtundzwanzigster siebter vierzehn.«

»Was?«, fragte Marcel.

»28. Juli 14. War da irgendwas?«

Jay hörte das schnelle Tippen auf mehreren Tastaturen.

»Irgendeine Milliardenstrafe für Russland«, meinte die Kollegin.

»Gaza, Ebola, Libyen. Nichts Besonderes«, ergänzte Marcel.

»Doch«, meinte der Kollege neben ihm und drehte seinen Bildschirm. »Ihr seid nur im falschen Jahrhundert.«

Ein Schwarz-Weiß-Foto zeigte einen Reiter vor Bergpanorama, am Wegesrand strammstehende Soldaten. Jay las die Überschrift des Artikels laut vor.

»28. Juli 1914: Der Tag, an dem die Krise zum Ersten Weltkrieg wurde«

31

Kehrtwende

Verdammt! Jay bremste ab und wechselte die Spur. Dieses unnötige Grußwort. Keine halbe Stunde hatte er für die Vorbereitung gehabt. Es hatte gerade gereicht, sich zwei, drei Stichpunkte zu machen und die Namen der persönlich zu begrüßenden Ehrengäste aufzuschreiben. Polizeipräsident, Polizeivizepräsidentin, Pipapo. Und jetzt hatte er genau diesen Zettel im Gregorhof liegen lassen. Die Ampel wurde grün, Jay sah über die Schulter und entschied sich für einen an dieser Stelle nicht erlaubten U-Turn.

Ein paar Namen hätte er auch auswendig gewusst.

Ich begrüße die Dezernatsleiterin des LKA 1, Delikte am Menschen, Martha Klewicz. Ich freue mich, dass Steffen Bäumert da ist, Leiter des LKA 4, Organisierte Kriminalität, Banden und …

Hier hätte Jay schon Probleme bekommen. *Eigentum* war noch im LKA 4 und *Rauschgift*, aber die Formulierungen wusste er nicht auswendig. Hieß es *qualifizierte Eigentumsdelikte*? Intern nutzten sie diese Bezeichnungen ohnehin nicht, Betrug hieß B, Eigentumsdelikte E, Rauschgift R. Nein, ganz ohne Merkhilfe würde er es nicht hinbekommen, nicht nach einem Tag wie heute.

Jay stand an der letzten roten Ampel vor dem Gregorhof, als er den ihm bekannten Wagen auf der Gegenfahrbahn sah. So schnell sieht man sich wieder, dachte Jay. Er wollte schon hupen, denn der Fahrer bemerkte ihn nicht.

Im letzten Moment zog Jay die Hand zurück. Etwas stimmte hier nicht. Der Wagen fuhr falsch. Zum Kommissariat in der Keithstraße ging es in die andere Richtung. Oder gab es eine Planänderung?

Die Ampel sprang auf Grün, und ohne Jay zu bemerken, fuhr der ihm so vertraute junge Mann auf der Gegenseite vorbei. Als Jay auf den Parkplatz des Gregorhofs rollte, hatte er die Nummer bereits gewählt.

»Jay?«

»Marcel«, sagte Jay, bemüht, sich seine Verunsicherung nicht anmerken zu lassen. »Bist du noch im Gregorhof?«

Marcel zögerte. »Nein, ich bin im Auto … ich treffe doch noch diesen Kollegen, bezüglich Mord im Pflegeheim.«

»Ach, richtig, das hatte ich vergessen«, log Jay. »In der Keithstraße, richtig?«

Wieder kam Marcels Antwort nicht prompt. »Ja. Ja, genau. Im Kommissariat.«

»Alles klar, dann hat sich das erledigt.«

Jay hatte das Telefon schon von seinem Ohr genommen, als er Marcels Stimme noch einmal hörte.

»Ach, eine Sache noch …«

Sofort hob er es wieder hoch, angespannt, hoffend, dass sein Stellvertreter ihm noch irgendeine Erklärung geben würde, was er wirklich machte.

»Ja?«

»Viel Glück mit deiner Rede!«

»Ja, danke«, sagte Jay leise. »Bis Montag!«

Dann legte Marcel auf. Wohin auch immer er gerade fuhr, er hatte Jay angelogen.

32

Mordauto

Und gerade bei solchen ungewöhnlichen Mordfällen, für die unsere Neunte Mordkommission ja erst vor Kurzem gegründet wurde, sind wir auf innovative Ermittlungstechnik angewiesen. Daher bin ich froh, dass die Berliner Polizei schon immer Vorreiter war, und hoffe, dass das auch noch lange so bleibt. Und ich freue mich auf die Ausstellung, die diese neunzigjährige erfolgreiche Polizeiarbeit dokumentiert. Vielen Dank!«

Die Gäste im Foyer klatschten, Jay trat ab, schüttelte dem Macher der Ausstellung, dessen Namen er nicht einmal kannte, die Hand, blieb im Hintergrund stehen, während jener sich am Mikrofon für den *spannenden Einblick* in die *konkrete Ermittlungsarbeit* bedankte. Der Mann schwitzte und schien mit der gut besuchten Eröffnung überfordert, hatte vor dem Grußwort sogar die Vorstellung Jays vergessen, was er nun eifrig ablesend und deutlich zu ausführlich nachholte. Vom dreijährigen Studium des Gehobenen Diensts an der Berliner HWR wurde berichtet, von Jays anschließender Tätigkeit als Kripo-Sachbearbeiter beim Referat Verbrechensbekämpfung in der örtlichen Polizeidirektion 3, 2005 bis 2008 dann das – und natürlich verhaspelte sich der Vortragende hier mehrfach – *International Leadership Programme Crime and Investigation* an der *International Faculty* des *College of Policing* in Coventry. Dann sechs Jahre in der Dritten Mordkommission, bis zur Neugründung der Neunten Berliner Mordkommission für besondere Fälle, deren Arbeit man ja gerade anschaulich … und so weiter. Die Ausstellung sei hiermit eröffnet, gerne stehe er auch später noch für Fragen bereit.

Mit Sektgläsern in der Hand schob sich die geladene Schar an Jay vorbei durch die Türen zur Sammlung. Er selbst war erst einmal hier gewesen, vor Jahren, mit seinem Vater. Man gab sich alle Mühe, die Polizeiarbeit anschaulich darzustellen, trotzdem besaßen die mit Glasvitrinen und Schautafeln vollgepackten Räume eher den Charme eines naturwissenschaftlichen Fachraums am Gymnasium.

»Danke«, krächzte es neben Jay. Martha war gekommen, drei Männer hatte sie dabei. Einen stellte sie Jay als Leiter der Ermittlungsunterstützung, LKA 7, vor, der andere war vom KTI, dem Kriminaltechnischen Institut. Und den dritten, den mit Abstand größten der Runde, den Martha mit schwacher Stimme als Leiter des LKA 4 präsentierte, kannte Jay bereits. Steffen Bäumert. Jay smalltalkte etwas von *hohem Besuch, so viel LKA-Prominenz*, die Herren ihrerseits beschwichtigten, *es sei ja nur ein Katzensprung, übrigens sehr interessante Ausführungen*. In der Tat hatten sie es nicht weit, die Polizeihistorische Sammlung war im Präsidium am Platz der Luftbrücke untergebracht, das Landeskriminalamt auf der anderen Straßenseite.

»Waren Sie eigentlich noch bei Grzesinski?«, fragte Bäumert.

»Ja«, sagte Jay, »ich habe ihn gefunden. Aber wie Sie meinten: eine Hütte am See, am Arsch der Heide.«

»Ach, Grzesinski …« Bäumert lachte und nahm einen Schluck Sekt. »Geht es ihm gut?«

»Er hat Sie als alten Saftsack bezeichnet.«

Wieder lachte Bäumert. »Ja, dann ist er wohl ganz der Alte.«

Martha plädierte für ein gemeinsames Foto, drückte einem der Umstehenden ihr Smartphone in die Hand und stellte sich zwischen die Männer. Ja, das ginge gerade so, beurteilte sie das Resultat im Anschluss, sie schicke das Bild gleich rum. Ob man allmählich reingehen solle? Die drei Herren stimmten zu, nur Jay versuchte, sich rauszureden, wollte sich schon verabschieden, aktuelle Ermittlungen, als Martha ihn beiseitenahm.

»Du kommst jetzt mit. Du kannst hier kein Grußwort halten und direkt wieder verschwinden.«

»Martha, der Sprenger-Fall. Wir haben da eine Spur.« Jay bemühte sich, wichtig zu klingen.

»Habt ihr einen Verdächtigen?«

»Nein, aber die Botschaft des Täters spielt auf das Datum an, an dem der Erste Weltkrieg begann.« Er war sich selbst weder sicher, ob der Täter das wirklich meinte, noch, was sie mit der Information anfangen sollten. Und ganz abgesehen davon war es nicht der Grund, warum Jay wegwollte. Das LKA 4 war auf der anderen Straßenseite, das Dezernat 42 war auf der anderen Straßenseite, Sonya war auf der anderen Straßenseite. Es war zwanzig nach sieben, vielleicht war sie noch da.

»Jerusalem, der Erste Weltkrieg ist mir ziemlich egal.« Martha presste die Worte angestrengt heraus. »Ihr werdet doch rausfinden können, ob irgendein Pfleger oder einer der verrückten Alten die Frau umgebracht hat.«

»Das ist nicht so einfach …«

»Bist du denn bei der Sache?«

»Was meinst du?«

»Grzesinski, wieso suchst du Grzesinski?«

»Das ist was Privates.«

»War der nicht der Vorgänger vom Bäumert beim LKA 4?«

»Das ist trotzdem was Privates.«

Martha sah Jay beunruhigt an. Dann stellte sie ihr leeres Sektglas ab, wies Jay den Weg zum Eingang der Sammlung und lief hinter ihm durch die offen stehende Glastür.

An den bunten Geschichten, den großflächigen Fotos ging Jay schnell vorbei. Charlie Chaplin hing da, 1931 hatte er die Berliner Polizei besucht, auch Edgar Wallace und Heinrich Mann wollten die damaligen Starermittler kennenlernen. Zu Zeiten der Weimarer Republik erlangte die Berliner Polizeiarbeit Weltruhm, aber das war Jay bekannt. Er blieb eher an Karteikarten hängen, an teilweise handgeschriebenen, teilweise maschinengeschriebenen Informationskärtchen, die für die *Zentralkartei für Mordsachen* angelegt worden waren, jener ersten systematischen Sammlung gewaltsamer Todesfälle über die Stadtgrenzen Berlins hinaus. Mit welcher Akribie und Perfektion gearbeitet wurde, beeindruckte Jay. Und so war er auf die Abbildung eines feisten Manns im Anzug konzentriert, den der danebenstehende Text auf der vergilbten Karte als Otto Lübke identifizierte, inklusive Information über Beruf, Wohnort, Geburtsdatum, Festnahme, Tathergang, als jemand an die Rückseite der mitten im Raum platzierten Vitrine klopfte. Jay blickte durch die Scheibe und erkannte das durch das Glas leicht verzerrte Gesicht seiner Ex-Freundin.

»Sonya!«

Sie sah sich zögerlich um. »Nicht hier. Komm mit.«

Wenige Momente später saßen sie im Nachbau des

Mordautos, jenes ersten echten Ermittlerfahrzeugs aus den Zwanzigerjahren. Bis unters Dach vollgepackt mit Utensilien: Scheinwerfer, Markierungspfähle, Gummihandschuhe, Pipetten und Pinzetten. Die Anfänge der modernen Spurensicherung.

»Jay, ich habe mir das angeschaut.«

»Und?«

»Unwahrscheinlich.«

»Wieso?«

»Das wäre einfach sehr untypisch. Der Drogenhandel war damals schon gut organisiert und klar aufgeteilt. Die Polizei hatte nichts zu melden, hat höchstens am Ende der Kette ab und zu jemanden abgegriffen.«

»Wie diesen Diallo.«

»Genau. Das war ein einfacher Verkäufer aus dem Park. Der war völlig unwichtig. Die Leute, die dahinterstanden ...«

Sonya brach den Satz ab. Ein Glatzkopf mit Brille und Kurzarmhemd öffnete die Fahrertür und besah die Armaturen.

»Aha, hamse nen 16/50er Benz umjebaut«, berlinerte er wissend und klopfte auf das Lenkrad. Als weder Jay noch Sonya auf den Kommentar reagierten, ging er weiter.

»Die Leute, die dahinterstanden«, setzte Sonya noch leiser als eben wieder ein, »hatten mit Sicherheit kein Interesse an zwei toten Polizisten. Das war damals wie alles in Berlin. Jeder macht sein Ding, und keinen stört, was der andere treibt.«

Jay war ruhig und blickte in den Rückspiegel. Klapptisch und Klappstühle standen neben dem Wagen, das mobile Büro, das bei Bedarf aufgebaut werden konnte. Daneben hatten sie einen Tatort nachgestellt.

»Aber das Blut? Das Blut von Diallo in der Halle? Dafür haben wir keine Erklärung.«

»Weißt du, warum dieser Brasch schon mit Mitte fünfzig ausgeschieden ist?«

»Burn-out hat er mir gesagt.«

»Burn-out …« Sonya lachte trocken. »Was heute nicht alles Burn-out ist. C_2H_5OH.«

C_2H_5OH. Sie verwendeten es intern als Codewort, um untereinander über anwesende Zeugen oder Verdächtige zu sprechen, ohne deren Sucht offen zu benennen. Es war die chemische Formel für Alkohol.

»Ja und? Das erklärt nicht das Blut in der Halle.«

»Jay, das ist ein Säufer. Solche Leute machen mehr Fehler in ihrem Job«, sagte Sonya. »Und sind anfälliger für Verschwörungstheorien.«

Sie blieben noch eine Weile sitzen und starrten durch die Frontscheibe auf einen Glaskasten mit Puppen in Uniformen der unterschiedlichen Jahrzehnte. Jay hatte kein Argument mehr, um Sonya auf seine Seite zu ziehen. Er musste aufgeben oder allein weitermachen. Und sosehr er auch Einzelkämpfer war, langsam wurde es zu viel. Er kam nicht weiter mit einem Mordfall im Altersheim, bei dem er sich nicht einmal sicher war, ob es wirklich ein besonderer Fall für die Neunte Berliner Mordkommission war oder am Ende die Tat eines durchgeknallten Heimbewohners, der seine Ruhe vor dem Gejohle der Mitbewohnerin haben wollte. Marcel hatte Geheimnisse vor ihm, Martha stellte seine Arbeit infrage. Und dann sollte er nebenher einen zwanzig Jahre zurückliegenden Vierfachmord aufklären. Aber nein, sollte er eben nicht, niemand verlangte es, Sonya redete es ihm sogar aus – er wollte es. Nein, auch das nicht – er musste es. Es gab Unklarheiten, und solange es

Unklarheiten gab, konnte Jay keinen Haken daruntersetzen. Er war Perfektionist, mit allen Vor- und Nachteilen, die dieser ambivalente Charakterzug mit sich brachte.

»Hör auf, Jay, du machst dich kaputt.«

Jay nickte.

Sonya schüttelte den Kopf. »Lüg nicht, du wirst nicht aufhören, das weiß ich«, sagte sie leise. Wenn ihn jemand kannte, dann sie. Ihr konnte er nichts vormachen. »Aber melde dich erst wieder bei mir, wenn du wirklich was hast, verstanden?«

Sie öffnete die Tür der Autoattrappe und war weg.

Jay blieb allein zurück.

33

Nulltoleranz

Und jetzt sollte er wirklich lesen? Thorsten Schlüter las sehr ungern, vor allem sehr wenig, und wenn, dann keine Bücher. Dienstanweisungen, ja, die Zeitung, für Aktuelles sogar am liebsten den Videotext. Aber wer las in den Neunzigern denn noch Bücher? Doch, im Urlaub, einmal im Jahr, da nahm er sich ein Buch mit, meist was Spannendes. Sich hier im Park auf eine Bank zu setzen und ein Buch zu lesen wäre ihm allerdings nie in den Sinn gekommen. Und er fragte sich, wie überzeugend er seine Rolle spielen konnte.

Nur so zu tun und in die Seiten zu starren hätte für ein paar Minuten funktioniert, doch so schnell würde es nicht gehen. Es war zeitaufwendiger geworden, seit man nicht mehr selbst auf das Pack zuging, sondern Köder spielte. Dafür war es effektiver. Die Dealer waren inzwischen vorsichtiger, verkauften nicht mehr jedem ihr Zeug, zu oft wurden sie hochgenommen. Man ließ sich also besser von ihnen ansprechen als umgekehrt.

Das Buch handelte von Pferden, genauer gesagt einem Pferd und einem Mädchen, beide traumatisiert, dann noch deren Mutter, und am Ende kam ein Mann, enttraumatisierte alle und hatte was mit der Mutter. So ähnlich stand es auf dem Buchdeckel, neben dem Bestselleraufkleber. Es war natürlich nicht sein Buch, er hatte es von Ninas Nachttisch genommen, als die Kollegen sagten, er solle sich im Park auf die Bank setzen. Schon nach wenigen Seiten langweilte ihn die Geschichte so sehr, dass er wieder wusste, warum er nicht las. Es gab ihm einfach nichts. Es war ein Runterlesen, Seite für Seite, ohne Vergnügen, er las und las, und wenn man ihn fragte, was auf den letzten fünf Seiten passiert sei, hätte er nicht antworten können.

Plötzlich stand ein Schwarzer vor ihm, zog an einem imaginären Joint, um klarzumachen, worum es ging.

»Want to smoke?«

Mein Gott, sah der fertig aus. Die Lippe verkrustet, die Augen schief. Entweder war der selbst Junkie, oder sie hatten ihn erst kürzlich erwischt.

Er lehnte ab. Langsam trottete der schwarze Mann weiter. Je zögerlicher der Kunde war, desto mehr vertraute ihm der Verkäufer. Sie waren einfach zu überlisten.

»Wait! How much?«, rief er dem Davonschlendernden nach.

Der Mann blickte sich um, musterte die Passanten. Sah auch die beiden Kollegen, die mit Eis in der Hand über die Wiese spazierten, schien keinen Verdacht zu schöpfen. Eis essen, das war besser als Lockvogel spielen, als warten und lesen. Besser als direkten Kontakt mit dem Dealerpack zu haben. Irgendwo konnten die Typen immer ein Messer haben.

»Ten Deutsch Mark.«

Schlüter spürte eine spontane Aufgeregtheit, ein vorfreudiges Gefühl im Bauch. Wie beim Geschenkeauspacken oder beim Einlass ins Stadion. Er freute sich auf das, was passieren würde. Denn er würde ihn drankriegen, den Idioten. Er holte die Münzen aus seiner Hosentasche, gab vor, diese zu zählen. Es war das vereinbarte Zeichen an die Kollegen.

»Really good«, sagte der Dealer. Jaja, alles klar. Schlüter konzentrierte sich. Er streckte ihm die Hand mit den Zweimarkstücken hin. *Hol das Tütchen, hol das Tütchen*, dachte er und sah den Schwarzen entschlossen an.

Dann hatte er es in der Hand. Den Beweis, alles, was sie brauchten, um den Kerl fertigzumachen.

Schlüter schlug zu.

Das war das letzte Mal, dachte er später im Auto, den zitternden Schwarzen neben sich auf der Rückbank – das war das letzte Mal, dass der sich in einen Park getraut hatte. Dafür würden sie sorgen.

Er war anfangs skeptisch gewesen, als man ihnen intern die neue Strategie für die Operative Gruppe City West einbläute. Er war kein Schläger, anders als mancher Kollege zog er keine Befriedigung daraus, Gewalt anzuwenden. Aber alles andere half nichts. Das Pack war wie Ameisen, die man dreimal wegschnippte und die doch immer wieder angekrabbelt kamen. Gerade die, die man nicht abschieben durfte. Das musste man sich mal vorstellen: Die wurden wiederholt bei Straftaten erwischt, und gesetzlich gab es keine Möglichkeit, das zu unterbinden. Du durftest sie eine Weile festhalten, befragen, dann musstest du sie gehen lassen, und sie lachten dir zum Abschied rotzfrech ins Gesicht. Und zwei Tage später standen die an gleicher Stelle oder fünfhundert Meter weiter.

Sie waren vor der Wache angekommen. Der Motor verstummte, zusammen mit dem Kollegen zog er den Schwarzen aus dem Wagen, drückte den Kopf nach unten, führte ihn durch die Tür.

Natürlich musste die Polizei da eigene Wege finden. Das war die einzige Chance, das Chaos zu bekämpfen. Es ging um Ordnung und Sicherheit, die Sicherheit der Berliner

Bürger und ihrer Kinder. Die würde man sich nicht nehmen lassen. Von niemandem, von deutschen Verbrechern nicht, aber noch viel weniger von eingereisten, die unter dem Vorwand ins Land gekommen waren, Schutz zu suchen. Das hatte mit Ausländerfeindlichkeit nichts zu tun. Wenn er selbst, dachte Schlüter, durch Anatolien liefe oder Ouagadougou, würde er keinen Hass auf die Menschen dort verspüren. Aber er lief eben nicht durch Anatolien und erst recht nicht durch Ouagadougou. Er lief durch Deutschland, weil er hier hingehörte und die dorthin. Und ja, in den ganz wenigen Fällen, in denen Leute fliehen mussten, weil es nicht anders ging, sollten sie seinetwegen für eine gewisse Zeit hier unterkommen. Nur niemals, niemals durften sie irgendeine Straftat begehen. Du klopfst doch nicht als Bettler an die Tür eines Reichen, bittest um eine Übernachtung und raubst ihm dann die Bude aus. Jesus und Maria haben ja auch nicht den Ochsen geschlachtet und den Esel geklaut. Die waren dankbar, dass sie ein Dach über dem Kopf hatten. Umsonst. Aus Großzügigkeit. So etwas auszunutzen war das Allerletzte.

In New York hatten sie gerade eine Nulltoleranzstrategie eingeführt. Eine Straftat, zack, raus. Nach allem, was man hörte, war das sehr erfolgreich. Nur mit der verweichlichten Ökogesellschaft in Deutschland wäre so etwas nicht zu machen, dachte Schlüter. Die waren ja schon am Weinen, als die Sache mit Hamburg rauskam. *Polizeiskandal* nannten sie es, es war zum Lachen.

Sie öffneten die Tür zu dem Verhörraum. Holger saß bereits drinnen, lachte.

»Na, wen haben wir denn da?« Er kannte den Schwarzen offensichtlich schon. »Wie war noch mal dein Name?«

Der Schwarze antwortete nicht.

»Your name?«, fragte Holger.

»Mouhamadou«, nuschelte der Mann. Er war kaum zu verstehen, die Lippe war aufgeplatzt.

»Momomomu?« Holger stieß wütend seinen Stuhl weg und brüllte dem Schwarzen ins Ohr. »Red deutlich, Neger. Wie heißt du?«

»Mouhamadou«, versuchte es der andere noch einmal.

Holger lachte.

»Der Herr Diallo.« Einen Moment lang wirkte es, als habe sich die Lage entspannt, als habe sich Holger beruhigt.

Dann holte er aus und klatschte dem Schwarzen mit der flachen Hand eine Ohrfeige ins Gesicht.

»Welcome back.«

34

Sonnenhaus

Das Heim lag in einer ruhigen Spielstraße mit Pflastersteinen. Nannte sich nicht einmal *Heim*, sondern *Haus*. Wie der Gregorhof kein Altenheim sein wollte, wollte das Sonnenhaus kein Kinderheim sein, der Begriff des *Heims* schien heutzutage aus der Mode geraten, wenn nicht gar anrüchig zu sein.

Vor drei Stunden war Jay aufgewacht, mit nur einem Namen im Kopf. Vermutlich war er die ganze Nacht nicht losgekommen von dem Fall, hatte unbewusst weiter darauf herumgekaut, und das Ergebnis war nun dieser Name. Marième. Ein Name, den er kannte, er hatte ihn gelesen in der Akte. *Mouhamadou und Aissatou Diallo hinterlassen eine Tochter, die achtjährige Marième Diallo.* Klar, sie war noch ein Kind damals, hatte bestimmt nicht alles mitbekommen. Aber manchmal bekamen gerade die Kinder mehr mit, als man dachte. Jay war aufgestanden, hatte sich einen Kaffee gemacht, gewartet, ob der Name sich dadurch abschütteln ließ. Es war immerhin Samstag, Wochenende. *Marième, Marième*, es blieb in seinem Kopf. Hatte sie damals die offizielle Version der Tat geglaubt? Glaubte sie noch immer daran? Wo war sie jetzt? Er hatte während des Frühstücks im Internet recherchiert. Keine Treffer. Eine halbe Stunde später war er ins Kommissariat gefahren, hatte in seinem Büro unter Papierstapeln nach der

Akte gesucht. *Morde Koletzkigelände.* Er hatte geblättert, viel war über Marième nicht vermerkt. Sie schien verhört worden zu sein, dem Kommentar der Kollegen nach hatten sich daraus *keine sachdienlichen Hinweise* ergeben. Am Ende, eher beiläufig, fand sich der Name des Kinderheims, in das sie die Waise Marième gebracht hatten. Dessen Adresse war auch der letzte Eintrag im Melderegister. Seither hatte Marième sich nie wieder umgemeldet, war vom Radar komplett verschwunden. Es war der einzige Ansatzpunkt.

Und so stand Jay nun vor dem Sonnenhaus. Es war umgeben von einer großen Wiese. Büsche, Bäume, Vesperbank, in der Einfahrt hing ein Basketballkorb. Der Putz bröckelte von der Fassade, nur die gelbe Sonne über der Eingangstür war vor Kurzem erst nachgemalt worden, strahlte auf ihrem trüben Untergrund.

Jay klingelte. Keine Reaktion.

Er hörte Stimmen hinter dem Haus, helle, junge, fröhliche Stimmen. Noch einmal drückte er die Klingel.

Als sich wieder nichts tat, ging Jay ein paar Meter zurück, versuchte, durch die spiegelnden Fenster zu erkennen, ob drinnen jemand war. Konnte niemanden sehen. Dann lief er den kleinen Weg durch den Garten um das Haus herum.

»Stehen bleiben oder ich schieße!«

Jay nahm die Arme nach oben und drehte sich zu dem Gebüsch hinter ihm, aus dem die Drohung kam.

»Ich komme in friedlicher Mission«, sagte er leise.

Vor ihm stand ein Cowboy, ein kleiner Cowboy, selbst im Stehen noch kleiner als das Gebüsch. Er trug Hut, Halstuch, Weste, im Gesicht hatte ihm jemand einen schwarzen Schnurrbart aufgemalt.

»Hände hoch«, befahl der Junge, dabei hatte Jay die bereits erhoben. Dem Kleinen schienen die Schurkensätze auszugehen.

»Geld her?«, half ihm Jay.

»Geld her!«, sagte der Junge schnell.

»Und womit willst du schießen?« Die ihm entgegengestreckten Hände des Jungen waren leer.

»Dürfen wir nicht«, sagte der Junge enttäuscht und löste seine angespannte Pose auf. »Die Frau Luttermann sagt, wir kriegen keine Pistolen.«

»Das ist auch besser so«, sagte Jay. »Wo ist denn die Frau Luttermann?«

Der Junge zeigte hinter das Haus. Jay warf ihm ein Zwanzigcentstück zu und ging weiter.

Der verkleidete Cowboy mit ohne Pistole erinnerte ihn an seinen Lego-Tatort. Vorhin im Büro, als Jay gerade wieder hatte gehen wollen, war sein Blick auf das Spielzeugmodell gefallen. Die zwei Männchen mit Pistolen in der Hand, die auf dem noppigen Grün lagen. Davor das Auto mit den zwei Erschossenen. Er hatte die eine Figur genommen, den Fahrer des Wagens, und war mit ihr zu der mit massiven grauen Spielsteinen angedeuteten Halle 3 gelaufen. Mouhamadou Diallo, irgendwann war er blutend in dieser Halle gewesen. Jay hatte dem Männchen den Arm verdreht, dann auch die anderen dazugestellt, die Frau und die zwei Polizisten, noch weitere Figuren aus der Kiste geholt, wer immer sie waren. War mit den Polizisten wieder nach draußen gelaufen, zu dem inzwischen fahrerlosen Auto, hatte eine der Reservefiguren hineingesetzt und die Polizisten überfahren. Dann hatte er ihnen ihre winzigen Kunststoffpistolen aus der Hand genommen, sie den unbekannten Männchen gegeben, die ursprünglichen Autoinsassen zurück in den Wagen gesetzt – peng, peng. Braschs Version der Ereignisse.

Jetzt, eine Stunde später, trat Jay um die Ecke hinter das Haus mit der aufgemalten Sonne. Die Anlage war größer, als sie von der Straße aus gewirkt hatte. Um eine Wiese herum gruppierten sich Wohnhäuser, kleine doppelstöckige Einheiten, bunt beschriftet. WG stand an manchen, MWG an anderen, eines hieß BE.

»Ein Eindringling, ein Eindringling«, rief der Junge, der Jay gefolgt sein musste. Sofort reihte sich eine bunte Schar aus Indianern, Cowboys und Tieren um ihn, kreischte, redete durcheinander.

»Guten Tag!«, sagte eine Frau in einigen Metern Abstand. Energisch sprach sie, Jay wartete auf ein *Was machen Sie hier?*

»Frau Luttermann? Können wir vielleicht kurz unter vier Augen …?«

Die Frau schaute auf die Kinderschar, überlegte einen Moment, bat dann den größten der Bande, einen Dinosaurier, ein paar Minuten aufzupassen. Sie ging mit Jay auf die Terrasse, setzte sich an einen der wenigen Zweiertische. Neben ihnen deckte ein beleibter Koch die langen Tafeln für das Mittagessen.

»Was heißen die Abkürzungen?«, fragte Jay und blickte auf die Häuser.

»WG Wohngruppe, MWG Mädchenwohngruppe, BE Betreutes Einzelwohnen«, sagte die Frau und zeigte jeweils auf die bunten Beschriftungen. »Tochter? Sohn?«

»Ich? Niemanden. Jerusalem Schmitt, Neunte Berliner Mordkommission.« Er reichte der Frau die Hand. »Es geht um Marième Diallo.«

»Schon wieder?«

Jay erstarrte. Was hatte sie da gesagt?

»Was meinen Sie …?«

»Um was geht es denn da? Am Telefon haben Sie sich ja immer sehr vage angehört.«

»Am Telefon?«

»Ja, Sie haben doch schon zweimal hier angerufen.«

Jay wusste nicht, wovon die Frau sprach. Er kannte den Namen des Heims ja erst seit heute Morgen, hatte lieber direkt hinfahren wollen als vorher anzurufen.

»Nein, das habe ich nicht.«

»Oder eben einer Ihrer Kollegen, das müssen Sie doch wissen.«

In Jays Kopf ratterten die Gedanken. Wer hatte angerufen?

»Wann war das?«

»Vor ein paar Tagen. Anfang der Woche.«

»Und was wollte der Anrufer?«

»Wollen Sie mich veräppeln? Das Gleiche wie Sie, Informationen über Marième Diallo. Das ist doch jetzt kein Zufall?«

Jay erschrak. Er war nicht der Einzige, der Marième suchte. Irgendjemand war hinter ihr her. Und das schon seit Tagen.

»Ein Zufall ist es bestimmt nicht.«

Jay versicherte ihr, den Anrufer nicht zu kennen, zeigte seine Dienstmarke an der Gürtelschnalle, um der sichtlich verwirrten Frau seine Polizeizugehörigkeit nachzuweisen. Ob sie die Stimme des Anrufers beschreiben könne?

Sie winkte ab. *Von morgens bis abends* würden die Leute anrufen, Eltern, Jugendamt, Interessenten, alles. Unmöglich sei es da, sich an einzelne Anrufe zu erinnern.

Immer wieder sah der dicke Koch zu ihnen herüber,

hatte wohl bemerkt, wie Jay die Marke gezeigt hatte. Schwerfällig verteilte er große Warmhaltebehälter auf den einzelnen Tischen.

Bezüglich Marième Diallo könne sie auch nicht viel weiterhelfen, meinte die Frau dann. Sie habe wenig Kontakt mit dem senegalesischen Mädchen gehabt, auch wenn sie damals schon hier angestellt war. Laut den Unterlagen sei Marième von ihrem achten bis achtzehnten Lebensjahr hier gewesen, erst beim stationären Clearing, später in einer Mädchenwohngruppe. Clearing? Ja, das sei ein Betreuungsangebot für Kinder in akuten Konfliktsituationen. Sie sprach von *sozialpädagogischer Krisenintervention, psychologischer Diagnostik*. Jay verstand nicht genau, was sie meinte, konnte sich aber zusammenreimen, worum es ging. Marième Diallo hatte auf einen Schlag alles verloren, so jemanden konnte man nicht direkt in eine Wohngruppe stecken.

»Wo sie nach dem Sonnenhaus hingegangen ist, wissen wir leider nicht. Sie war nie wieder hier.«

Eine Gruppe Teenager kam aus einer der Wohngruppen und nahm am Tisch nebenan Platz. Jays Gesprächspartnerin sah reflexartig auf ihre Armbanduhr. Mittagessenzeit, Jay solle sie bitte entschuldigen. Sie stand auf, stellte sich an den Rand der Terrasse und rief mehrfach laut in den großen Garten, wurde von den herumwuselnden Kindern aber weitgehend ignoriert. Peinlich berührt lächelte sie Jay an, stöhnte *Kinder!*, räusperte sich, rief mit noch schrillerer, strengerer Stimme. Ein paar Indianer kamen die Treppenstufen hochgerannt, der Rest blieb im Garten.

Dann trottete der Koch, der gerade die Schöpflöffel auf die Teller neben den Warmhaltebehältern verteilt hatte, nach vorn, stellte sich auf die oberste Stufe der Treppe, hielt sich die Hände vor den Mund und imitierte eine Sirene.

»Ouuuuu, ouuuuu. Letzter Aufruf für alle Piraten, Cowboys, Prinzessinnen, Dinosaurier, Ritter, Indianer, Verbrecher und Kleintiere: Pasta alla Olaf, jetzt oder nie!«

Sofort kamen die Kinder hochgestürmt, manche umschlangen den Bauch des Kochs, dann setzten sie sich an die langen Tafeln und fingen an, sich viel zu große Portionen auf ihre kleinen Teller zu schaufeln.

35

Geheimniswahrer

Das Auto erkannte Jay sofort. Fahrer- und Beifahrertür standen weit offen, auch die Heckklappe des Kofferraums war nach oben geklappt. Wie ein aufgeplustertes Tier in Angriffshaltung stand der Peugeot in der schmalen Einfahrt. Und mit Attacke rechnete Jay durchaus.

»Das ist nicht dein Ernst.« Sonya trat hinter dem Wagen hervor, in der einen Hand eine lederne Reisetasche, in der anderen einen vollgepackten Stoffbeutel.

»Was denn?«

»Dass du jetzt hier auftauchst.« Unbeeindruckt stopfte sie das Gepäck in den Kofferraum. »Bei mir zu Hause.«

»Sonya!«

»Nachdem ich dir gestern eindeutig gesagt habe, dass du mich mit deinen Ideen in Ruhe lassen …«

»Bis ich etwas habe.«

»Was?«

»In Ruhe lassen, bis ich etwas habe, hast du gesagt.«

Sie seufzte, Kopf schräg, die Hände in den Hüften. Knapp über der dünnen weißen Stoffhose, die ihren vielleicht letzten Einsatz des Jahres genoss. Auf einem der Nachbarbalkone bewegte sich eine Hängematte, ein Kopf tauchte hinter einem Buch auf, musterte die Szene, prognostizierte ihr offensichtlich einen zu geringen Unterhaltungswert und tauchte wieder ab.

»Ich muss los.«

»Ich brauche deine Hilfe.«

»Ich muss nach Leipzig.«

»Bitte.«

»Jay, ich bin nicht dein Kindermädchen. Und nicht dein Notnagel. Und nicht dein … Weißichnich. Und nicht deine Partnerin. Ich hab mein eigenes Leben, jenseits vom LKA.«

»Ja, ich auch.«

»Nein, den Eindruck habe ich nicht. Du bist immer am Arbeiten. Und wenn es nichts zum Arbeiten gibt, baust du dir deine eigenen Fälle. Mit Lego. Für mich ist heute Samstag. Ich fahre nach Leipzig, weil Sasha da eine Show hat, ich überrasche sie, wir bleiben da eine Nacht im Hotel, und ab Montag …«

»Das Ding wird aber langsam heiß«, flüsterte Jay.

Sonya griff nach der Heckklappe, gab Jay einen Moment Zeit, zur Seite zu treten, schlug sie dann zu. Heftiger als nötig.

»Dann musst du eben doch Marcel einweihen«, sagte sie, ohne Jay anzusehen, auf dem Weg zur offen stehenden Beifahrertür.

»Marcel?«

»Ja, Marcel.« Die Beifahrertür schlug dumpf zu.

»Der mir gestern Abend erzählt, er fährt aufs Kommissariat? Und fünf Minuten vorher sehe ich ihn in die andere Richtung fahren?«

Sonya schwieg. Sie war einmal um das Auto gelaufen, hatte das Peugeot-Tier gezähmt. Jetzt standen sie sich wieder genau gegenüber. Zwischen ihnen nur die offene Fahrertür.

»Meinst du, ich mach das gerne? Hier am Samstag bei dir auftauchen? Dir hinterherrennen? Gerade dir? Du bist eben die Einzige, der ich vertrauen kann.«

»Ja, und ich habe dir auch zweimal geholfen. Ich habe zweimal für dich recherchiert, völlig unvoreingenommen, mit Risiko für mich. Nur haben sich deine Vermutungen nicht bewahrheitet. Das musst du doch einsehen.«

»Ach ja? Und wieso ist dann noch jemand hinter der wichtigsten Zeugin her?«

»Wovon redest du?«

Und dann erzählte Jay von Marième Diallo, der damals achtjährigen Tochter von Aissatou und Mouhamadou, den beiden toten Senegalesen vom Koletzkigelände. Zwanzig Jahre her, und ausgerechnet jetzt, wo Jay den Fall untersuchte, folgte noch jemand ihrer Spur. Hatte in Marièmes ehemaligem Kinderheim angerufen, sich nach ihrem Verbleib erkundigt. Immerhin genauso wenig erfahren wie Jay selbst.

»Ist das ein Zufall?«, fragte Jay. »Glaubst du, das ist ein Zufall?«

Sonya reagierte jetzt nicht mehr so schnell wie eben, ließ sich Zeit mit ihren Antworten. Gab zu, dass ein Zufall zumindest unwahrscheinlich sei.

»Und wenn das kein Zufall ist, dann ist sie in Gefahr.«

»Könnte in Gefahr sein. Du weißt nicht, wer nach ihr sucht. Und warum.«

»Könnte in Gefahr sein«, wiederholte Jay.

Einen Moment war Ruhe. Sonya entdeckte braune Sprengsel auf dem Rückspiegel, beugte sich in den Wagen, holte ein Taschentuch aus dem Handschuhfach.

»Was ist dein Plan?«

»Ich weiß es nicht. Wir müssen sie irgendwie finden.«

Sonya widersprach seinem *Wir* schon nicht mehr. Sie drehte sich weg von Jay, feuchtete das Taschentuch an und fuhr über den verdreckten Rückspiegel.

Jay erzählte, was er heute Morgen im Kommissariat alles abgeklopft hatte. Vergeblich abgeklopft hatte. Andere Quellen zur Personensuche hatte Sonya auch nicht. Bei der Fahndung nach Straftätern, nach weißen Transportern, nach übereinstimmenden Tatmustern konnten ihre Datenbanken helfen. Eine verschwundene achtundzwanzigjährige Vollwaise brachten sie nicht zum Vorschein. Alles, was blieb, war das Sonnenhaus.

»Die Heimleiterin war damals schon da. Aber sie weiß quasi nichts über Marième.«

Sonya drehte sich wieder zu Jay um. Der Rückspiegel blitzte.

»Wundert mich nicht. Die ist ja nicht nah dran. Wir bräuchten eher Marièmes beste Freundin.«

»Sie war wohl ziemlich isoliert.«

Jay genoss es, Sonya beim Nachdenken zu beobachten. Wenn sie begann, ganz langsam zu sprechen, beim Denken zu sprechen, oder umgekehrt, beim Sprechen zu denken, offen für jeden Einwurf. Hin und her.

»Wem vertraut sie?«

»Meinst du, sie hat überhaupt jemandem vertraut?«

»Ja, zu irgendwem muss sie doch gehen, wenn sie ein Problem hat. Hast du mir nicht mal von der Secret-Keeper-Theorie erzählt?«

Hatte er bestimmt. Secret Keeper, das war ihm auf dem College in Coventry präsentiert worden. Es handelte von einer Gemeinsamkeit sozialer Organisationsformen, vom Großbetrieb bis zum Sportteam. Jenseits aller Hierarchien war die Person, bei der alles zusammenlief, die über alles Bescheid wusste und jedes Geheimnis kannte, nicht die Person, die ganz oben im Organigramm stand. Jene kannte die Nummer zum Tresor, das Gründungsdatum der Firma,

aber die wirklich wichtigen Informationen, gerade aus Er-
mittlersicht, hatte jemand anderes. Wer wen eigentlich
nicht mochte oder eben sehr. Wer wo mit wem. Weshalb
wer was tat oder nicht tat. So was wusste in der Firma die
Empfangsdame, in der Fußballmannschaft der Masseur,
der Friseur in der High Society. Unauffällige Alleswisser.
Secret Keeper, Geheimniswahrer. Und an die musste man
sich halten.

»Das Sonnenhaus muss doch auch irgendeine gute Seele
haben«, sagte Sonya. »Eine gutmütige Putzfrau oder den
einen lieben Erzieher, den alle mögen.«

»Pasta alla Olaf«, sagte Jay plötzlich.

36

Namenlos

Es war merkwürdig, wenn einen der Anblick eines Menschen an eine Comicfigur erinnerte. Wenn sich die optische Erscheinung eines komplexen Lebewesens mit ein paar Pinselstrichen beinahe exakt widerspiegeln ließ. Ganz selten traf Jay auf solche Doppelgänger. Zu Kinderzeiten wohnte ein alter Kauz in der Straße, der eins zu eins aussah wie Miraculix. Später entdeckte er einmal einen Kapitän-Haddock-Verschnitt in einer Werbeanzeige. In beiden Fällen war die Ähnlichkeit verblüffend. Bart, Pfeife, Nase, alles stimmte.

Bei dem, dem Jay jetzt gegenübersaß, stimmte gar nichts. Also im Vergleich zur Comicfigur, an die er ihn dennoch ununterbrochen erinnerte: den Koch aus *South Park*. Jay hatte die Serie in England gerne vor dem Schlafengehen gesehen.

Der Koch aus *South Park* hatte eine typische weiße Kochmütze auf dem Kopf. Der vor ihm nicht einmal Haare. Der Koch aus *South Park* trug ein rotes Schlabbershirt, manchmal mit Schürze. Der vor ihm ein schwarzes Hemd, die Ärmel hochgekrempelt. *South Park*: dunkelhäutig und mit braunem Bart im Gesicht. Hier: hell und rasiert. Neben einer gewissen Leibesfülle und natürlich dem ausgeübten Beruf waren es also lediglich die unschuldigen, ängstlichen, verträumten, traurigen und vielleicht etwas naiven Augen des Comic-Kochs, die Jay bei dem Mann vor sich wiederzuentdecken glaubte. Und das war bemerkenswert. Während es eigentlich kaum möglich schien, das Erscheinungsbild eines Menschen auf eine Figur aus wenigen Pinselstrichen zu reduzieren, genügten hier als Vorlage zwei eiförmige weiße Ovale mit kleinem schwarzen Punkt. So konnte man ihn sich vorstellen. Olaf Dengel.

»Herr Dengel, ich verstehe ja, dass sie niemanden verpetzen wollen.« Jay nahm bereits den dritten Anlauf. »Aber vielleicht ist Marième in Gefahr. Nur deswegen suchen wir sie.«

Der Koch senkte den Kopf, strich mit der flachen Handkante die rot karierte Tischdecke aus, von links nach rechts, von rechts nach links, Richtung Tischmitte und zurück, immer wieder. Sie war vollkommen faltenfrei.

»Ich habe doch gesehen, wie Sie vorhin herübergeschaut haben. Was wissen Sie über Marième?«

Ruhe. Nur die Geschirrspüler rauschten in ihrem monotonen Sound. Ganz leise drangen helle Kinderstimmen durch die gekippten Fenster der Heimküche. Dengel sah auf den Tisch, Jay zu Dengel, Sonya zu Jay.

»Jay, das bringt nichts. Wir müssen sie selbst suchen. Wir können wirklich nicht mehr länger warten.«

Da waren sie wieder, die ovalen Ei-Augen. Der Koch blickte hoch, Sonyas Satz hatte getroffen.

»Aber wo denn, Sonya? Wir haben keine Ahnung, wo sie ist. Und wenn diese Typen jetzt vor uns da …«

Sonya stieß ihn in die Seite. Die kleinen Augenpunkte blickten abwechselnd zu Sonya und Jay.

»Welche Typen?«, fragte der Koch zögernd.

Ihr altes Spiel schien noch immer zu funktionieren.

Olaf Dengel war seit über zwanzig Jahren im Sonnenhaus, vorher selbst Heimkind, irgendwo nahe der polnischen Grenze. Sonya hatte ihn gebeten, erst einmal von sich zu erzählen. Waren die Leute am Reden, bekam man auch leichter die Informationen, die man eigentlich brauchte. Nach dem Heim, so Dengel, machte er mangels Alternativmöglichkeiten die Kochlehre, flog aus zwei Gastroküchen, kam nicht klar mit Druck, Umgang, den strengen Hierarchien. Dann las er vom Sonnenhof. Hier fühlte er sich von Anfang an wohl. Er war kaum älter als die Menschen, die er bekochte, er war einer von ihnen. Wenn jemand nachts noch Hunger bekam, machte er manchmal Spiegeleier. Für die Essensverweigerer überlegte er sich Gerichte, die sie nicht ablehnen konnten. Die ganzen zerbrechlichen Seelen, er stützte sie, verstand sie, und wenn eine tatsächlich angeknackst war, half er, sie zu heilen. Dengel war genau der Secret Keeper, für den Jay ihn gehalten hatte.

»Und Marième haben Sie auch geholfen?«

»Marième«, sagte der Koch leise. »Marième hatte so viel Angst.«

»Vor wem?«, fragte Sonya und versuchte, ihm in die Augen zu schauen.

»Vor euch.«

»Vor der Polizei?«

»Wenn irgendwann die Polizei kommt, dann musst du mich warnen. Das hat sie gesagt.«

»Wieso?«

Der Koch lachte über Jays Frage. »Wieso? Genau so was fragt man hier nicht. Man tut dem anderen einfach den Gefallen.«

»Sie haben also nie erfahren, wovor sie Angst hatte?«

Dengel strich wieder imaginäre Hohlkammern aus der Plastiktischdecke.

»Viel, viel später hat sie mir was erzählt. Der Tod ihrer Eltern. Es stimmt nicht, was die Polizei sagt.«

»Was hat sie gemeint?«

»Das habe ich auch gefragt. Aber sie wusste es nicht. Oder wollte es nicht sagen. Sie hat nur gesagt, dass das nicht stimmt. Dass das nicht stimmen kann, was die Polizei sagt.«

Jay sah zu Sonya. Sie spielte bestimmt die gleichen Gedanken durch wie er. War das kindliche Traumabewältigung, die Suche nach einem Schuldigen, nach einer einfachen Lösung? Jede Verschwörungstheorie funktionierte so. Keine langen Erklärungen, keine Umstände. Schwarz, weiß, gut, böse. Oder wusste sie wirklich etwas? Oder dachte das zumindest? Nur was konnte das sein?

»Haben Sie noch Kontakt mit ihr?«

»Nein.«

»Haben Sie irgendeine Adresse, Telefonnummer? Hat sie erzählt, was sie machen will nach dem Sonnenhaus?«

»Nein. Sie hat sich verabschiedet und geweint. Marième geht für immer, hat sie gesagt. Sie hat sich hier nie wohlgefühlt.«

»Und Sie haben sie seither nicht mehr gesehen?«

»Marième? Nein.« Dengel antwortete jetzt energischer, fühlte sich angegriffen.

»Wir wollen ihr nichts Böses«, sagte Jay ruhig. »Aber auch wenn ich Ihnen das eigentlich nicht sagen darf: Jemand sucht nach ihr. Genau jetzt, wo wir uns den Fall von damals noch einmal anschauen.«

»Versuchen Sie, sich an alles zu erinnern, was sie Ihnen gesagt hat.« Sonya hatte ihre Ellenbogen auf den Tisch gestützt. »Wir brauchen irgendeinen Hinweis, wo wir sie finden können.«

Der Koch schwieg. Jay und Sonya sahen sich an und standen auf.

»Wenn Ihnen noch etwas einfällt«, sagte Jay und merkte, wie Dengel zitterte. Die Pupillen in den weißen Ovalen wanderten in die Mitte. Dann sah der Koch langsam hoch zu Jay und Sonya.

»Marième gibt es schon lange nicht mehr.«

37

Türspalt

Über das komplette Tableau der Klingelschilder schwang sich ein giftgrüner Schriftzug. *Harz 4*. Ohne *t*, dafür mit einem ausladenden Kringel unter der *4*, der sich seinen Weg über die Aluminiumplatte ungeachtet der Klingelknöpfe und Namensschilder bahnte. Bei einigen der dadurch unkenntlich gemachten Namen hatten Bewohner Gegenmaßnahmen ergriffen, vermutlich mit Nagellackentferner die Sicht auf ihre Namen wieder freigegeben. *Jacobsen/Munteanu* konnte man lesen, auch *Kusch* hatte Hand angelegt. Andere schien ihre komplette oder zumindest teilweise Unkenntlichkeit durch die grüne Farbe nicht zu stören. *Wissm–* und *Sch–d* konnten vielleicht noch auf einen rätselfreudigen Paketboten hoffen, *–er* und *M–* wirkten da sehr optimistisch. Manche Bewohner waren verschont worden, hatten sich in den Leerräumen der Buchstaben versteckt oder im Zwischenraum von *z* und *4*. Genau dort erblickte Jay den Namen, den er suchte. *Diallo*.

Er klingelte natürlich nicht dort, nahm einen der Knöpfe oben, sagte *Post*, schon stand er mit Sonya im Hausflur. Je näher du als Ermittler dem Gesprächspartner zu Beginn der Unterhaltung bist, desto besser. Nach allem, was sie über Diallo wussten, in diesem Fall ganz besonders. Vor der Tür im zweiten Stock lagen ein Paar dreckige Sneakers und eine Fußmatte aus Kokosvelours.

Jay klingelte.

Keine Reaktion.

Sonya stand ganz nah an der Tür, versuchte zu hören, ob sich drinnen etwas tat, schüttelte den Kopf.

Jay klingelte noch einmal.

Wenige Sekunden später nickte Sonya. Dann hörte auch Jay näher kommende Schritte. Jemand nahm in der Wohnung den Hörer der Sprechanlage ab.

»Ja?«

Sonya klopfte.

»Aya Diallo?«

Der Koch hatte sich nicht geirrt. Sie habe neu starten wollen, abschließen mit ihrer Vergangenheit, habe sich daher, gerade volljährig, von ihrem Vornamen verabschiedet. Aus Marième sei Aya Diallo geworden. Und er, Dengel, habe mit keinem Wort gelogen, von Marième wisse er nichts. Mit Aya hingegen habe er ab und zu Kontakt, einmal, zweimal pro Jahr, und ja, von Aya habe er auch eine Adresse, die er zwar eigentlich nicht herausgeben dürfe, aber ...

Drinnen war absolute Ruhe.

»Frau Diallo? Wir wollen mit ihnen reden«, sagte Jay.

Ganz langsam kratzte etwas an der Tür. Wurde eine Schiene entlanggeschoben. Die Türkette. Aya Diallo sperrte ab.

»Wir sind von der Polizei«, ergänzte Jay.

Stille.

Jay blickte auf die hölzerne Flügeltür. Der braune Lack war zur Hälfte abgeblättert. Altbau, nicht renoviert. Bei einem Tatverdächtigen würden sie in so einer Situation auf die Türblätter gehen, sich mit ganzem Körper dagegenwerfen, in drei Sekunden wären sie in der Wohnung.

»Frau Diallo«, sagte Sonya leise, noch immer dicht an der

Tür. »Ich bin Sonya Mainitz. Und das ist mein Kollege Jerusalem Schmitt. Wir untersuchen den Tod von Ihren Eltern.«

Die Frau drinnen begann zu schluchzen, versuchte, leise zu weinen, man hörte es dennoch.

»Wir wollen Ihnen helfen. Wir wollen wissen, was damals passiert ist.«

Noch einmal war es kurz ganz still. Dann senkte sich die Klinke nach unten. Ein paar Zentimeter öffnete sich die Tür, bis sie von der goldenen Vorhängekette abgebremst wurde.

»Können wir reinkommen?« Jay blickte durch den Spalt.

Zwei große leere Augen starrten ihn an. Oder durch ihn hindurch, genau ließ sich das schwer sagen. Kurze Haare hatte sie. Die dunklen Wangen tränenbenetzt.

»Wie haben Sie mich gefunden?«

»Olaf Dengel, der Koch im Sonnenhaus.« Jay versuchte, den Augenkontakt nicht zu verlieren.

»Lassen Sie mich in Ruhe.«

»Wovor haben Sie Angst?«

»Lassen Sie mich in Ruhe«, sagte Aya auf einmal laut.

Sonya zog Jay beiseite, nahm seine Position vor dem Türspalt ein.

»Wieso haben Sie Angst vor der Polizei?«

Aya begann wieder zu weinen.

»Weil ihr lügt.«

»Wer lügt?«

»Die Polizei.«

Sonya widersprach nicht. Sah auch nicht zu Jay. Sie versuchte, die Verbindung zu Aya keine Sekunde abreißen zu lassen.

»Wieso glauben Sie das?«

»Weil es stimmt. Weil die Polizei lügt. Weil sie gelogen hat.« Ihre Stimme war wütend. Dünn, gleichzeitig bestimmt.

»Sie meinen damals? Nach dem Tod Ihrer Eltern?«

»Es hat nicht gestimmt, was sie gesagt haben.«

»Dass Ihr Vater Dealer war?«

»Keine Ahnung.«

»Keine Ahnung?«

»Ich weiß es nicht.«

»Was war dann gelogen?«

»Wie sie gestorben sind.«

»Lassen Sie uns rein«, schaltete sich Jay ein und griff nach der Tür. »Wir müssen Ihre Aussage protokollieren, damit wir das verwenden können.«

Die Tür wurde mit einem Schlag zugezogen.

»Jay!«, rief Sonya und sah ihn vorwurfsvoll an. Sie machte ihm mit einer Geste klar, sich rauszuhalten. Dann klopfte sie erneut.

»Ihre Eltern haben zwei Polizisten überfahren. Und wurden dabei von denen erschossen«, sagte sie leise durch die geschlossene Tür. »Nicht?«

Langsam ging sie wieder auf.

»Nein«, flüsterte Aya.

Jay wurde warm. Gedanken schossen ihm wild durch den Kopf. Braschs Theorie, die vier hätten sich nicht gegenseitig umgebracht. Mouhamadous Blut in der Halle. Aber wieso glaubte sie, die Polizei habe gelogen? Und was hatte eine Achtjährige, die nicht am Tatort war, überhaupt mitbekommen können? Er musste sich zusammenreißen, das Gespräch nicht noch einmal zu unterbrechen.

»Nein?« Sonya war ganz ruhig. »Was ist passiert?«

»Ich weiß es nicht.« Aya flüsterte noch immer.

»Aber …«

»Ich weiß nur, dass das nicht passiert ist.«

»Dass was nicht passiert ist? Das, was ich gesagt habe?«

»Ja, das, was die Polizei sagt.«

»Und wieso glauben Sie das?«

»Das kann ich nicht erzählen.«

Sonya atmete tief ein. Jay holte sein Smartphone aus der Tasche, wollte das Gespräch zumindest aufnehmen. Sonya schüttelte den Kopf.

»Ich will Ihnen ja glauben, aber ich muss verstehen, warum Sie das denken.«

»Ich habe der Polizei damals gesagt, dass das nicht stimmt. Sie haben mir gesagt, ich solle keinen Unsinn reden. Sonst sperren sie mich ein.«

»Wer hat das gesagt?«, fragte Jay schnell.

»Ich weiß es nicht«, flüsterte Aya. »Ich kann mich nicht dran erinnern.«

Jay schlug mit der flachen Hand gegen den Türrahmen.

»Lassen Sie uns bitte rein und erzählen Sie uns alles, was Sie wissen.« Er versuchte, eindringlich zu klingen.

Aya reagierte nicht.

»Haben Sie einen Stift?«, fragte Sonya. »Ich schreibe Ihnen meine Nummer auf, und wenn Sie uns doch noch was erzählen wollen, rufen Sie mich einfach an. Jederzeit. Okay?«

Drinnen wurde eine Schublade geöffnet. Jay hörte, wie Aya wühlte. Dann reichte sie Sonya einen Stift und ein Taschentuch.

Sie hatten sich schon verabschiedet und umgedreht, als Aya ihnen hinterherrief.

»Frau Mainitz! Ich habe noch was für Sie. Schauen Sie sich das an. In Ruhe.«

Ayas Schritte entfernten sich, sie lief durch ihre Wohnung. Jay und Sonya sahen sich gespannt an. Kurz darauf wurde eine schmale rote Mappe durch den Türspalt geschoben.

»Danke«, sagte Sonya, nahm die Mappe unter den Arm und ging mit Jay nach unten.

»Lass uns reinschauen«, sagte Jay, als sie bei den Briefkästen angekommen waren.

»Nicht hier. Vielleicht beobachtet sie von oben, ob wir wirklich gehen.«

Sonya und Jay konnten nicht wissen, dass diese Vermutung richtig und falsch war. Denn tatsächlich gab es jemanden, der die beiden beobachtete. Der sie mit den Blicken verfolgte, bis sie wieder in Jays Auto gestiegen waren. Der froh und gleichzeitig beunruhigt war. Nur war es nicht Aya Diallo.

38

Schwellenhüter

Jetzt glotzte der Neger ihn wieder dumm an. Blutige Lippe, die Augen geschwollen. Wie vorletzte Woche. Sie lernten wirklich nicht dazu, null Komma null. Dass das keiner einsehen wollte. Dass alle so verblendet waren. Dieses Pack war von Natur aus unfähig, zivilisiert zu leben. Da konnten die Gutmenschen viel erzählen von alle gleich, bla, bla. Es waren eben nicht alle gleich. Zigeuner lebten wie Vieh, Südländer waren Sexhengste. Und Schwarze waren dumm, zurückgeblieben. Vielleicht sind tatsächlich irgendwann einmal alle gleich gestartet, aber über die Jahrtausende sind die einen weitergekommen und die anderen nicht. Man musste sich nur Fotos von Afrika anschauen, in den Zeitungen, die schlugen sich ja gegenseitig die Köpfe ein. Sogar die Kinder töteten da, mit Macheten. Und so was holte man sich ins eigene Land? Prost Mahlzeit.

Er klatschte dem Schwarzen mit der flachen Hand eine Ohrfeige ins Gesicht.

»Welcome back.«

Nur sagen durfte man natürlich nichts. Mundtot machte man hier das eigene Volk. Sie kamen mit ihren Statistiken und Argumenten, und man hätte sie am liebsten am Kragen gepackt und einmal durchgeschüttelt. Haaaaallooooo! Aufwachen! Wir leben hier nicht in eurem Traumland, wir sind in der Realität! Stattdessen rissen sie groß das Maul auf, wenn einer ihrer fremdländischen Zuckerpuppen mal was abbekam. Von einem Deutschen, der sein Land verteidigte. So wie er selbst. Am Ende würde er dafür noch bestraft werden. Er sah sich schon eines Tages vor dem Staatsanwalt stehen. Bundesrepublik Deutschland gegen Holger Heinsmann.

Sollten doch die ganzen Journalisten und Politiker und Studierten mal seinen Job machen. Nachts die Messerstechereien mit den Türken klären. Wohnungen räumen, wo es stank wie auf der Müllhalde. Tote Tiere in der Ecke, vollgeschissene Windeln unterm Bett. Sie hatten alle keinen Schimmer, nur mitreden und fordern und andere verurteilen und abstempeln, das konnten sie gut. Die Wahrheit vertrugen sie nicht. Die Wahrheit war: Wenn es irgendwo irgendein Verbrechen gab, waren fast immer Ausländer beteiligt. Vergewaltigungen, Schlägereien, Autodiebstahl, alles. Prostitution sowieso, nur Ausländer. Zigarettenmafia? Vietnamesen. Drogen? Beherrscht von Arabern, vertickt von den Negern. Von Leuten wie dem hier.

Er lief um den Schwarzen herum, stand jetzt hinter seinem Stuhl. Ungefragt gesetzt hatte der sich. Was ein zitternder Haufen Dreck. Er trat seitlich gegen die Lehne, wusste, wohin er zielen musste, um den Stuhl umkippen zu lassen. Der Mann klatschte auf den Boden.

»Was habe ich dir gesagt, Diallo?«, schrie er und trat auf ihn ein. »Was habe ich dir gesagt, du Mongo?«

Dass er ihn beim nächsten Mal umbringen würde. Das hatte er gesagt. *I will kill you.* War dem Neger natürlich egal. Zack, wieder in den Park, wieder verticken. Mehr konnten die auch nicht. Die einzige Lösung war, keinen reinzulassen. Und die rauszuwerfen, die hier waren. Da brauchte Schlüti gar nicht mit seiner Nulltoleranzstrategie ankommen. Das ganze Pack war eine Gefahr, und man musste nicht warten, bis jemand straffällig wurde. Die Eltern, die ihre vergewaltigte Tochter zu Grabe tragen, haben nichts mehr von der Nulltoleranzstrategie. So weit durfte man es nicht kommen lassen. Abschieben, ausweisen, nichts anderes half.

Schlüti stand noch immer an der Tür, starrte auf den Mann am Boden. Der feine Herr Diallo lag gekrümmt neben dem Stuhl, hielt sich den blutigen Kopf, gab stoßartig Laute von sich. Vernehmen konnte man den so nicht mehr. Egal, zum Reden brachte man den eh nicht. War auch sinnlos. Die Hintermänner gaben sich mit dem Dealerpack gar nicht ab. Es ging nur um Abschreckung. Und selbst das schien nicht zu funktionieren. Dem hier konnte man ja noch nicht mal mit Abschiebung drohen. Senegal. War letztes Jahr von der Liste der sicheren Herkunftsländer gestrichen worden. Weil es in irgendeiner Teilprovinz Ausschreitungen gab. Das war so lächerlich. Als Flüchtling musstest du nur sagen, du seist aus dem Senegal – schon das war ja kaum nachzuprüfen –, und mit einem Schlag durftest du dich in Deutschland benehmen, wie du wolltest. Ohne Konsequenzen, die Asylverfahren der Senegalesen wurden einfach ausgesetzt. *Wir behandeln aktuell andere Länder prioritär*, nannte das eine verantwortliche Mitarbeiterin im Fernsehen. Paradiesische Zustände für jeden Schmarotzer.

»Soll ich schon mal mit dem Bericht anfangen?«, fragte Schlüti.

Konnte er gerne. Wäre schnell gemacht. Kopieren, einfügen. Wieder einer der zahlreichen Festgenommenen, die *über die Schwelle zur Wache gestolpert* waren. Die sie *leider nicht mehr festhalten* konnten und die *unglücklich aufschlu-*

gen. Die Kollegen aus Hamburg hatten sich das mit der Schwelle überlegt. Bis eine Zecke in den eigenen Reihen das letztes Jahr verpetzt hatte. Hier in Berlin hielten noch alle dicht. Trotzdem sollte man sich statt der Schwelle mal was Neues überlegen. Die Schnüffler waren überall.

Der Schwarze griff nach dem Stuhl und versuchte, ihn aufzustellen. Zog sich an der Lehne hoch, kletterte mühsam, bis er wieder saß. Vergrub den Kopf in den Armen, legte ihn auf der Tischplatte ab. Jetzt siffte er auch noch den Tisch voll.

Mumumu Diallo, bei dir hilft wirklich gar nichts. Deutschland hat dir eine Chance gegeben, die du nicht verdient hast. Du hast sie nicht genutzt. Wir haben dir noch eine Chance gegeben, die du nicht verdient hast. Du hast sie wieder nicht genutzt. Was hilft bei dir überhaupt? Vermutlich nichts. Es gab nur noch eine Möglichkeit. Sie würden ihn ein paar Stunden in eine Zelle packen. Und am Abend, wenn es ruhiger war, auf der Wache, auf der Straße, dann würden sie einen kleinen Ausflug machen. Einen Ausflug zum Koletzkigelände.

39

Mitternacht

Das Wohnzimmer strahlte im Warmtonlicht dreier lose von der Decke hängender Kohlefadenlampen. Barhocker standen um den hohen Tisch, das Zentrum zwischen der offenen Küche und den beiden grau melierten Sofas. Man konnte sich hier problemlos eine gut gelaunte Mittdreißigerrunde am Samstagabend beim Proseccotrinken vorstellen. Doch an diesem Samstagabend standen keine Gläser auf dem Tisch. Stattdessen lagen da Fotos, Artikel, Notizen. Ausgebreitet und sortiert nach Datum.

Es war Sonyas Idee gewesen, zu ihr zu gehen. Ins Kommissariat konnten sie nicht, in Jays Wohnung wollte sie nicht. Alte Erinnerungen, er war nicht umgezogen, seit sie sich getrennt hatten. Sie schon. Unvorbelastetes Terrain.

»Ich habe hier noch einen *Spiegel*-Artikel von 1995.«

»Hamburg?«, fragte Jay.

»Ja.«

»Da hat Aya einiges zu gesammelt.« Jay zeigte auf einen Stapel neben der inzwischen fast leeren roten Mappe. »Das sind alles Artikel zum Hamburger Polizeiskandal.«

Die Mappe war ausführlich wie eine Ermittlungsakte. Jeden Fetzen hatte Aya gesammelt, kommentiert, markiert. Um ihre Eltern ging es wenig. Die Artikel aus der Berliner

Presse zu den Koletzki-Morden waren dabei, aber die kannte Jay schon, und sie gaben nur die offizielle Version der Polizei wieder. Der Rest der Sammlung kreiste immer um das gleiche Thema. Gewaltsame Übergriffe der Polizei auf Schwarze.

»… *mit welch brutalen Methoden Polizisten der Wache 11 am Hauptbahnhof Ausländer schikaniert und gefoltert hatten*«, las Sonya vor. »Das hat sie unterstrichen.«

»Ja, dort musste sogar der Innensenator gehen.« Jay zeigte auf einen Artikel im *Focus*. »Hier hat Aya auch was markiert: *das Einsprühen nackter Häftlinge mit Insektenspray und Tränengas.*«

»Kannst du ihre Handschrift lesen?« Sonya reichte ihm einen Packen kariertes Schmierpapier. »Sind glaube ich Gesprächsnotizen. Sie hat sich mit einem Bürgerrechtler getroffen.«

Sie waren eng mit Bleistift beschrieben. Auch Jay tat sich schwer, die Buchstaben zu entziffern. *Willkürliche Personenkontrollen*, konnte er lesen, *Razzien auf öffentlichen Plätzen, Selektion von Migranten.* Ganz unten auf der Seite endete eine Notiz mit fünf Ausrufezeichen. *Aussetzen im Grunewald!!!!!*

»Wir hätten in die Wohnung gehen müssen«, sagte Jay, mehr zu sich selbst. »Wir hätten sie zum Reden bringen müssen.«

»Was hätten wir denn machen sollen?« Sonya fühlte sich angegriffen. »Sie auf einen Stuhl binden?«

»Wir verlieren Zeit, wenn sie uns nicht sagt, was sie weiß.«

»Lass uns mal realistisch bleiben. Wer sagt denn, dass sie was weiß?« Beim letzten Wort malte Sonya mit ihren Fingern Anführungszeichen in die Luft.

»Du hast sie doch gesehen.« Jay wurde lauter.

Sonya ging mit. »Was habe ich gesehen?«

»Dass sie …«

»Ein labiles Mädchen habe ich gesehen. Das seine Eltern verloren hat. Das irgendeinen Schuldigen für den sinnlosen Tod ihrer Familie sucht.«

»Und was ist das hier?«, rief Jay und zeigte mit beiden Händen auf den Tisch.

Kurz war Stille, dann antwortete Sonya mit wieder ruhiger Stimme: »Ich meine ja nur … wir dürfen uns hier nicht auf eine Seite stellen. Bevor wir nicht wissen …«

»Das tue ich nicht, Sonya. Aber ich habe kein gutes Gefühl.«

Jay griff zu einem Stapel Bilder und verteilte sie auf dem Tisch. Ein paar vergilbte Passfotos. Daneben Mouhamadou und Aissatou vor ihrem Auto. Er mit seiner Tochter am Küchentisch. Die Kleine beim Spielen.

Jay nahm das Küchentischbild und blickte in die beiden Gesichter. Sie sahen unglücklich aus, jeder auf seine Weise. Aya, damals noch Marième, schien das Essen nicht zu schmecken. Sie hatte das Kinn auf die Brust gepresst, die Arme verschränkt. Und Mouhamadou … Jay stockte. War das Schmutz? Hatte jemand etwas auf das Bild gemalt? Er fuhr sanft mit dem Fingernagel über die Oberfläche. Glatt und unbeschädigt. Was war mit Mouhamadous Gesicht? Er nahm das Foto und hielt es sich nah vor die Augen. Ein schiefes, falsches Lachen lächelte Mo. Aber das war es nicht, was Jay meinte. Das Auge war geschwollen. Die Lippe dick. Auf der dunklen Stirn eine noch dunklere Kruste.

»Schau mal hier«, sagte Jay zu Sonya und tippte mit dem Finger auf Mouhamadou.

»Von wann ist das?«

Jay drehte das Bild um.

»Drei Tage vor den Morden«, sagte Jay langsam und dachte nach. »Drei Tage vor seinem Tod sieht Mouhamadou Diallo aus wie ein geprügelter Hund.«

»Hatten die ihn ...« Sonya zögerte, tat sich schwer, das Offensichtliche auszusprechen. »Wurde er vor dem Ko-letzki-Tag schon mal verhaftet?«

»Ja, das wurde er«, erinnerte sich Jay. Es hatte in der Akte gestanden. Anfang des Monats war Mouhamadou beim Dealen erwischt worden. Sie hatten ihn auf die Wache gebracht, vernommen und dann wieder gehen lassen. Hatte da nicht sogar etwas von *gestolpert* und *unglücklich gefallen* gestanden? Jay scrollte durch die Aufnahmen auf seinem Smartphone. Da war der Bericht.

»Wer hat ihn beim ersten Mal vernommen?«

Jay zoomte in die Ecke.

»Holger Heinsmann.« Er sah Sonya aufgeregt an. »Der eine der beiden getöteten Polizisten.«

Die Nacht hatte sich über Berlin gelegt und knipste in den Häusern auf der anderen Straßenseite nach und nach die Lichter aus. Jay und Sonya arbeiteten sich durch den gesamten Inhalt der roten Mappe. Weitere Überraschungen gab es keine. Doch was Aya sagen wollte, welche Schlüsse sie für sich gezogen hatte, das wurde immer deutlicher. Polizeigewalt gegen Ausländer im Allgemeinen und Schwarze im Besonderen schien in den Neunzigerjahren mancherorts üblich gewesen zu sein. Herausgekommen war es in Hamburg, in Berlin konnte man zumindest nach Aussagen der Opfer von ähnlichen Methoden ausgehen. Meist bezogen sich die Vorwürfe nicht auf den kompletten Polizeiapparat, sondern auf spezielle Einheiten, in denen offensichtlich andere Regeln galten. Manchmal nur auf einzelne Personen. Mouhamadou Diallo war an jenem 4. April von Grzesinskis Einheit das erste Mal festgenommen worden und hatte die Wache schwer angeschlagen verlassen. Wenige Tage später wurde er erneut verhaftet, wieder vom gleichen LKA-Mann vernommen, Holger Heinsmann. Am Ende des Tages waren Diallo, seine Frau, der LKA-Mann und ein Kollege tot. Was auch immer genau geschehen war: Dass Polizeigewalt vermutlich eine Rolle spielte, das legte die Mappe glaubhaft dar. Mouhamadou und Aissa, nicht in Notwehr erschossen, sondern vorsätzlich getötet. Von brutalen Polizisten. Das war es, was Aya vermutete. Nur den Beweis blieb sie schuldig. Wieso der von der Polizei kolportierte Tathergang falsch – oder wie Aya gesagt hatte, *gelogen* – sein musste, konnte Jay nicht rekonstruieren. Was auf dem Koletzkigelände passiert war, blieb weiterhin eine Blackbox. Und Ayas Material lieferte dazu keinerlei Information.

Sonya stellte Jay eine Tasse Kaffee hin.

Sie setzte sich mit ihrer Tasse auf das Sofa, begann, auf ihrem Smartphone zu tippen.

»Wem schreibst du?«, wollte Jay wissen.

Sonya sah ihn irritiert an. Sie hatte recht. Es ging ihn nichts an, und sie musste es ihm nicht sagen. Irgendwie hatte sie sich die letzten Stunden wieder so nah angefühlt. Ihm war die Frage völlig normal vorgekommen.

»Sasha. Ihr Auftritt ist vorbei. Eigentlich wollte ich gerade in Leipzig sein.«

Sie schwiegen sich an, Sonya tippte weiter.

»Danke«, sagte Jay dann. »Danke, dass du mir heute geholfen hast. Allein hätte ich das nicht geschafft.«

Plötzlich begann Sonyas Telefon zu vibrieren.

»Ich kann auch gehen«, sagte Jay schnell, »wenn du jetzt in Ruhe mit Sasha …«

»Das ist nicht Sashas Nummer.«

Sonya zeigte Jay das Display.

40

Trugschluss

Er hatte es probiert. Er war doch rumgerannt auf der Suche nach irgendeiner ehrlichen Arbeit. Was hätte er denn tun sollen? Seine Familie verhungern lassen? Mit besten Absichten war er nach Deutschland gekommen, sein Leben und das seiner Frau und das seiner kleinen Tochter hatte er riskiert für den Neuanfang im fremden Land. Und jetzt lief ihm das Blut aus der Nase, und ein keifender Schläger trat auf ihn ein.

Mo überlegte, wie weit sie gehen würden. Er hatte keinerlei Vorstellung, was hier üblich war. Oder besser gesagt: Er hatte eine Vorstellung gehabt, bis vor Kurzem. Ein zivilisiertes Land, stark und geordnet, *Made in Germany*, man konnte sich darauf verlassen. Bis sie ihn das erste Mal verprügelten. Und jetzt wieder. Er hatte keinerlei Vorstellung, was hier üblich war.

Die beiden Polizisten zogen ihn hoch und schleppten ihn über den Flur der Wache. Es fühlte sich an wie Trance. Der Kopf hämmerte im immer selben Intervall. Als hätte Mo ein Blaulicht im Schädel, das den grellen Schmerz in gleichmäßigen Runden durch den Kopf schob. Der Arm schmerzte pulsierend. War er gebrochen? Angebrochen? Das Blut machte seine ganze Kleidung dreckig. Mo erinnerte sich an den Film aus Nigeria. Der Mann, der von einem Geist verfolgt wurde, bis er unter der Brücke landete. Er war auf dem besten Weg. Aber wofür wurde er bestraft?

Sie zwängten ihn auf die Rückbank des Autos, banden seine Hände fest. Als würde er sie mit einem gebrochenen Arm angreifen wollen. Er hasste sie alle beide. Den saubeeren Blonden, der ihn im Park überlistet hatte, niedergeschlagen und hierhergebracht. Und noch viel mehr den jungen Großen, der auf der Wache auf ihn einschlug, heute wie neulich. Erst jetzt merkte Mo, dass sein eines Auge quasi geschlossen war. Er konnte nicht mehr dreidimensional sehen. Vielleicht würde er sich allmählich auflösen.

Sie machten die Musik an, richtig laut.

Did you ever stop to notice
All the blood we've shed before …

Der junge Große drehte sich zu Mo um, sagte irgendetwas auf Deutsch. Mo reagierte nicht.

»The white Nigger, eh?« Der Polizist lachte.

Ja, Michael Jackson lief da, das hatte Mo erkannt, der Song wurde dieser Tage rauf und runter gespielt. Reflexartig nickte er, ohne zu wissen, warum.

Did you ever stop to notice
This crying Earth, these weeping shores …

Dann hörte er nur noch das lang gezogene Ah und Oh des Refrains. Wehklagen gegen eine verkommene Welt. Er trat weg, er schlief oder döste, jedenfalls bekam er nichts mehr mit um sich herum. Aissa war in seinen Gedanken, auch die kleine Marième. Er musste seiner Frau davon erzählen, wie er in diese verdammte Situation gekommen war. Sie würde ihm seine Ausreden ohnehin nicht glauben, schon den Baustellenunfall nahm sie ihm letztes Mal nicht ab. Er musste es ihr erzählen, so peinlich es ihm war. Sie durfte ihn nur nicht verlassen. Davor hatte er Angst. Vielleicht könnten sie in ein anderes Land, nach England oder Schweden. Oder Frankreich, da hätten sie es mit der Sprache leichter. Wobei es Arbeit, das hatten ihnen während der Flucht alle gesagt, am ehesten in Deutschland gab. Plötzlich sah sich Mo in der Casamance, auf einem bunt angemalten Boot einen Fluss hinabtreiben. Grün bewachsene Ufer, eine Kuhherde auf einer Wiese. Dann eine Art Regen. Doch es regnete nicht auf die Pflanzen und Bäume, es regnete aus den Pflanzen und Bäumen. Vom Ufer her strömte immer mehr Wasser auf ihn zu, bald peitschte es gegen die blauen Holzplanken des Boots. Er lag im Boot und konnte sich nicht bewegen, der Arm schmerzte, der Kopf, überall war Blut. In der Ferne lachten Menschen.

Dann wachte Mo wieder auf. Die Musik war aus. Stimmen hörte er, lachende Männer. Wo war er? Immer noch auf der Rückbank. Er bemerkte das Telefon. Die beiden Polizisten unterhielten sich über ein fest im Auto verbautes Telefon. So etwas hatte Mo noch nie gesehen. Irgendwann fiel auch sein Name im Gespräch. Einen Zusammenhang konnte er sich nicht erschließen, zu schnell und deutsch redeten sie. Nur die Verabschiedung verstand er wieder.

»Bis später«, sagte der saubere Blonde.

Mo sah, wie sie von der dunklen Straße durch ein Zufahrtstor auf ein noch dunkleres Gelände fuhren.

Er sah nach draußen, erkannte wenig. Eine alte Fabrik oder Lagerhalle. Ein paar schrottreife Wagen, ein abgedecktes Motorrad. Alles war mit Graffiti vollgemalt, die Wände, Zäune. Das Auto wurde langsamer.

Sie parkten vor einer der Hallen.

Der saubere Blonde öffnete die hintere Tür und zog Mo ins Freie. Er hatte eine Taschenlampe in der Hand und leuchtete den Weg. Mo lief gebückt, sein Kreislauf ließ ihn

Schwarzbilder sehen. Der lange Dünne war hinter ihm und trat ihn gelegentlich, wenn er langsamer wurde. Der saubere Blonde lief vor ihm und riss an seinen zusammengebundenen Händen. Einmal stolperte Mo fast über seine eigenen Beine.

Sie gingen ein paar Treppenstufen hoch, waren auf einer Laderampe. Im schwachen Licht der Taschenlampe sah Mo die schwarz-gelb markierte Kante.

Genau dort drückten sie ihn zu Boden. Zusammengekauert lag er da, machte sich nicht mehr die Mühe, Tapferkeit oder Standhaftigkeit vorzutäuschen. Wie ein hilfloser Fötus lag er da. Sie hatten ihn gebrochen, sie hatten seinen Körper demoliert, darauf eingeschlagen und eingetreten, bis Mo nichts mehr spürte.

Und doch schafften sie es noch einmal, ihn zu überraschen.

Er hatte gedacht, sie würden ihn die Rampe runterwerfen, treten, ohrfeigen oder spucken. Ihm die Zähne ausschlagen oder einen Finger absägen, irgendeine weitere Quälerei. Aber sie hielten sich fast zurück, standen in zwei Meter Abstand schräg hinter ihm und schienen ihn nur zu beobachten.

»You stupid shit«, sagte der lange Dünne.

Jaja, dachte Mo, ich weiß.

»This is our land. Deutschland. Verstehst du?«

Ja, ich verstehe, dachte Mo wieder und war plötzlich von einer ungemeinen Gleichgültigkeit erfasst.

»Verstehst du?«, brüllte der Mann hinter ihm. »Talk to me.«

Mo drehte ganz langsam seinen Kopf in Richtung der dunklen Gestalten.

»Yes«, sagte er leise, wozu auch immer.

»Shut up«, schrie der lange Dünne jetzt, »shut up, you shit.«

Plötzlich griff er an seinen Gürtel.

Er zog einen Revolver, machte einen Schritt auf Mo zu und zielte aus einem knappen Meter genau auf seinen Kopf.

»He? He?«, fragte er drohend.

Mo verstand nicht, was er von ihm wollte. Er wusste nicht, ob es irgendeine Antwort gab, die den Irren zufriedenstellen konnte.

»There are rules here«, meldete sich auf einmal der Blonde. »This is not your country.«

Dann redeten die beiden wieder auf Deutsch.

Was hatten sie vor?

Der Revolver klickte, wurde geladen.

Wirklich? Das sollte es gewesen sein? Tausende Kilometer durch Dreck und Staub, mit Hunger und Angst und einem schreienden Kind, auf überfüllten Schiffen und in heißen stinkenden Autos. Ohne Gewissheit, ohne Vorfreude. Nur mit einer Faser Hoffnung, an der man sich entlanghangelte. Das alles, um am Ende auf einer verwahrlosten Laderampe zu liegen und erschossen zu werden wie ein kranker Hund? Eine Frau zurücklassend, die es ohne ihn nicht schaffen würde. Eine Tochter zurücklassend, die schon genug für zwei Leben durchmachen musste. Nein, Deutschland, das war nicht der Deal gewesen. Das war nicht das Versprechen, das du gegeben hast. Auf den Bildern im Fernsehen. Durch deinen Ruf in der Welt. Mit deinem dicken Bundeskanzler, der doch schon so viele aufgenommen hat. Ein ganzes Land hast du in die Arme geschlossen. Und jetzt reicht es nicht mal für ein paar arme Schlucker, in deren Heimat die Grundschullehrer mit Plastik verbrannt in Baracken gefunden werden, ausgedrückte

Zigaretten in offenen Wunden. Wo ist deine Seele? Falsches Deutschland, du hast mich getäuscht.

»Good-bye, Diallo. Good-bye.«

Mo schloss die Augen. Dann hörte er den Schuss.

41

Nachtpanik

Unbekannte Mobilnummer, es war kurz vor Mitternacht.

Sonya hielt sich das Telefon ans Ohr.

»Ja?«

Jay hörte eine schnell sprechende Stimme am anderen Ende, mehr verstand er nicht.

Sofort nahm Sonya das Telefon wieder runter und tippte auf das Lautsprechersymbol.

»Ich habe es gehört ... ich höre es doch.« Es war Aya. Sie flüsterte, war gleichzeitig hektisch, panisch. »Hören Sie das?«

»Was, Frau Diallo? Wovon reden Sie?«

»Da ist jemand an der Tür.« Sie sprach fast völlig ohne Stimme.

»An Ihrer Wohnungstür? Sie hören jemanden an Ihrer Wohnungstür?«

»Ja ... ja ... jetzt kommen sie.«

»Ist so was schon einmal vorgekommen, dass Sie ...«, begann Sonya eine Frage, wurde aber von Jay unterbrochen.

»Frau Diallo, Sie bleiben genau da, wo Sie sind. Wir sind in zwanzig Minuten bei Ihnen.«

Jay lief zum Tisch und griff nach seinem Autoschlüssel.

Auch Sonya war von der Couch aufgestanden, das Telefon noch immer in der Hand.

»Zu spät ... zu spät ... es ist zu spät.«

Ein dumpfer Schlag dröhnte aus dem Telefonlautsprecher.

»Frau Diallo! Wir sind gleich da«, rief Jay und lief aus der Wohnungstür. »Machen Sie die Fenster auf und rufen Sie nach Hilfe.«

»Sie sind drin ... jemand ist hier drin.« Ganz, ganz leise sprach sie jetzt. So schnell wie Sonya und Jay die Treppe runterstürmten, war es kaum zu hören.

Und so konnten sie rückblickend nicht mit hundertprozentiger Sicherheit sagen, ob sie ihren darauffolgenden Satz richtig verstanden hatten. Doch zumindest glaubten Sonya und Jay, dieselben Worte gehört zu haben. So ungewöhnlich sie waren.

»Im Urlaub, im Urlaub, hören Sie sich das an.«

Dann brach die Verbindung ab.

42

Spätfolge

Die zwanzig Minuten waren bereits vorbei, und Jay kurvte noch immer durch dunkle Seitenstraßen. Es war fast kein Verkehr, nur war Berlin einfach zu groß. Hätten sie doch eine Streife vorbeischicken sollen? Die wäre früher vor Ort gewesen. Aber Teile der Polizei standen unter Verdacht. Da war es besser, niemanden einzuweihen. So was sprach sich schnell herum, und irgendwer kannte immer irgendjemanden.

Und ganz davon abgesehen, meinte Sonya vom Beifahrersitz, wisse man nicht, was der Anruf wirklich zu bedeuten habe. Sie hatten Aya heute erst kennengelernt, konnten sie nicht einschätzen. Verfolgungswahn? Psychose? Ausgeschlossen war das nicht, emotional gefestigt wirkte sie heute Nachmittag kaum.

»Da vorne ist es«, sagte Sonya und zeigte auf den heruntergekommenen Altbau. Dunkel stand er an der Straße, fast nirgends brannte mehr Licht. Noch einmal wählte sie Ayas Nummer. Sie hatte es die ganze Fahrt über probiert, niemand nahm ab. Auch jetzt nicht.

Sie hasteten zum Eingang. Kurz vor der Tür blieb Jay stehen und sah an der Fassade hoch.

»Ganz oben ist noch Licht«, rief er Sonya zu. Sie stand an dem verschmierten Tableau der Klingeln, drückte alle Namen in der obersten Reihe.

Sekundenlang geschah nichts. Ob sie doch bei Aya klingeln sollten?

Dann meldete sich ein junger Mann.

»Polizei«, sagte Jay, »wir müssen zu einem ihrer Nachbarn.«

Das Treppenhaus verriet nichts, stumm und kalt empfing es die beiden, nicht anders als am Nachmittag.

Jay und Sonya rannten die Stufen hoch, versuchten dabei, so leise wie möglich zu sein. Bremsten ab, als sie vor der Wohnungstür standen.

»Das Schloss«, rief Sonya.

Tatsache.

Es war beschädigt, deutlich zu sehen. Auch wenn die Einbruchsspuren verwischt worden waren. Aya hatte es sich nicht eingebildet.

»Rein?«, fragte Sonya.

»Rein«, sagte Jay.

Sie ging zur Seite, zog ihre Waffe. Jay nahm einen Meter Anlauf.

Dann trat er gegen das dünne Türblatt.

Stockdunkel war es in der Wohnung. Jay griff mit einer Hand durch das Loch in der Tür, ertastete die Klinke, drückte sie nach unten.

»Polizei«, rief Sonya in den schmalen Flur der Wohnung, die Arme nach vorn gestreckt, mit beiden Händen die Pistole haltend.

Gemeinsam stürmten sie die Wohnung.

Fanden ein leeres Wohnzimmer vor.

Eine leere Küche.

Ein leeres Badezimmer.

Ein leeres Schlafzimmer.

Keine Spur von Aya.

»Fuck! Fuck! Fuck!«, rief Jay und schlug gegen den Kleiderschrank neben der Tür. Sie waren zu spät. Aya war nicht mehr hier.

»Der Satz am Telefon. Was hat sie gemeint?«

»Ich weiß es nicht. Aber irgendetwas sollen wir hier finden.«

Die Wohnung wirkte ein bisschen wie die rote Mappe, die sie heute Abend durchgearbeitet hatten. Eine kunterbunte Sammlung Allerlei. Im Zusammenspiel mit den engen Räumen – das Badezimmer hatte keine sechs Quadratmeter – ergab sich auf den ersten Blick ein Eindruck von Gedrungenheit, Chaos, das auf den zweiten Blick aber weniger unordentlich wirkte, sondern, ja, mehr wie eine Sammlung. Schon im Bad stand auf einer Kommode eine Unzahl Fläschchen, Tuben, Sprays und Cremes. Doch keine davon war leer und stehen gelassen worden, sie waren sogar sortiert und gruppiert. Ein ähnliches Bild zeigte der Kühlschrank voller kleiner und kleinster Tupperdosen, Schälchen, in Frischhaltefolie oder Alufolie eingepackte Gemüsereste, Obst, ein einzelnes Stück Schokolade. Es stank nichts, es schimmelte nichts. Aya schien den Überblick über ihr Sammelsurium behalten zu haben.

Sonya las die Rückseiten der Postkarten, die mit Magneten an den Kühlschrank gepinnt waren. Prag erkannte Jay, auf der anderen stand Husum. Urlaubspostkarten? Was gab es da zu hören?

Im Urlaub, im Urlaub, hören Sie sich das an.

»Ich mach ihr Zimmer«, sagte Jay und ging aus der Küche. Er war froh, allein arbeiten zu können. Er wollte Sonya nicht schon wieder einen Vorwurf machen, aber er hatte recht behalten. Sie hätten sich vorhin nicht so einfach abwimmeln lassen dürfen. Wenn sie in Ayas Wohnung gekommen wären, sich mit ihr unterhalten, eine verwertbare Aussage bekommen hätten, müssten sie jetzt nicht nach etwas suchen, von dem sie gar nicht wussten, was es war. Und vielleicht hätten sie Aya dann besser schützen können.

Ihr Zimmer passte zum Rest der Wohnung. Laminatboden, Kommode, Schreibtisch, Bett, überall stand und lag Krimskrams herum. Ihre Accessoires sammelte sie in einem offenen Schuhkarton. Die einzigen Bücher, die Jay sah, dienten als Pflanzenpodest. Jay fand erwartbare Gegenstände (Zeitschriften, Kugelschreiber, Shirts, Kaffeebecher, Schminke, Kekspackungen, Ladekabel) und weniger erwartbare (Formelsammlung, Kassettenrekorder, Biene-Maja-Hausschuhe). Der Kleiderschrank war voll bis obenhin, aber nicht ohne System eingeräumt. Neben dem Schrank, auf dem kleinen Schreibtisch, lagen Ordner. *Abi*. Jay blätterte. Sie schien eine Abendschule zu besuchen, ihr Abitur nachzuholen. Die Handschrift hatte er inzwischen lesen gelernt.

Es klopfte. Sonya.

»Jay. Ich bin mir nicht sicher, ob das eine gute Idee ist, hier alles zu durchwühlen.«

Jay ignorierte ihren Kommentar, blickte weiter in den Ordner in seiner Hand.

»Wenn sie jetzt wirklich entführt wurde und in Gefahr ist, dann ist das hier ein Tatort. Dann verwischen wir der SpuSi die Spuren.«

»Sie wollte, dass wir irgendetwas finden. Wir brauchen den Beweis, sonst haben wir gar nichts.«

»Wir haben die Mappe.«

»Die beweist gar nichts.« Jay bemühte sich, ruhig zu bleiben. »Wir haben leider gar nichts. Und die Einzige, die etwas weiß, ist weg, weil wir zu langsam waren.«

Sonya verstand die Anspielung.

»Aha? Das sehe ich anders. Wir haben die Mappe. Durch die wissen wir zumindest, was sie denkt. Und die hat sie mir gegeben, nicht dir.«

Sie verließ den Raum und zog die Tür kräftig zu. Jay kniff die Augen zusammen und massierte sich mit seiner freien Hand die Schläfen. Es war inzwischen halb zwei.

Auf dem Nachttisch erblickte er eine kleine Apotheke. Ein Glas Wasser, dahinter Tablettenpackungen und Medizinfläschchen. Ein Schlafmittel war dabei, auch ein Hustensaft, Beruhigungsmittel, einige andere Namen sagten Jay nichts.

Er hob die Matratze an. Es war kein Klischee, noch immer fanden sie bei jeder dritten Hausdurchsuchung hier je nach Milieu Geld, Drogen oder Datenträger. Aya nutzte das Matratzenversteck nicht. Stattdessen sah Jay durch den Lattenrost, wie vollgestellt auch der Bereich unter dem Bett war. Er legte sich auf den Boden und holte hervor, was er greifen konnte. Ein zusammengerollter Teppich kam ihm entgegen, staubte so sehr, dass Jay niesen musste. Dann eine bunte Isomatte. Direkt daneben ein Schlafsack. Als Letztes zog er zwei Plastikkisten hervor, die eine mit unzähligen Aufklebern beklebt. Jay öffnete sie.

Es war eine Kinderkiste, eine Sammlung von Andenken an eine andere Zeit. Ein Herz aus Wachs, in das jemand *Marième* geritzt hatte, eine bunte Plastiksonnenbrille, ein Poesiealbum mit vielen Stickern. Und überall Kassetten. Hanni und Nanni, Benjamin Blümchen, Bibi Blocksberg, Fünf Freunde, Chip und Chap. Teilweise Originale, teilweise offensichtlich überspielte, mit abgemalten Covern. Daneben noch einige, die nur *Marième* hießen, *Marième I*, *Marième II*, *Marième III* und so weiter.

Jay öffnete die andere Kiste. Bilder waren da drin, selbst gemalte. Auf einem hatte Aya, also damals noch Marième, alle drei gezeichnet, über einem roten Strichmännchen stand *Aissa*, über einem blauen *Mo*, dazwischen eine deutlich kleinere Figur, *Marième*. Auch andere Basteleien lagen da, vermutlich die Überbleibsel irgendeines Kunstunterrichts. Jay wühlte gedankenverloren in der Kiste. Dann fiel ihm wieder ihr Satz ein. Ihre letzte Botschaft. Als sie schon wusste, dass Jay und Sonya nicht rechtzeitig da sein würden.

Im Urlaub, im Urlaub, hören Sie sich das an.

Im Urlaub, murmelte Jay. Im Urlaub. Irgendwie fühlte sich das Wort so präsent an in seinem Kopf, obwohl er es nicht zuordnen konnte. Von den Bildern hatte nichts mit Urlaub zu tun. Wo hatte er gerade dieses Wort gelesen?

Er ging noch einmal zu dem Ordner am Schreibtisch, blätterte durch die Abiturvorbereitungsblätter. Aber hier war auch nichts.

Nein, es war woanders.

Er bückte sich runter zur Kinderkiste.

Die Kassetten! Er leerte die komplette Kiste aus, ignorierte alles außer den bunten Etiketten der Plastikhüllen. *Hexen gibt es doch*, *Bibi und die Zauberlimonade*, *Kampf gegen den Bauch*, *Hanni und Nanni schmieden neue Pläne*, *Benjamin Blümchen und die Schule*. Hatte er hier eben nicht irgendwo das Wort Urlaub gelesen?

Im Urlaub, im Urlaub, hören Sie sich das an.

Jay suchte weiter.

Hanni und Nanni sind immer dagegen. Fünf Freunde im Zeltlager. Benjamin Blümchen als Schornsteinfeger, Benjamin Blümchen im Urlaub.

Er sah auf einen Elefanten mit Strohhut, rot-gelb gestreifter Badeanzug, im Hintergrund ein Segelboot. Es war keine Originalkassette, Marième hatte das Cover detailliert abgezeichnet, selbst den Schriftzug *Kiosk Die Hörspiel-Cassette* im Abbinder.

War das jetzt absurd? Eine Kinderkassette? Oder konnte Aya das wirklich gemeint haben? *Hören Sie sich das an*, hatte sie gesagt. Zumindest das würde passen, die Kassette konnte man hören. Und anders als die meisten besaß Aya noch ein Abspielgerät. Den Kassettenrekorder, er hatte sogar zwei Kassettenfächer. Nur: Warum wollte Aya, dass sie sich eine uralte Kinderkassette anhörten?

Jay ging zu dem rundlichen Neunzigerjahre-Gerät. Er drückte den Knopf, der das Fach aufspringen ließ, nahm die überspielte Kassette aus der Hülle und schob sie rein, presste das Fach zu.

Vergeblich.

Falsch herum, das Problem kannte er noch von früher. Er nahm die Kassette heraus, drehte sie, setzte sie wieder ein, jetzt schloss sich das Fach.

Als die fröhliche Intromusik begann, lief es Jay kalt den Rücken hinunter. Vielleicht war es die Übermüdung, vielleicht der Stress der letzten Stunden. Vielleicht aber auch tatsächlich die Angst vor dem, was kommen würde.

Es kam erst einmal: nichts. Nichts Ungewöhnliches. Ein Kinderhörspiel, eine sonore Stimme, die in die Geschichte um einen sprechenden Elefanten einführte.

Jay drückte auf die Taste, über der zwei Dreiecke nach rechts zeigten. Vorspulen.

Nach ein paar Sekunden stoppte er das erste Mal. Hörte wieder einen Moment lang den Sprecherstimmen zu. Nach Italien sollte die Reise des Elefanten wohl gehen. Sollte das relevant sein?

Er spulte noch einmal, hörte wieder, spulte, hörte, spulte, hörte. Ein Drittel der Kassette war bereits rum. Jay entnahm es dem Verhältnis der aufgewickelten Magnetbänder.

Dann plötzlich, nachdem er fast routinemäßig das Vorspulen stoppte und auf die Play-Taste gedrückt hatte, erschrak er.

Jetzt waren nicht mehr die Sprecherstimmen zu hören. Stattdessen eine dumpfe, wie aus einem Telefonlautsprecher aufgenommene Frauenstimme.

Ma petite fille … Ma petite fille … tout va bien se passer.

Die Frau redete auf Französisch. Einige Brocken verstand Jay oder konnte sie sich erschließen. Das meiste nicht.

Sie redete schnell, sie weinte, teilweise machte sie lange Pausen.

Maman?

Eine andere Stimme meldete sich zu Wort. Deutlich besser zu hören, noch immer mit dem Rauschen einer Kassettenaufnahme, aber ohne die Telefonverzerrung. Eine kindliche Mädchenstimme.

Dann war die Frau wieder zu hören. Sie sprach einen langen Satz, von dem Jay fast nichts verstand. Nur bei den ersten beiden Wörtern kam er mit. Es reichte, um ihm zu bestätigen, dass er auf der richtigen Fährte war. Und er war sich ziemlich sicher, wen er hier sprechen hörte.

La police …

43

Sonnenstrahl

Jay hatte gelogen. Hatte Sonya angelogen.

Er fuhr den Weg, den er so lange nicht mehr gefahren war. Zu der Adresse, bei der er überhaupt erst zweimal war. Doch das zweite Mal deutlich zu lang. Am frühen Morgen hatte er damals die Wohnung verlassen. Und trotzdem war die, die hier im Hinterhaus wohnte, die er an der Tür im Innenhof geküsst hatte, die Einzige, die ihm einfiel.

Irgendjemand musste ihnen die Aufnahme auf der Kassette übersetzen – Sonya verstand genauso bruchstückhaft Französisch wie Jay selbst. Jemand, dem man vertrauen konnte. Denn der Inhalt des Gesprächs war potenziell brisant, und Jay war sich ziemlich sicher, dass sich *potenziell* streichen ließe.

Sonya und er hatten vor dem Kassettendeck gesessen und überlegt, wen sie fragen konnten. Bei der Polizei, da gab es die Spezialisten, die Übersetzer. Nur hatte gerade Jay darauf bestanden, nichts publik zu machen, solange kein eindeutiger Beweis vorlag. Und in ihren jeweiligen Bekanntenkreisen fielen ihnen zwar ein paar Leute ein, die *oft in der Provence Urlaub* machten oder *früher mal mit einem Franzosen zusammen* gewesen waren oder *nach dem Abitur ein Jahr als Au-pair in Paris*. Aber ob die jedes Wort eines hektischen Gesprächs zwischen Muttersprachlern verstanden? Und auf jedes Wort würde es ankommen. Dann war

Jay jemand eingefallen. Promovierte Romanistin und Ethnologin. Besser hätte es nicht passen können.

»Ab wann können wir die rausklingeln?«, hatte Sonya gefragt.

»Ich fahr mal gegen halb sechs hin.«

»Ich?«

»Ich ... ich mache das lieber alleine.«

»Affäre?«

Nur musste Jay dafür lügen.

»Nein ... eine alte Schulfreundin.«

Jetzt stand Jay vor ihrer Tür. *Franziska Pohl.* Er schaute auf die Uhr. Es war eine unverschämte Zeit, für einen Sonntag noch viel mehr. Wobei das fast egal war. Es wäre auch für jeden anderen Tag eine unverschämte Zeit gewesen, um jemanden aus dem Schlaf zu klingeln. Jemanden, den man kaum kannte, seit Monaten nicht gesehen hatte.

Nach dem dritten Klingeln meldete sie sich. Jay sagte zögerlich seinen Namen. Bat sie, ihn hereinzulassen. Es gehe – und das sagte er wirklich, so abgedroschen es ihm schon im nächsten Moment vorkam – vielleicht um Leben und Tod.

Sie war schön wie damals, so verschlafen sie jetzt auch aussah. Doch Jay spürte nichts mehr, als er sie sah. Zu tief war die Verletzung, das Gefühl, von ihr ausgenutzt worden zu sein. Auf eine andere Art tat sie ihm leid.

»Wie geht es dir?«, fragte er.

»Schlecht.«

Franziska redete wenig, fuhr sich mit den Fingern durch die Haare, starrte auf den Kassettenrekorder in Jays Hand. Er erzählte von dem entführten Mädchen und ihrer Kassettensammlung. Den vielen *Marième*-Kassetten, auf denen sie redete und sang, sich selbst und ihre Eltern aufnahm,

Telefonanrufe und Radiosendungen, die Aufnahmetaste immer im Anschlag. Und von dem einen Gespräch, der überspielten Benjamin-Blümchen-Kassette, zwanzig Jahre her.

Franziska blickte ins Leere, kommentierte seine Ausführungen nicht. Sie warf ihn aber auch nicht hinaus, und so bückte sich Jay zur nächsten Steckdose im Flur und drückte auf Play.

Minutenlang hörten sie beide nur den Stimmen zu. Der jungen, ängstlichen. Der älteren, verzweifelten, beschwörenden, weinenden, beschwichtigenden. Die Gefühlslagen glaubte Jay nach dem zehnten Hören inzwischen einschätzen zu können. Der Dialog blieb ihm verschlossen.

Als plötzlich wieder eine Erzählerstimme von einem Elefanten am Strand sprach, drückte Jay auf Stopp und spulte direkt zurück. Franziskas Gesicht zeigte noch immer keine Regung.

»Hast du … konntest du da was verstehen?«

»Sie … sie hat Angst.«

»Wer?«

»Die Mutter.«

»Ist das sicher die Mutter?«

»Ja, ja. Ganz sicher. Mutter und Tochter. Und beide sind keine Franzosen. Es klingt nach dem Französisch, wie es in Westafrika gesprochen wird.«

Aissa und Marième Diallo, wie Jay vermutet hatte.

»Wovor hat sie Angst? Was erzählt sie?«

Jay begann, die Aufnahme von Neuem abzuspielen.

»Ein … Ein Unfall, es war ein Unfall.«

»Ein Unfall?«

»Ich wollte das nicht, mein Gott, ich wollte das nicht.«

Franziska übersetzte jetzt beinahe simultan.

»Die Polizei ist so böse, die Polizei ist schuld. Ich wollte das nicht.«

Jay hörte die kämpfende Stimme der Senegalesin und Franziskas monotone Übersetzung.

»Ich habe dich so lieb, mein Schatz, mein kleiner ... *rayon de soleil* ... Sonnenstrahl, ich habe dich so lieb. Du darfst nicht böse sein, hör mir zu, alles wird gut.«

Jetzt war die Stimme des Kindes zu hören. Wenn die Aufnahme aus der Tatnacht war, musste Marième acht Jahre alt gewesen sein. Es passte.

»Wann kommst du heim? Wann kommt Papa heim?«

Marièmes Frage brachte Aissa hörbar zum Weinen. Sekunden später hatte sie sich wieder gefangen. Sie schniefte.

»Ich weiß es nicht, es ist ein Unglück passiert. Es ist ... du musst stark sein, mein Sonnenstrahl.«

»Was sagt sie danach?«

»Das habe ich nicht verstanden.«

Zurückspulen – Stopp – Play.

»Der ... es ist eine Redewendung, ich kenne sie nicht. *Le plus fort n'est pas plus fort que le faible* ... Der Starke ist nicht stärker als der Schwache ... *c'est juste qu'il sait à quel moment il doit être fort* ... er weiß nur, wann er stark sein muss.«

Franziska starrte auf die Lautsprecher des Kassettenrekorders.

»Und du musst jetzt stark sein, mein Engel. Ich habe dich so lieb. Alles wird gut.«

Dann war die Aufnahme wieder beendet. Eine Weile schwiegen sie beide. Bis Jay den Stecker aus der Dose zog und ihn um den Rekorder wickelte.

»Ist denn alles gut geworden?«, fragte Franziska.

»Nein«, sagte Jay, »es ist gar nichts gut geworden.«

Franziska nickte das schmerzvolle Nicken, das Jay so bekannt vorkam.

»Wie immer«, sagte sie, und Jay hörte die Apathie. Überhaupt wirkte sie vollkommen leblos. Sie bat ihn weder herein noch hinaus, stand in ihrem weiten Shirt und den vom Schlaf verwuschelten Haaren im Flur wie ein Fremdkörper in der eigenen Wohnung. Als gehöre sie nicht hier hin, als gehöre sie gar nirgends hin. Jay lief die paar Meter zur Wohnungstür.

»Danke«, sagte er und drehte sich noch einmal um. »Danke für deine Hilfe.«

»Ohne dich wäre ich im Gefängnis«, antwortete Franziska ohne Emotion.

»Nein ... ich denke nicht, dass sie dich ... nach allem, was du durchgemacht hast.«

»Manchmal überlege ich, ob ich alles erzählen soll. Ich habe keine Lust mehr auf diese ganzen Lügen.«

»Nein, Franziska, das kannst du nicht machen.«

Als Jay wieder auf der Straße war, hörte er die Vögel. Morgengezwitscher, dazu läutete eine Tram einen Fahrradfahrer aus dem Weg. Die ersten und letzten Berliner bewegten sich durch die nie ruhende Stadt. Irgendwo da draußen war Aya. Die in der Tatnacht von ihrer Mutter angerufen worden war und das Gespräch mit ihrem Kassettenrekorder aufgenommen hatte. Und die deshalb sicher war, dass die Version der Polizei nicht stimmen konnte. Mouhamadou, Aissa, Heinsmann und Schlüter. Es waren nicht alle vier mehr oder weniger gleichzeitig gestorben. Aissa Diallo hatte noch gelebt, als bereits irgendetwas Schlimmes passiert war. Als die anderen schon tot waren?

44

Laderampe

Ganz, ganz langsam stotterte Aissa über die geteerte Zufahrtsstraße. Vorbei an einem verlassenen Wärterhäuschen mit eingeschlagenen Scheiben. Vorbei an einer riesigen Fabrikhalle, links von ihr, auch sie schien nicht mehr in Betrieb zu sein. Über die matten Fenster rankten sich Schmierereien. Auf einer freien Fläche neben ihr erkannte sie alte Wohnwagen, halb auseinandergenommene Autos. Es sah aus wie ein Schrottplatz. Viel erkennen konnte sie nicht, sie hatte das Licht ausgeschaltet. Man durfte sie auf keinen Fall bemerken. Nur der helle Mond und vereinzelte Laternen gaben ihr die Chance, sich zu orientieren. Wo waren sie? Zwei, drei Minuten Vorsprung hatte sie dem Auto der Polizisten gegeben. Dem Auto mit Mo.

Sie hatte Angst. Es gab doch keinen vernünftigen Grund, jemanden am späten Abend in dieses Nirgendwo zu fahren. Vorhin hatte sie noch überlegt, ob das Ganze etwas Gutes habe. Mo, in Polizeigewahrsam, sicher vor denen, die ihn vorletzte Woche verprügelt hatten. Bilder von Dealern waren in ihrem Kopf, von Bossen oder unkontrollierten Junkies. Aber was, wenn die Aufteilung des Parks zwischen verschiedenen Dealergruppen reibungslos klappte? Wenn Mos Auftraggeber ihn zwar ohne Probleme verprügeln lassen könnten, nur dafür keinen Grund sahen? Wenn

Mo noch nicht einem einzigen wütenden Junkie begegnet war? Vielleicht waren es weder Dealer noch seine Auftraggeber noch Junkies, vor denen Mo sich fürchtete. Vielleicht waren es andere, die ihn verprügelt hatten. Und die noch nicht mit ihm fertig waren. Dann fiel ihr wieder der Moment ein, als sie Mo zum letzten Mal gesehen hatte. Als die Polizisten ihn aus der Wache ins Auto geschoben hatten. Gebückt und gekrümmt.

Hier ist nichts besser als früher.

Das hatte Mo an dem Abend gesagt, an dem er blutend nach Hause gekommen war. Weil die Leute, die für die Sicherheit sorgen sollten, für das Wohlergehen ihrer Bürger, hier genauso brutal waren wie in der Casamance?

Wie gerne Aissa jetzt noch einmal mit Mo am Küchentisch gesessen hätte. Seine Wunden versorgend, seinen fast kahlen Kopf streichelnd. Wenn er doch nur ein Wort zu ihr gesagt hätte. Sie wäre für ihn da gewesen, gemeinsam hätten sie schon eine Lösung gefunden, wie immer. Ihr halbes Leben hatte sie mit Mo verbracht. Und das war keine Floskel, sie kannten sich, seit sie vierzehn waren. Ziemlich genau ihr halbes Leben und definitiv die turbulentere Hälfte hatte sie mit Mo verbracht.

Dann bewegte sich ein Licht. Aissa wurde noch langsamer, der Motor verstummte. Sie lehnte sich nach vorn, über das Lenkrad, ging ganz nah an die Scheibe. Versuchte zu erkennen, wer da im Licht der Lampe zu sehen war.

Zwei Personen bewegten ein schweres Gewicht eine Treppe nach oben. Ein Tier? Oder war das …?

Aissa stieß einen erschreckten Laut aus.

Die Männer waren auf einer Laderampe angekommen. Der eine leuchtete jetzt mit der Taschenlampe auf das Gewicht. Auf das Tier. Auf Mo.

Aissatou, Aissatou, der Mann ist ein Geschenk.

Sie begann zu weinen. Was hatten die Männer vor? Mo lag zusammengekauert auf dem Boden. Ihm ging es gar nicht gut, das spürte sie, ohne viel zu sehen.

Mit einem Mal zog der eine der Polizisten eine Waffe und richtete sie auf Mo.

Was sollte das?

Sie würden ihn doch nicht …?

In ihrem Kopf überschlugen sich die Gedanken.

Musste sie jetzt aussteigen? Hinrennen? Oder würden die Polizisten ihn dann aus Panik erst recht töten? Und sie noch dazu? Oder wollten sie ihn gar nicht töten? Was hatte er denn angestellt, dass sie ihn so zurichteten?

Sie musste sich Mühe geben, das Auto nicht zu beschleunigen, fuhr weiter ganz langsam in Richtung der Halle mit den Laderampen.

Die Polizisten brüllten, das hörte sie bis hier.

Sie kurbelte die Scheibe herunter, lehnte den Kopf aus dem Fenster.

Der mit der Pistole senkte seinen Arm, Mo war aus der Schussbahn.

Schon im nächsten Moment hatte er die Waffe wieder auf ihren Mann gerichtet, noch energischer als zuvor.

Sie wollte schreien, sie wollte sich zu ihm legen. Aber sie blieb wie durch den Angstschweiß an das Lenkrad geklebt sitzen.

Das war doch nicht real. Das würde doch bestimmt gleich vorbei sein.

Ich bin hier, Mo, flüsterte sie. Spürte er das? Er durfte sich nicht verlassen fühlen, er sollte wissen, dass sie immer für ihn da war. Immer, immer, immer.

Dann, und aus unerklärlichen Gründen völlig überraschend für Aissa, fiel der Schuss. Es konnte nicht sein, was nicht sein durfte. Es hatte nicht in ihren Kopf gepasst, dass sie wirklich auf Mo schießen würden. Auf ihren gutmütigen Mo, der alles für die tat, die er liebte. Für sie und für Marième.

Sie starrte auf den Haufen vor den Polizisten.

Kein Zucken, keine Bewegung.

Nein. Nein. Nein, Mo.

Die Waffe wurde gesenkt, das Licht bewegte sich mit den Polizisten zurück zur Treppe. Keinen Blick warfen sie mehr zurück, gingen ohne Hektik ihres Wegcs.

Nein, dachte Aissa, das ist nicht wahr. Sie hatten ihren Mann erschossen, bewusst und ohne Skrupel. Ohne Gegenwehr und ohne Vorwarnung. *Tué pour rien*, für nichts und wieder nichts.

Dann tat sie, was sie tun zu müssen glaubte.

45

Zahnbürste

Aber wieso Grzesinski?«

Sonya sah Jay von der Seite an. Er presste beide Hände gegen das Lenkrad und fuhr deutlich schneller als erlaubt. Direkt nach seinem Besuch bei Franziska hatte er Sonya wieder abgeholt. Jetzt rasten sie über eine Schnellstraße, über die die tief stehende Morgensonne einen warmen Gelbfilter gelegt hatte.

Für Jay passte alles zusammen. Ayas Hinweise auf Polizeigewalt. Das Foto mit ihrem verprügelten Vater. Braschs Blutspuren in der Halle. Er hatte recht gehabt, der Säufer. Die Szenerie, die man am nächsten Morgen vorfand, war gestellt. Aber es waren nicht die Polizisten, die zuerst umgebracht wurden. Und erst recht nicht von irgendeiner Bande. Zu dritt waren sie zum Koletzkigelände gefahren, so stand es in der Ermittlungsakte. Heinsmann, Schlüter und Mouhamadou Diallo. Die Polizisten ermordeten Mo, ob bewusst oder in Folge einer Überreaktion. Verprügelt hatten sie ihn ohnehin schon. Daher seine Blutspuren in der Halle. Später, in derselben Nacht, rief Aissa ihre Tochter an, völlig aufgelöst, panisch. Sprach von der Polizei, von einem Unfall, den sie nicht gewollt habe. Meinte sie den Mord an Mo? Das ergab keinen Sinn. Was, wenn sie den Mord mitbekommen hatte und durchdrehte? Die Polizisten tötete?

»Dann würde auf jeden Fall noch jemand fehlen, der sie umgebracht hat.«

»Exakt.«

»Aber wieso Grzesinski?«

Jay wollte nicht wieder mit dem gleichen Argument beginnen. Dass Grzesinski die Koletzki-Morde ihm gegenüber verschwiegen hatte. Es war auch nicht mehr der einzige Punkt, der für den Dicken sprach.

»Genau jetzt, wo ich den Fall noch einmal anschaue, sucht jemand nach Aya. Und entführt sie an genau dem Tag, an dem wir sie finden. Warum?«

»Du meinst, uns ist jemand gefolgt?«

»Davon gehe ich aus. Und wer war der Einzige, der das wusste? Dass ich mir den Fall anschaue? Grzesinski.«

Jay bog in die kleine Straße ab, die zum Wartenweg führte.

»Aber wieso entführt der Aya?«

»Weil er wusste, dass sie irgendeinen Beweis hat. Von dem sie damals schon gesprochen hatte, den sie der Polizei aber nie zeigen wollte. Er hatte Angst, der würde mir in die Hände fallen.«

Er ist mir trotzdem in die Hände gefallen, dachte Jay und blickte auf den Kassettenrekorder auf Sonyas Schoß. Eine Audioaufnahme, die deine Lebenslüge zum Einstürzen bringt, Grzesinski. Der spätere Leiter des LKA 4 hatte einen Mord begangen.

Jay bremste vor dem Schild, das auf den Waldweg zeigte. Ab hier mussten sie laufen. Er stieg aus dem Auto und lief los, war schon zehn Meter weg, als Sonyas Tür erst zuschlug.

»Was ich nicht verstehe«, rief sie Jay nach. »Wenn du dir so sicher bist, wie du tust, warum fahren wir dann zu zweit hierhin, anstatt das mit großen Aufgebot über das Kommissariat zu machen?«

»Weil wir keine Zeit verlieren dürfen.«

Sonya holte die Meter zu Jay auf, war jetzt fast auf gleicher Höhe.

»Nein, Jay, das glaube ich dir nicht. Du hoffst immer noch, aus der Sache rauszukommen, ohne dich zu verantworten. Ohne zu erklären, warum du den Fall untersuchst. Weil sonst klar wäre, dass Gunther einen unsauberen Deal mit Grzesinski hatte. Von dem du wusstest. Und trotz dem du deinen Vater gedeckt hast.«

Jay blieb stehen und drehte sich um.

»Ein Polizist«, sagte er laut, »hat einem anderen Polizisten den Lappen trotz Pegel nicht weggenommen. Weißt du, wie oft so was in Deutschland passiert? Jede Nacht?«

»Jay, darum …«

»Halt, Kontrolle! Oh, Hans, du bist's, na dann fahr mal vorsichtig, wir sehen uns morgen auf der Wache.«

»Jay, darum geht es nicht.«

»Doch, darum geht es. Mein Vater hat aus vielleicht falschem Mitleid jemandem geholfen. Ja, das habe ich gedeckt. Mehr nicht. Dass das vielleicht ein Mörder war, wusste mein Vater nicht und wusste ich nicht. Und wie du siehst, tue ich alles dafür, das herauszufinden. Aber du weißt, was man mir da für einen Strick draus drehen wird.«

»Ja, Jay, das weiß ich. Es geht nicht nur um dich. Es geht um das Leben einer entführten Frau.«

Die beiden liefen wortlos weiter. Vorbei an der Forsthütte, vorbei an der Laube. Unendliche Ruhe, selbst das Geräusch der Schritte filterte der Waldboden heraus. Dann konnten sie den See sehen, an manchen Stellen golden glitzernd. Auf den Planken der Holzterrasse stand dieses Mal kein Liegestuhl.

Jay hämmerte an die Tür.

»Herr Grzesinski.«

Niemand öffnete.

»Grzesinski«, rief Jay noch einmal und klopfte weiter. Sonya sah nach, ob ein Blick durch das Fenster verraten konnte, was sich drinnen tat. Doch die Vorhänge hielten dicht.

»Machen Sie die Tür auf«, rief Jay laut.

Wieder passierte nichts. Jay ging ein paar Meter zurück und sah sich die Hütte im Ganzen an. Nichts regte sich. Nur Mücken schwirrten durch die Waldluft.

Und dann plötzlich, fast geräuschlos und als Jay schon nicht mehr damit rechnete, ging die Tür tatsächlich auf. Dieter Grzesinski stand in weißem Unterhemd und Jogginghose vor ihm, mit einer Hand die Zahnbürste in seinem Mund haltend.

»Schmitt. Was verschafft mir die Ehre? Wollen Sie mir Ihre Frau vorstellen?« Er nahm die Zahnbürste runter.

Jay versuchte, an ihm vorbeizuschauen, irgendetwas in der Kate zu erkennen.

»Sie haben mir nicht erzählt, dass in der Nacht damals zwei Männer Ihrer Einheit gestorben sind. Dabei war das das Argument, mit dem Sie meinen Vater rumgekriegt haben.«

»Sind wir jetzt wieder bei den ollen Kamellen?«

Jay antwortete nicht.

»Ja, sicher habe ich da zwei Männer verloren, Koletzki-gelände. Aber ich wusste nicht, warum das für Sie relevant sein sollte? Ich rede da nicht gern drüber, vermisse meine Jungs.«

»Gab es in Ihrer Einheit Gewalt gegen Ausländer?«

»Nicht, dass ich wüsste. Wir sind hart gegen Kriminalität vorgegangen. Mit Erfolg. Mit Gewalt hatte das nichts zu tun, und mit Ausländern auch nicht.« Grzesinski blickte zu Sonya. »Wer sind Sie eigentlich?«

»Sonya Mainitz, LKA 4.«

»Aus der 4? Ah, interessant.«

»Herr Grzesinski«, machte Jay weiter, »haben Sie etwas dagegen, wenn wir uns drinnen ein wenig umsehen?«

»Hier?«

»Ja.«

»Also ich entscheide eigentlich doch lieber selbst, wen ich Sonntagmorgen am Frühstückstisch sitzen haben möchte. Oder haben Sie einen Durchsuchungsbeschluss?«

Er war Profi, klar. So leicht ließ er sich nicht aus dem Konzept bringen.

»Alternativ kann die Dame gern zum Frühstück bleiben«, sagte Grzesinski dann in seinem immer unernsten Ton, »auf Ihre Anwesenheit, Schmitt, könnte ich jedoch verzichten.«

»Wo waren Sie gestern zwischen 23.45 Uhr und 0.15 Uhr?«

Jay machte sich wenig Hoffnung. Wo wohl? Hier, im Nirgendwo, ohne Zeugen, ohne Alibi.

»Vor fünf Minuten hätten Sie es wahrscheinlich noch gerochen.« Jay verstand nicht, Grzesinski wedelte mit seiner Zahnbürste. »In der Alten Schleuse, wie jeden Samstag.«

»Kneipe?«

»Ja, sicher, hinten im Dorf, bist in einer Viertelstunde da.«

Jay war überrascht, fühlte sich düpiert oder zumindest überrumpelt von Grzesinskis Selbstsicherheit.

»Und das kann jemand bestätigen?«

»Das können über zwanzig Leute bestätigen, wenn sie nicht zu viel gesoffen haben. Aber versuchen Sie es am besten beim Klaus. Der hat mir mein Bier gezapft.«

Falls er bluffte, tat er es gut. Er griff nach einem Büchlein auf der Kommode neben der Tür, nuschelte was von Notfalladressen, blätterte und las eine Nummer vor. Mit einem Telefon könne er leider nicht dienen.

Jay blickte zu Sonya, die die Aufforderung verstand. Noch einmal ließ sie sich die Nummer vorlesen, dann lief sie Richtung Holzsteg. Sie war nur ein paar Meter weg, als Jay hörte, wie das Gespräch begann.

»Schmitt, Schmitt, Schmitt, Sie sind mir einer ...« Grzesinski lachte.

Jay sah weiterhin zu Sonya, schenkte dem Koloss im Türrahmen keine Aufmerksamkeit.

»Weiß die Dezernatsleitung eigentlich, womit Sie Ihre Zeit verbringen?«

Grzesinski drohte ihm. Und Jay konnte nichts dagegenhalten. Es hatte alles so gut gepasst. Sehnsüchtig blickte er zu Sonya, die mit dem Telefon am Ohr auf dem Steg hin und her lief. Komm zurück und sag mir, dass er lügt.

»Verabreden die sich noch fürs Abendessen, oder was ist da los?«, flachste Grzesinski wieder. Der Typ konnte keine Minute die Klappe halten.

Und dann kam Sonya zurück. Trat auf die beiden Männer zu, steckte ihr Telefon ein.

»Herr Grzesinskis Aussagen sind korrekt. Er war von ungefähr zehn bis zwei in der Alten Schleuse. Der Wirt hat mir noch die Nummern anderer Gäste gegeben, die wir auch anrufen können.«

Ohne ein Wort miteinander zu sprechen, ging Jay

mit Sonya zurück zum Auto. In seinem Rücken hörte er Grzesinski fröhlich pfeifen. Es war so peinlich. Jay hätte sich am liebsten im Waldboden vergraben. Die eine Karte, auf die er gesetzt hatte, war die falsche. Wo Aya steckte und wer sie entführt hatte, war vollkommen unklar.

»Wohin fahren wir?«, fragte Sonya im Auto, klang müde und enttäuscht.

»Zum Kommissariat.«

46

Wachmacher

Jay hatte gerade anfangen wollen. War nervös geworden, als sich der Konferenzraum langsam füllte – und nur einer nicht kam. Jetzt streckte der seinen Kopf durch die Tür und setzte sich auf den letzten freien Stuhl. Marcel.

»Entschuldigung, ich war unterwegs.«

Müde sah er aus, aber da war er nicht der Einzige. Mit einem Treffen des gesamten Ermittlerteams am Sonntagvormittag hatte niemand gerechnet, es war gerade einmal elf. Und doch blickte Jay ihn anders an als die anderen. Marcel, Marcel. Oft hatte sich Jay den Stellvertreter auf Augenhöhe gewünscht, der Marcel nicht war. Menschlich hingegen hatte er nie etwas an ihm auszusetzen gehabt. Zuverlässig, integer, böse Zungen hätten vielleicht von treudoof gesprochen. Hatte er sich auch in ihm getäuscht? Jay wurde das Gefühl nicht los, dass alle Seile, an denen er sich festhalten konnte, gerissen waren. Oder nein, sie waren alle noch da, nur merkte Jay erst jetzt, wie brüchig sie waren. Er balancierte auf einer schmalen Hängebrücke über dem Abgrund, und die Tragseile stellten sich als Spaghetti heraus. Sein Vater war nicht der, für den er ihn gehalten hatte. Die unendlich fest scheinende Beziehung zu Sonya war jäh gelöst, die kurze Amour fou mit Franziska sogar, bevor sie überhaupt richtig begann. Er musste weiter auf seiner Brücke, aber er durfte nicht noch einmal glauben, sich irgendwo festhalten zu können.

»Dann können wir ja anfangen.«

Jay erzählte von den Morden auf dem Koletzkigelände. Von dem senegalesischen Flüchtlingspaar Mouhamadou und Aissatou Diallo, von Holger Heinsmann und Thorsten Schlüter, den beiden Polizisten aus Grzesinskis Sonder- einheit im LKA 4, der Operativen Gruppe City West. Von der Razzia im Park, Mouhamadous erneuter Festnahme. Von dem traurigen Ende.

»Die Tochter«, sagte Jay und sah zögerlich zu Sonya, »hat sich bei mir gemeldet. Aya Diallo heißt sie inzwischen. Sie glaubt nicht an die offizielle Version der Polizei. Hat jahrelang geschwiegen und wollte sich mir anvertrauen.«

Sonya sah ihn nicht an, spielte mit dem Stift in ihrer Hand. Es war keine Lüge, nur noch nicht die ganze Wahr- heit. Für die Ermittlung jetzt reichte die Information aus.

Jay griff nach den beiden Gegenständen, die er auf dem Tisch vor sich abgelegt hatte. In der einen Hand hielt er die rote Mappe, in der anderen den Kassettenrekorder. Er gab Ayas nächtlichen Notruf detailgetreu wieder, berichtete vom Eintreffen an der Wohnung, dem Einbruch, der ver- schwundenen Aya.

»Und du glaubst ihr?«, fragte Marcel.

»Wie?«

»Na ja, mit der Entführung. Könnte ihr das nicht auch zu heiß geworden sein, und sie ist abgehauen?«

»Glaube ich nicht. Ich weiß, dass jemand hinter ihr her war.«

Er ging nicht näher darauf ein, das Team vertraute ihm. Umgekehrt wusste Jay nicht, ob er allen vertrauen konnte. Ob er Marcel vertrauen konnte.

»Alles, was wir haben, ist das«, Jay hob die Mappe hoch, direkt danach den Kassettenrekorder. »Und das.«

Einige der Artikel und Fotos hatte er bereits an der Wand hinter ihm festgemacht. Gewalt gegen Ausländer, das Foto des verprügelten Mo, Hamburger Polizeiskandal, die Gerüchte über die Methoden der Berliner Kollegen. Er sagte alles, was er wusste. Alles, was er und Sonya gestern herausgefunden hatten.

Dann legte er die Mappe weg und spielte die Kassette ab. Versuchte, sich so gut es ging an Franziskas Übersetzung zu erinnern. Erzählte von ihrem Hinweis, der ihn unter dem Bett zwischen den ganzen selbst aufgenommenen, mehrfach überspielten Kassetten mit Gesprächen, Liedern, Anrufen, Sendungen die eine entscheidende finden ließ.

»Also hast du eigentlich schon beides ausgewertet?«, fragte Marcel. »Was sollen wir dann noch …?«

»Es ist alles, was wir haben. Wir müssen das wieder und wieder durchgehen. Recherchieren, was wir zu Polizeigewalt finden können. Den Anruf transkribieren. Zwei von euch schauen sich noch einmal in der Wohnung um.«

»Alles klar«, meinte Marcel. »Dann würde ich vorschlagen, dass alle Ergebnisse auf meinen Tisch kommen und ich dir das zusammenfasse?«

Jay sah ihn an. »Nein. Das geht direkt an Sonya und mich. An die Arbeit.« Ohne weitere Fragen abzuwarten, ging er direkt zur Tür. Im besten Fall verstanden die Kollegen es als Dynamik. Eigentlich wollte Jay nur die Diskussion mit Marcel vermeiden. Denn den Grund, warum er seinen in den letzten Wochen immer souveräner auftretenden Stellvertreter hier degradierte, konnte er vor dem ganzen Team nicht kommunizieren. Außer Sonya wusste niemand von seinem Misstrauen, so berechtigt es war.

Jay setzte sich an den mächtigen Schreibtisch seines Verhörraumbüros. Er hob Zettel und Mappen hoch, suchte zwischen Lochern und Kugelschreibern. Zwischen den leeren Lego-Packungen wurde er fündig. Der weiße Blister mit den zehn Wölbungen. Er presste eine der Tabletten heraus, griff zu seinem Glas. Das abgestandene Wasser des Vortags, egal, er wollte nicht wieder zurücklaufen. Er schluckte und trank. Nikotintabletten, es war seine neue Kaffeevermeidungsstrategie. Seit über vierundzwanzig Stunden hatte er keine Sekunde geschlafen. Und auch in den nächsten Stunden würde er kein Bett sehen. Weitermachen, nicht an fremden Seilen festhalten, dachte Jay erneut. Er musste wachsam bleiben auf seiner Hängebrücke.

Er blickte auf die Plastikfiguren auf der grünen Unterlage. Es musste wieder neu gespielt werden. Mouhamadou tot, Polizist 1 tot, Polizist 2 tot. Nur sie, die Frau, hatte noch gelebt. War zum Polizeiauto gegangen und hatte mit dem Autotelefon die Tochter angerufen.

Es klopfte, Jay drehte den Kopf.

Marcel stand in der halb geöffneten Tür, sah noch einmal zurück auf den Gang, wandte sich dann an Jay. »Was … was sollte das?«

»Was?«

»Wieso machst du alles mit Sonya?«

»Weil ich ihr vertrauen kann.«

»Weil du ihr vertrauen kannst? Und mir nicht?«

Jay sah Marcel lange an. »Ich weiß es nicht mehr. Du hast mich angelogen.«

Marcels Gesicht fror ein. Er schien mit dieser Konfrontation nicht gerechnet zu haben. Dann blickte er noch einmal zurück in den Flur, schloss die Tür und kam auf Jay zu.

47

Scheinwerfer

Abschreckung war gut, das sah er genauso, wenn nötig unter Anwendung von Gewalt. Aber Holger ging immer wieder einen Schritt zu weit. Der Kollege schien eine Freude dabei zu verspüren, die ihm selbst fremd war. Es war ein notwendiges Übel, weil es nicht anders ging. Mehr nicht. Besser wäre es, die Schwarzen blieben in ihren Ländern oder benähmen sich wenigstens hier. Holger, fürchtete er, würde eher sagen: Besser, es gäbe keine Schwarzen.

Sie liefen die Treppe der Laderampe hinunter. Holger voran, er hinterher. Der Schein der Taschenlampe leuchtete auf die von Unkraut überwachsenen Betonstufen. In ihrem Rücken lag Mouhamadou Diallo.

Man könnte das bei der nächsten Besprechung der Einsatzgruppe mit Grzesinski einmal andeuten. Vielleicht ganz allgemein, ohne Holger anzuschwärzen. Dass man eine deutlichere Leitplanke bräuchte, was in welchem Fall wie zu tun sei. Würde das etwas bringen? *Ach Schlüti*, würden sie dann bestimmt sagen und sich über den Vorschlag lustig machen. Offiziell machte man das ja alles nicht, wieso eine Leitplanke? Dinge infrage zu stellen kam bei ihnen nie gut an, das wusste er. Und vermutlich würden sie ihm noch irgendeine Aufgabe aufbrummen, und die nächsten drei Besprechungen hieß es *Protokollant: Thorsten Schlüter.*

Nein, man könnte – oder besser sollte – das Thema zwar einmal ansprechen. Aber er wäre nicht der Richtige dafür. Und so enorm wichtig war es nun auch wieder nicht.

Sie waren unten angelangt. Holger raunte was von einem Bier, das er dringend brauche. Richtig, fast vergessen, sie wollten ja noch zu den anderen in die Kneipe. Ein Bier konnte er sich jetzt auch gut vorstellen. Lange würde er nicht bleiben, sonst gab es wieder Ärger von Nina. Wenn er ins Schlafzimmer kam und sie aus dem Halbschlaf hochschreckte, bei eingeschalteter Nachttischlampe, auf der Bettdecke das Buch … das Buch! Verdammte Axt, das Pferdebuch! Sowie er an Nina dachte, kam es ihm in den Sinn. Er hatte es im Park vergessen, in der ganzen Hektik. Auf der dummen Bank, auf der er dumm hatte rumsitzen müssen. Oje, da würde er sich wieder etwas anhören dürfen. Von *nicht selbstständig*, von *wie ein kleiner Junge*, von *alles hinterhertragen*. Dabei hatte er die neue Waschmaschine angeschlossen, er kümmerte sich um das Auto und vor allem sorgte er für die Sicherheit Deutschlands, während sie tagein, tagaus Versichertennummern abfragte. Sie hatte ihm gar nichts zu sagen, wieso verstand sie das nicht? Immer drauf, immer drauf, mach dies, mach das, das hast du falsch gemacht, wieso hast du da noch nicht angerufen? Und jetzt noch dieser Scheiß-Pferdeflüsterer.

»Hörst du das?« Holger riss ihn aus seinen Gedanken.

Ein Geräusch, ein Motor. Gab es hier doch noch Betrieb? Sie hatten sich das Koletzkigelände ausgesucht, weil es völlig verlassen war. Nie hatten sie hier jemanden gesehen oder gehört. Sie waren ja nicht zum ersten Mal da.

Und das Geräusch wurde lauter.

»Mach die Taschenlampe aus«, sagte Holger.

Er gehorchte.

Sie starrten beide in die dunkle Nacht, dem lauter und lauter werdenden Motor entgegen.

Es war ein Auto, das irgendwo herumfuhr.

»Lass uns zum Wagen gehen.« Natürlich war es wieder Holger, der die Ansage machte. Wie es immer Holger war, der die Ansagen machte. Dabei war der zwei Jahre jünger. Und er selbst, der nicht einmal bei seinem Namen genannt wurde, der statt Thorsten für alle nur *Schlüti* war, machte Taschenlampen an und aus, schaute zu und nickte, stand neben den Dingen und vergaß darüber hinaus noch Bücher auf Parkbänken. Das Leben war insgesamt schon eine sehr zähe Angelegenheit.

Sie liefen schnell, aber ohne zu rennen. Nicht verdächtig machen, sie waren immerhin die Polizei. Bis zum Wagen waren es keine hundert Meter mehr.

Mit einem Mal wurde der Motor leise. Vielleicht war das Auto abgebogen und umgekehrt.

Nein, dafür war es zu plötzlich. Hatte es angehalten?

Sie blieben kurz stehen und lauschten. Bitte nicht noch mehr Ärger heute, der Tag war anstrengend genug. Er hatte keinen Bock auf eine tobende Jugendclique oder einen Haufen Homosexueller oder wer sich sonst gerne auf verlassenen Fabrikgeländen herumtrieb.

Es war still. Keine Autotür wurde geöffnet oder zugeschlagen, keine Stimmen hörten sie. Sie gingen langsam weiter.

Und dann, mit einem Moment, der unendlich viel länger wirkte, als er war, ging das Licht an. Helle Strahler, direkt auf sie gerichtet. Es hatte etwas von einer Verhörlampe oder einer Razzia. Aber die Polizei waren sie doch selbst.

Die beiden hellen Lichter kamen langsam auf sie zugefahren. Nebellicht, der Fahrer schien sie absichtlich blenden zu wollen. Anders als Holger, der sich die Hand vor die Augen hielt, starrte er regungslos in die Helligkeit.

Wer rollte da auf sie zu? Wer würde gleich aussteigen? Sollten sie etwa doch Ärger bekommen für das, was sie getan hatten? So schlimm war es nicht. Ja, es war nicht korrekt, aber es war die einzige Möglichkeit. Sie mussten den Leuten die Grenzen aufzeigen, auf die eine oder andere Art. Sonst herrschte Chaos auf den Straßen, sonst würde dieses weltweit bewunderte und verehrte Land in wenigen Jahren überwandert sein. Oder mehr noch: von der Landkarte verschwinden, verschmelzen mit einem Brei, ohne Identität, ohne Heimat. Deswegen war es nicht falsch, was sie heute Nachmittag getan hatten, im Park und auf dem Revier, und es war nicht einmal falsch, was sie gerade eben getan hatten. Als stände er vor einem Richter, legte er sich seine Argumente zurecht.

Vierzig, fünfzig Meter war das Auto noch entfernt. In Schrittgeschwindigkeit kam es näher.

»Ganz ruhig bleiben«, sagte Holger noch, als sei das nicht selbstverständlich.

Jetzt gleich würde das Auto zum Stehen kommen, gleich wüssten sie, mit wem sie es zu tun hatten. Am besten würden sie direkt den Spieß umdrehen, nach Führerschein und Fahrzeugpapieren fragen. Sagen: *Was haben Sie hier zu suchen?*, bevor es die Gegenseite tat.

Dann erschrak er.

Der Motor brüllte los.

Das Auto bremste nicht ab, ganz und gar nicht.

Es beschleunigte, kam auf einmal immer schneller auf sie zugerast. So überraschend, so unerwartet, dass kein klarer Gedanke mehr zu fassen war. Dass nichts mehr gesagt oder getan werden konnte. Und dieses Mal war nicht nur er tatenlos. Holger stand genauso stumm und ohne Regung im Licht der größer werdenden Scheinwerfer. Der Mann, der sonst immer eine Antwort hatte. Der mit seiner Wut und Aggression das Auto hätte sprengen können.

Plötzlich kam ihm wieder das Pferdebuch in den Kopf. Er würde es nicht mehr schaffen, Nina das Buch zu ersetzen. So weit konnte er noch denken, das Auto nun direkt vor ihm. Er könnte das mit dem Pferdebuch nicht wiedergutmachen. Weil es ihn nicht mehr gäbe.

Dann erblickte er die Fahrerin des Wagens.

Dann war er tot.

48

Räuberhöhle

Hätte Jays Büro ein Fenster, stände Marcel jetzt davor und blickte nach draußen. Hatte es aber nicht, und so stand Marcel vor der verspiegelten Scheibe zum Kontrollraum, sah sich selbst, mit verschränkten Armen, sah im Hintergrund Jay an seinem Schreibtisch sitzen, vor der Wand mit den Indizien zum Gregorhof-Fall. Mit seiner grauen Jeans war Jays Stellvertreter fast im Partnerlook mit dem anthrazitfarbenen Raum.

Jay hatte Marcel mit allem konfrontiert, was er in der Hand hatte. Einem lauten Anruf nach Feierabend und einer angeblichen Vernehmung, die nie stattgefunden hatte. Er erzählte, wie er Marcel an der Ampel stehen sah, nicht Richtung Kommissariat, in die entgegengesetzte Richtung, trotz der Beteuerung am Telefon. Da habe er das Vertrauen in den Kollegen verloren und ihn aus dem Aya-Fall herausgehalten. Marcel schwieg zu alldem. Erst als Jay fertig war, antwortete er ruhig.

»Ja, du hast recht. Es gibt jemanden, der mich unter Druck setzt. Für den ich lügen musste.«

Marcel stand noch immer mit dem Rücken zu Jay.

»Und Freitagabend«, machte er weiter, »da wollte mich die Person treffen, unbedingt. Daher habe ich einen Termin im Kommissariat erfunden, den es nicht gab.«

»Wer? Für wen lügst du?«

Marcel drehte sich um.

»Du willst den Namen?«

»Ja.«

»Alexandra Göbel.«

Jay überlegte einen Moment. Der Name sagte ihm nichts. »Nie gehört, wer ist das?«

Marcel atmete laut aus. »Natürlich hast du den Namen noch nie gehört, wir reden ja auch kein Wort privat. Das ist meine Freundin.«

Und dann erzählte Marcel von Alexandra, Alex, die er vor drei Jahren beim Klettern kennengelernt hatte. Mit der er vor ein paar Monaten zusammengezogen war. Die als Büroassistentin arbeitete, *nine to five,* mit Sympathien für die Kollegen, doch ohne Leidenschaft für den Job. Die schon Marcels Berufung in die Neunte Berliner Mordkommission mehr als Belastung sah, weniger als Chance. Erst recht, nachdem er Jays Kritik annahm und eine Schippe drauflegen wollte, Überstunden machte, Extraschichten. Die Arbeit motivierte ihn, das Ziel, Jays Stellvertreter nicht nur auf dem Papier zu sein, sondern tatsächlich. Dass man es ihm zutraute, Jays Stelle, wenn nötig, zu vertreten. Das trieb ihn an. Alex hatte kein Verständnis dafür, beschwerte sich an jedem Abend, an dem er nach sieben nach Hause kam. Sie habe gar nichts mehr von ihm, nicht mal am Wochenende sei Zeit zu zweit, da hätte man auch weiterhin getrennt wohnen können. Seit dem Gregorhof-Fall wurde es noch schlimmer. *Das ist jetzt deine Baustelle*, habe Jay ja gesagt, *hier kannst du dich beweisen.* Das nahm Marcel sich zu Herzen. Er arbeitete bis spätnachts, genoss das Gefühl, von den Kollegen geachtet zu werden. Nur brachte er Alex dadurch noch mehr gegen sich auf. Wie er sich in einer schwierigen Phase der Beziehung so verhalten könne und so weiter. Montag, Dienstag, Mittwoch, immer saß er da, bis es dunkel war. Den Anruf im Büro am Donnerstagabend habe Jay ja mitbekommen. Für den Freitag hatte er Alex dann eine Überraschung versprochen, einen Tisch reserviert, 19 Uhr, Wiedergutmachung oder besser Wiedereinrenkung, denn wirklich falsch war sein Verhalten nicht gewesen. Und dann fragte Jay ihn Freitagmorgen, ob er zu der Ausstellungseröffnung komme. Konnte er da den privaten Termin als Entschuldigung nennen? Wo Jay selbst jeden privaten Termin unterordnete? Er traute sich nicht, die Wahrheit zu sagen, wollte umgekehrt Alex in der angespannten Lage auf keinen Fall absagen.

»Und dann habe ich das mit dem Kollegen gesagt, den ich treffen will.«

Jay blickte Marcel an. Der wich dem direkten Augenkontakt aus.

»Wegen dieser lächerlichen Ausstellungseröffnung«, sagte Jay erschöpft und rieb sich mit beiden Händen den Hinterkopf.

»Keine Ahnung, für dich gibt es immer nur den Job. Ich wusste nicht, wie du reagieren würdest.«

Sein engster Mitarbeiter log ihn wegen einer Nichtigkeit an. Aus Angst vor Ansehensverlust. Das war kein gutes Zeichen. Das sprach nicht für Marcels Rückgrat. Und das sprach auch nicht für Jays Führungsstil. So selbstkritisch musste man das sehen.

»Wenn es noch irgendeine Möglichkeit gibt, das wiedergutzumachen, Jay ...« Marcel beendete seinen Satz nicht. »Du weißt, wie wichtig mir der Job ist. Ich habe das erste Mal das Gefühl, dass ich wirklich Fortschritte mache.«

»Ist es ein Fortschritt, seinen Vorgesetzten anzulügen?«

»Nein, das nicht … das tut mir total leid. Du weißt, was ich meine. Der Fall … die Rolle im Team.«

Kurz schwiegen sie beide.

»Bitte lass mich nicht hängen, Jay.«

Jay griff zu seinem noch halb vollen Wasserglas und trank es bis zum letzten Tropfen leer. Dann stellte er es wenig sanft auf dem Tisch ab.

»Mach das nie wieder!«

»Was?«

»Lüg mich nie wieder an!«

»Das heißt …«, Marcel zögerte. »Das heißt … ich bin noch dabei?«

»Du hast die Ermittlungen gefährdet. Ich war kurz davor, dich überwachen zu lassen.«

Hier kannst du dich beweisen. Er selbst hatte ihn angestachelt, dachte Jay. Der Gregorhof-Fall war ihm gerade recht gekommen. Um Marcel zu beschäftigen, ihn davon abzuhalten, in alten Akten zu wühlen, die unliebsame Dinge hervorbringen würden. Denn schließlich hatte nicht nur Marcel Jay angelogen. Sondern auch Jay Marcel. Und das wegen einer wesentlich weniger nichtigen Sache. Natürlich konnte er ihn für die Notlüge nicht rauswerfen.

Es klopfte an der Tür. Dreimal schnell, dann ging sie auf, und Martha stand im Raum.

»Entschuldigung, ich wollte nicht stören. Habt ihr gleich kurz …?« Ihre Stimme klang noch immer kratzig, war inzwischen aber immerhin wieder vorhanden.

»Wir waren gerade fertig«, sagte Jay und nickte Marcel zu.

»Was ist hier los? Wieso ruft ihr Sonntagmorgen die ganze Abteilung zusammen?«

»Wegen einer Entführung.«

»Mord?«

»Hoffentlich nicht. Um das zu verhindern, sind wir ja hier.«

»Ihr seid aber eine Mordkommission. Und ihr habt einen offenen Fall, falls ihr das vergessen habt. Einen sehr ungewöhnlichen Fall, bei dem die Leute auf Antworten warten. Den unsere Kommission für ungewöhnliche Fälle jetzt in die Warteschleife stellt, wegen einer ominösen Entführung, von der keiner was weiß. Jesus.«

Sie ergriff die Klinke und schwang die Tür auf und zu, fächerte die Flurluft in den Raum, redete von *Geruch wie in einer Räuberhöhle* und ließ es sich nicht nehmen, erneut auf die ursprünglich geplante Verwendung des Zimmers als Verhörraum zu verweisen.

»Und wer hat Sonya Mainitz wieder angefordert?«

»Na ja ... angefordert.« Jay überbetonte das Wort bewusst. »Sagen wir: Sie hilft uns.«

Er blieb vollkommen ruhig, was Martha weiter provozierte. Und je mehr sie merkte, dass genau das sein Ziel war, desto ungehaltener wurde sie − was ja eben sein Ziel war. Ihre Stimme wurde lauter, es tat ihr nicht gut, bald krächzte sie wieder mehr, als dass sie sprach.

»Ich will nur nicht, dass ihr euch von eurem eigentlichen Fall ablenken lasst.«

Vom eigentlichen Fall ablenken. Jay war sich schon lange nicht mehr sicher, was sein eigentlicher Fall war. Er war sich inzwischen sogar ziemlich sicher, dass es nicht der Mord an Sprenger sein konnte. Die ganzen letzten Tage, die merkwürdigen Botschaften im Gregorhof, hatten ihn rückblickend nur davon abgehalten, bei den Koletzki-Morden voranzukommen. Sonst hätte er Aya vielleicht schon früher gefunden, rechtzeitig gefunden. Dem Einzigen, dem die verwirrte Tat im Altersheim geholfen hatte, war der, der hinter Aya her war.

»Und ich will, dass …« Martha setzte erneut an.

Jays Kopf ließ ihre Stimme langsam ausblenden. Was hatte er da gerade gedacht? Dem Einzigen, dem die verwirrte Tat im Altersheim geholfen hatte, war der, der hinter Aya her war.

»Vom eigentlichen Fall ablenken«, sagte Jay leise zu sich selbst und unterbrach damit Martha, ohne es zu merken.

»Was?«

Ergab das Sinn? Er drehte sich zu seiner Indizienwand und dachte nach. Sie bekommen mit, dass er hinter ihnen her ist. Dass er früher oder später in der Akte auf Aya stoßen wird. Sie haben Angst, Aya könnte irgendetwas wissen. Und sie haben keine Ahnung, wo sie ist. Sie brauchen Zeit, Vorsprung, um Aya zu finden. Sie wissen, dass Jay ungewöhnliche Morde untersucht. Also muss ein ungewöhnlicher Mord her. Ein beliebiges Opfer, leicht zu töten. Jays Blick wanderte von dem Foto Sprengers zu den entschlüsselten Liedzeilen. Und Rätsel, die nicht einfach sind, doch auch nicht unlösbar. Mit einem losen Bezug zum Opfer. Eines nach dem anderen, Hauptsache, Jay beschäftigt sich nicht mit den Koletzki-Morden.

»Jay?«

Er merkte nicht einmal, ob Martha oder Marcel seinen Namen rief, blieb ganz in seinem Gedankenspiel.

Sie suchen sie, vergeblich. Auch sie wissen nur, in welchem Heim sie gelebt hat. Rufen an, bekommen keine Antwort. Sie sind verzweifelt, hängen sich an Jay. Erfahren so, wo Aya wohnt. Entführen sie, bevor sie reden kann. Aber Jay findet die Kassette, die verdammte Kassette.

»Was meinst du?«, fragte Marcel.

Es ergab alles Sinn. Jay hatte ja fast den gleichen Gedanken gehabt. Als Marcel sich die Akten vornahm, die Geschichte mit Gunther recherchierte und Jay ihn davon abhalten wollte, da hatte er genau diesen Gedanken: Sie bräuchten bald einen neuen Fall, dann wäre Marcel beschäftigt. Nichts anderes wollte der, der hinter Aya her war, nur eben für Jay. Einen neuen Fall, damit das Vergangene vergangen blieb.

»Das ist die einzige Erklärung.«

»Was für eine Erklärung?«, krächzte Martha.

»Der Mord an einer Frau, die ohnehin bald gestorben wäre. Die man leichter umbringen konnte als eine Mücke im Zimmer. Die man nur mit einem rätselhaften Bekennerschreiben ausstatten musste, um unsere Aufmerksamkeit zu bekommen. Warum ist das passiert?«

Jay sah in unwissende Gesichter.

»Nur deswegen. Um unsere Aufmerksamkeit zu bekommen.«

49

Schlusspunkt

Zur selben Zeit, an anderem Ort, traf jemand eine Entscheidung, die unumkehrbar war. Die schwierig war, noch schwieriger als die der letzten Tage. Die durch die brutale Verkettung unglücklicher Begebenheiten aber alternativlos schien. Eine Verkettung, ein Dominoeffekt, der sich beinahe hätte verhindern lassen können und der über Jahre hinweg verhindert wurde. Mit einem Unrecht hatte es begonnen, mit einem anderen Unrecht wurde es ausgeglichen. Man hätte es dabei belassen können. Man hatte es dabei belassen, zwanzig Jahre lang. Jerusalem Schmitt war der Katalysator, durch den sich jetzt wieder alles in Gang setzte. Und so unangenehm, so falsch und verwerflich es war, es gab nur eine Option. Eine Chance, aus der Sache herauszukommen.

Das Gewehr auf dem Tisch glänzte. Es war geputzt worden, erst vor Kurzem. Im Alter hatte man Zeit.

Ein Schuss, ein einziger letzter Schuss war noch nötig. Und wenn man alle persönlichen Befindlichkeiten ausblendete, wenn man die Sache objektiv zu sehen versuchte, dann traf es nicht den Falschen. Kein Unschuldslamm, ganz und gar nicht. Jemanden, der die Leute Scheiße fressen ließ und sich selbst immer rausgehalten hatte. Der wegschaute, wenn man wegschauen sollte, und hinsah, wenn es keiner merkte. Der eigentlich mit allem angefangen hatte und der es irgendwie schaffte, die Leute um sich zu scharen und zu seinen Männern zu machen. Ohne Fragen, ohne Kompromisse.

Der enge schwarze Plastikhandschuh griff nach dem Gewehrkolben und hob die Waffe vom Tisch. Das letzte Glied in der Kette. Dann wäre alles vorbei.

50

Spielfläche

Jay, eine Frage noch.« Er hörte Marcels Stimme in seinem Rücken und blieb mitten im Gang stehen. Umdrehen konnte er sich nicht, konzentriert balancierte er mit beiden Armen die lose verbundenen Plastikplatten.

»Ja?«

»Hast du irgendeinen Ansatzpunkt? Einen Verdächtigen? Ich ... ich weiß nicht, wonach wir suchen sollen.«

Bis eben hatte Jay den Sprenger-Fall noch für belanglos gehalten, zumindest in Bezug auf das Verschwinden Ayas. Jetzt war er zentral. Marcel sollte mit ein paar Kollegen noch einmal zum Gregorhof, Bewohnerlisten, Angehörigendaten, Adressen durchgehen. Auf der Suche nach einem Bezug zum Fall Aya. Denn so einfach der Mord an Sprenger begangen werden konnte, so viel Kenntnis hatte er doch erfordert. Die Hintertür, das Wissen um das geeignetste Opfer, nicht zuletzt die auf Sprengers Leidenschaft abgestimmten Rätsel – ein willkürlicher Mord war das nicht. Es war das Werk eines Insiders.

»Nein. Ich hatte einen Verdächtigen, aber der hat ein Alibi. Ich weiß nicht mehr als du.«

»Hm«, sagte Marcel, und Jay hörte seine leiser werdenden Schritte.

»Ich«, rief er ihm nach. »Ich glaube immer noch, dass wir da irgendwie mit drinstecken. Die Polizei.«

Dann klopfte Jay mit dem Fuß an die Tür des Konferenzraums.

Wenig später bewegte er langsam ein kleines Auto mit drei Männchen über harte Noppen. Unrealistisch geometrische Bäume mit grünen Stämmen säumten den Weg, quadratische und rechteckige Steine aller Farben lagen so verstreut auf der Fläche, dass sie trotz ihrer perfekten Formen den Eindruck von Schrott vermittelten. Jay hatte sein Modell auf dem Tisch aufgebaut.

»Wie viel Uhr ist es jetzt?«, fragte Jay.

Fast das ganze Team stand um ihn herum, nur Sonya war nicht da, kümmerte sich noch um die Digitalisierung der Kassettenaufnahme. Die Ersten griffen zu ihren Smartphones.

»Hier, meine ich.« Jay zeigte auf die Szenerie in Miniatur.

»Circa 22 Uhr.« Der Kollege blätterte in der Akte. »Den Aussagen des Pförtners auf der Wache nach sind sie um halb losgefahren.«

»Um 22 Uhr trifft das Auto der Polizei ein. Heinsmann, Schlüter und Mouhamadou Diallo.«

Jay hielt den Wagen an und knibbelte alle drei Figuren von ihren Sitzen. Er stellte sie neben den Bauklotzblock, auf dem er die große 3 angebracht hatte.

»In diese Halle bringen sie Mo. Die Polizisten, die ihn wenige Tage zuvor zusammengeschlagen haben. Glauben wir Aya, dann sind sie hierhergekommen, um ihn umzubringen. Fakt ist: Die Spurensicherung findet später Mos Blut in Halle 3.«

Jay erhob sich aus seiner gebückten Haltung, griff zu dem anderen Spielzeugauto, das noch neben der Szene auf dem Tisch stand.

»Was wissen wir über das andere Fahrzeug?«

»Gebrauchter Mazda«, sagte eine Kollegin, »gehörte Mouhamadou Diallo, war aber nicht auf ihn zugelassen, unter der Hand gekauft.«

»Mehr nicht?«

»Nein.«

»Hatte der Wagen ein Autotelefon?«

»Der? Nein. Den Fotos in der Akte nach war das eine alte Rostlaube.«

»Okay. Wir haben also diesen zweiten Wagen. Sagen wir, Aissa hat vor der Wache gewartet. Sagen wir, sie sieht, wie ihr Mann auf die Rückbank gezwängt wird, und folgt dem Auto. Bis zum Koletzkigelände.«

Jay nahm das zweite Auto und bewegte es auf die grüne Bodenplatte. Es hatte nichts von einem Mazda, nur die rote Farbe passte gut in die Neunziger.

»Was passiert jetzt? Sie kommt an, ein, zwei Minuten später als die anderen. Sie sieht die Männer, sie sieht Mo. Sie sieht, was Heinsmann und Schlüter mit ihrem Mann machen. Sie sieht den Mord. Was geht in ihr vor?«

»Sie dreht durch.«

»Genau. Sie ist in Panik. Ihr Mann ist tot. Die Polizei hat ihren Mann umgebracht. Sie will Rache.«

Jay legte die eine der drei Figuren vor Halle 3 flach auf den Boden, stellte die anderen beiden auf den Weg zwischen Halle und Polizeiauto. Er fuhr mit dem roten Wagen weiter auf die beiden Figuren zu, ganz nah ran, dann stieß er sie um.

»Die Polizisten töten Mouhamadou Diallo, seine Frau Aissatou rächt sich und überfährt die Polizisten.«

Drei der Figuren lagen nun flach auf dem Untergrund. Jay zog die vierte aus dem roten Wagen und stellte sie neben das blau-weiße Auto mit der Aufschrift *Police*.

»Aissa, immer noch in Panik, denkt an ihre Tochter. Marième Diallo, acht Jahre alt. Sie sieht das Autotelefon der Polizisten und ruft sie an. Sagt, sie solle sich keine Sorgen machen, erzählt von einem schlimmen Unglück. Was wir jetzt nur noch herausfinden müssen: Wer hat Aissa Diallo umgebracht und seine eigenen Spuren verwischt?«

»Nein.« Jay sah nach oben. Er hatte Sonya nicht kommen hören. »Nicht nur Aissa.«

51

Betonboden

Als klammere sich Aissa an eine Rettungsboje. Die starren Hände an das Lenkrad gepresst, der Kopf nur knapp darüber. Einfach geradeaus. Sie hörte nichts, sie sah nicht viel. Zwei dunkle Figuren im schwachen Schein von Mond und Lampe. Zwei Mörder. Aissatou, Aissatou. Erst jetzt merkte sie, wie sie weinte.

Sie war nah genug dran. Ihr Finger bewegte sich, das Licht sprang an. Unendlich hell war es auf einmal vor ihr, als steuere sie auf ein unwirkliches Weiß zu. Der eine hob sich die Hand vors Gesicht. So seht ihr also aus. Die Mörder meines Mannes. Oh, wenn ihr wüsstet. Wie groß er war, wie gut er war. Was er in seinem Leben geschafft hatte, wie viel Mut er ihr und Marième gemacht hatte, auf der endlosen Reise. Und ihr sitzt hier in eurem schicken Deutschland, mit euren Autos und Toastern und Gerätschaften und Schildern, und spielt Gott. Entscheidet über Leben und Tod, ihr dummen Jungen. Die beiden standen ruhig da. Sie hatten nicht einmal Angst. Ganz ruhig starrten sie in das helle Licht, das ihnen entgegenkam. Langsam, Aissatou, langsam. Ihr ganzer Körper fühlte sich an wie ein angespannter Muskel. Als habe sie sich zusammengezogen, geschrumpft auf ein Minimum, ein Kern von Aissa. Und dieser Kern war tot, sie hatten ihn totgemacht, mit ihrem Schuss auf das Bündel Mensch, mit ihrem feisten Lachen, der Routine. Wie ein Tier, wie ein Tier hatten sie Mo getrieben und geschlachtet.

Sie drückte ihren Fuß nach unten. Der Motor wurde laut. Noch immer hatte sie ihr Gesicht nah an der Scheibe. Sie wollte sie sehen, die beiden, ihnen in die Augen blicken. Es war ihr egal, dass man so auch sie sehen konnte. Es würde ihnen nichts helfen. Erst jetzt, wo der Wagen immer schneller wurde, innerhalb weniger Sekunden, schienen sie sich zu erschrecken. Schienen sie die Angst zu haben, die Aissa in ihren Augen erkennen wollte. Fast unschuldig schauten sie ihr entgegen, als wüssten sie nicht, wofür das geschah. So kurz vor ihnen hatte sie aufs Gaspedal getreten, dass sie nicht einmal versuchen konnten wegzurennen. Dann hörte sie nur noch den Schlag des Aufpralls.

Der Wagen stand still.

Aissa kam erst durch ihr eigenes hektisches Atmen wieder zu Bewusstsein.

Sie war weggetreten, Minuten waren vergangen, vielleicht kam es ihr auch nur so vor. Die Hände klebten noch immer am Lenkrad, schweißnass. Sie saß auf dem Fahrersitz und rührte sich nicht. Ihr Atem gab einen hektischen Rhythmus vor, an den sich der Rest des Körpers nicht hielt.

Was hast du gemacht?

Was hast du gerade gemacht?

Aissa schloss die Augen. Sie dachte nichts. Es war alles dunkel. Es gab keinen Gedanken mehr an die Zukunft und keinen an die Vergangenheit. Nur einmal sehen wollte sie ihn noch. Sich zu ihm legen. Dann konnte passieren, was wollte.

Sie stieg aus, tastete sich nach vorn, sah die beiden Männer auf dem Boden liegen. Stumm und gerecht. Dann erreichte sie die Treppe. Sie lief gebückt, beinahe krabbelnd nach oben, griff mit den Händen nach den Stufen, zog die Beine nach, spürte eine plötzliche Übelkeit. Es war weniger wegen der Männer, es war wegen Mo, es war die Furcht vor dem Anblick, die Angst, ihn gleich so zu sehen, wie sie ihn niemals hatte sehen wollen. Sie hatte diese Angst lange gehabt, damals in der Heimat, sie war sie erst vor Kurzem losgeworden.

Noch wenige Meter hatte sie vor sich. Sie hörte sich schluchzen, fast passiv, einen Einfluss auf die Äußerungen ihres Körpers hatte sie schon lange nicht mehr.

Mouhamadou, flüsterte sie, als könne der Tote sie hören, *Mouhamadou*.

Dann erreichte sie die Stelle, sah den Pfeiler. Dahinter würde Mo liegen.

Sie hatte die Bilder der Polizisten wieder im Kopf. Der ausgestreckte Arm, die Sekunde des Schusses.

Kurz schloss Aissa die Augen, als könne sie sich dadurch auf den schlimmsten Anblick ihres Lebens vorbereiten. Sie konnte es nicht. Sie weinte und spürte gleichzeitig alles und nichts, als sie den Schritt nach vorn machte und hinter den Pfeiler blickte.

Sekundenlang starrte sie in vollkommenem Entsetzen auf das, was sie sah. Doch es war nicht das Entsetzen, mit dem sie gerechnet hatte, der Schock, das zerreißende Herz, im Angesicht eines blutdurchtränkten Mo. Nicht das Entsetzen, das jede Frau spüren musste, die ihren toten Mann sah. Es war das Entsetzen darüber, dass auf dem Boden vor ihr – und sie war sich zu einhundert Prozent sicher, am richtigen Ort zu sein – niemand lag.

52

Geräuschfilter

Der Mann, den Sonya als *Multimedia Operator* vorgestellt hatte und der Jay mit einem beiläufigen *Heyho* begrüßte, nahm die Kopfhörer ab und drückte auf den Knopf, der den kleinen Punkt auf den Lautsprechern leuchten ließ. Sein Drehstuhl war fast auf Bodenhöhe heruntergefahren, mit zurückgelehntem Kopf blickte er auf die beiden Bildschirme vor sich. Jay wandte seinen Blick von der enormen Falte, die sich dadurch im Nacken des Operators bildete, hin zu dem Neongrün der Audiospur auf dem Display.

»Ich war eigentlich nur hier, um die Kassette zu digitalisieren.« Sonya zeigte auf ein Regal, von dem aus ungeordnet Kabel in allen Farben zum Computer führten. Einen DVD-Player erkannte Jay, Diktiergeräte, ein VHS-Rekorder war dabei. Und ein Hi-Fi-Turm, mit Doppelkassettendeck und CD-Spieler.

»Für das Transkript«, ergänzte Sonya. »Aber dann haben wir … spiel mal das Original, bitte.«

»Yup«, antwortete der Operator und tippte laut auf die Tastatur, als schlüge er mit seiner Leertaste die Filmklappe. Der Markierungsstrich auf dem Bildschirm wanderte die Zeitleiste entlang von links nach rechts. Fuhr gleichmäßig über das ganz ungleichmäßig nach oben und unten ausschlagende Neongrün.

Tu dois être forte maintenant mon ange. Je t'aime telle-
ment. Tout va bien se passer.

Jay erkannte die Stelle sofort, es war das Ende des Tele-
fonats.

»Und?«

»Was hörst du?«, fragte Sonya.

»Aissatou Diallo. So gut es eben geht.«

»Genau. Eine Telefonstimme, aufgenommen von einem
Kassettenrekorder. Vor zwanzig Jahren.«

Jay wusste noch nicht, worauf Sonya hinauswollte. Ja,
die Aufnahme war miserabel, teilweise hörte man mehr
Hintergrundrauschen als Aissas Stimme.

»Aber die Wunder der Technik«, berlinerte der Operator
und ließ die Markierung zu einem anderen Clip springen.
Dann ertönte erneut Aissas Stimme.

Tu dois être forte maintenant mon ange. Je t'aime telle-
ment. Tout va bien se passer.

Doch anders als eben war das monotone Kassettenrauschen nicht mehr zu hören. Auch klang die Stimme weniger
durch das Telefon verzerrt. Viel näher dran fühlte man sich
auf einmal, als säße man auf der Rückbank des Wagens.

»Wir haben die Frequenzen der gleichmäßigen Neben-
geräusche herausgefiltert«, sagte Sonya. »Da versteht man
schon deutlich mehr. Hast du auf das Ende geachtet?«

»Was meinst du?«

Der Operator spielte den Clip erneut ab.

Tu dois être forte maintenant mon ange. Je t'aime tellement.

»Jetzt«, sagte Sonya schnell.

Tout va bien se passer.

Ja, da war etwas. Ein Rauschen, im Hintergrund. So
schlecht wie die Aufnahme vor der Bearbeitung war, hatte
man es nicht wahrgenommen.

»Da ist ein Geräusch, das nicht rausgefiltert wurde. Weil es eben nicht das konstante Kassettenrauschen ist.«

»Was ist das?«, fragte Jay.

»Das Problem ist, dass Aissas Stimme darüberliegt. Deswegen haben wir versucht, ihre Frequenzen zu erkennen und zu isolieren.«

Erst jetzt sah Jay, dass die ganze Zeit zwei übereinanderliegende Audiospuren abgespielt wurden. Mit einem Klick war die untere der beiden deaktiviert. Als die Aufnahme wieder von vorn begann, war Aissas Stimme fast nicht mehr zu hören. Und das Ende der Aufnahme, das bisher von Aissas *Tout va bien se passer* übertönte Geräusch, war deutlich klarer, wenn auch sehr leise zu hören.

»Das ist …«, Jay zögerte. Die Aufnahme lief jetzt in Endlosschleife. »Das ist eine Stimme?«

»Das ist eine Stimme«, bestätigte Sonya. »Eine Männerstimme.«

»Einer der Polizisten? Haben die doch noch gelebt?«

»Ich glaube nicht.« Sie griff zum Regler der Lautsprecherboxen und drehte ihn bis zum Anschlag. »Lasst es uns mal mit halber Geschwindigkeit anhören.«

Wieder startete der Clip.

Die ersten Sekunden vernahmen sie nur das dumpfe Rauschen einer nichtssagenden Hintergrundatmosphäre.

Dann kam der entscheidende Moment.

Die Stelle, die erst von Aissas Worten überdeckt gewesen war und dann nur vage als Stimme erkennbar. In voller Lautstärke und mit halber Geschwindigkeit war – zwar schwach, aber zweifelsfrei – zu verstehen, was die tiefe Männerstimme sagte.

Qu'est-ce que tu fais?

53

Stolperfalle

Die durch die leere Stelle auf dem Boden völlig neu zu bewertende Situation führte bei Aissa zu zwei Erkenntnissen, die rückblickend zumindest in ihrer Reihenfolge verwunderten.

Sie rief seinen Namen, immer und immer wieder. Wie eine Rednerin stand sie auf der Laderampe, auf der Suche nach Zuhörern irgendwo in der Dunkelheit. Doch niemand reagierte. Die einzigen Menschen, die sie sah, lagen wenige Meter vor ihr tot auf dem Boden. Der große Mann auf dem Rücken, einen Arm von sich gestreckt, einen am Körper, das eine Bein weit abstehend, das andere unter dem Auto. Der kleinere Mann auf dem Bauch, leicht schräg, mit in alle Richtungen ausgestreckten Gliedmaßen. Es erinnerte sie an etwas. Ja, es sah aus wie Theater. Wie die Aufführung damals, mit ihren Freundinnen beim Dorffest, bestimmt zwölf Jahre her. Sie waren anfangs auch so dagelegen, kreuz und quer, wie tot, auf den morschen Brettern, unter die sie Ziegelsteine gelegt hatten. Dann begann die Musik, sie standen langsam auf, bewegten sich unruhig, bis alles zu einem zumindest in der Theorie synchronen Tanz wurde. *Erweckung* hatte es die Schlaueste von ihnen getauft und dem Spektakel mit ein paar einleitenden Sätzen eine Tiefe und Spiritualität verliehen, die zumindest keine der anderen Mädchen spürte. Eigentlich hatte nur jemand von amerikanischen Musikvideos erzählt und damit alle überzeugt mitzumachen.

Doch die beiden da unten lagen eben nicht *wie tot* auf dem Boden. Sie lagen tot auf dem Boden. In diesem Moment erst merkte Aissa – und das war ihre erste Erkenntnis –, was das Ganze zu bedeuten hatte. Wenn Mo nicht hier neben der Säule lag, war Mo nicht tot. Wenn Mo nicht tot war, hatten die Polizisten ihn nicht umgebracht. Wenn die Polizisten ihn nicht umgebracht hatten ... wofür waren sie dann gestorben?

Aissa war überfordert. Ihr war wieder schlecht, ihr Herz drückte gegen den Brustkorb. Was war hier passiert? Wo zum Teufel war Mo? Sie musste sich an der Säule festhalten, schwarze Wolken schoben sich vor ihre Augen, lösten sich auf, kamen Sekunden später zurück. Der Kreislauf. Sie musste Mo finden. Oder hatte der sich auch aufgelöst? Hatte seine Materie abgegeben und schwebte als Geist über dem Gelände? Lass den Quatsch, Aissatou. Das war eines der wenigen Dinge aus der Heimat, die sie nicht vermisste, die Alten mit ihren Geistern. Sie hatte Mo gesehen, definitiv. Sie hatte den Schuss gehört, definitiv.

Aissa drehte sich um.

Blickte auf die offen stehende Stahltür und eingeschlagenen Fensterscheiben.

Mo war kein Geist, sie war nicht verrückt geworden. Wenn Mo hier draußen nicht war, konnte er nur da drinnen sein. In der alten Halle.

Sie schob sich durch die Tür.

So laut sie eben noch seinen Namen in die Weite geschmettert hatte, so leise rief sie jetzt nach ihm.

»Mo«, flüsterte sie beinahe, »Mo.«

Der Hall beruhigte sie, zumindest die Wände schienen ihr zu antworten.

Sie tastete sich langsam vorwärts, sehen ließ sich wenig. Zwar waren viele der milchglastrüben Fenster kaputt und ließen dadurch zumindest die nie ganz dunkle Nacht hinein. Aber Maschinen und Schrott, soweit sie es beurteilen konnte, sogar Schutt, türmten sich meterhoch und versperrten die Sicht. Spürte sie hier noch kühles Metall an ihren Händen, ergriff sie im nächsten Moment eine Schaumstoffmatte und stolperte dann wieder über einen Müllsack.

»Mo«, rief sie erneut, »Mo.«

Erst jetzt wurde Aissa noch etwas bewusst. Wenn Mo nicht tot war, war vor allem anderen – und sie schämte sich fast, daran bisher nicht gedacht zu haben – Mo nicht tot. Dann lebte ihr Mann noch. Und das war doch eine gute Nachricht. Das war eine Nachricht, für die sie noch vor fünf Minuten ihr Hab und Gut und alles auf der Welt gegeben hätte. Mo musste leben. Aissa lächelte kurz. Wie spät ihr diese Erkenntnis kam!

Sie wusste nicht, dass es ihr letztes Lächeln sein würde. So wie sie auch nicht wusste, was das für ein Ding auf dem Boden war, über das sie in diesem Moment beinahe stolperte. Bis das Ding auf einmal aufwachte, zu stöhnen begann, sich umdrehte und Aissa das stechende Weiß eines Auges erkannte.

»Aissa?«

54

Scheintod

Und scheinbar gab es das in Berlin auch.«

Anscheinend, dachte Jay. Nach allem, was wir wissen, ganz und gar nicht *scheinbar*. Er saß mit verschränkten Armen zwischen den Kollegen und versuchte vergeblich, vor und zurück zu wippen, was die starren Konferenzraumstühle nie zuließen. Leute, die *scheinbar* und *anscheinend* synonym verwendeten, machten ihn nervös. Er musste sich jedes Mal konzentrieren, sie nicht direkt zu verbessern.

Jay hörte nur mit einem Ohr den Ergebnissen der Recherche zu, hatte im anderen noch immer die französisch sprechende Stimme. Mouhamadou Diallo? Wieso hatte er noch gelebt? Wieso hatte Aissa die Polizisten umgebracht, wenn nicht aus Rache für den Mord an ihrem Mann?

Von *Ermittlungsverfahren in Hamburg* redeten die Vortragenden, von hundertdreißig Fällen, in denen Afrikaner gegen ein Platzverbot verstoßen hatten und im Freihafen oder in den Harburger Bergen ausgesetzt worden waren. Und dann kam der Satz mit dem falschen *scheinbar*.

In Berlin habe es Gerüchte über ähnliches Vorgehen gegeben, von verschiedenen Seiten, nur sei nie etwas herausgekommen. Sie zeigten Ayas Notiz in Großaufnahme: *Aussetzen im Grunewald!!!!!* Es war kein Hirngespinst, nicht die Übertreibung eines verbitterten kleinen Mädchens. Polizeigewalt gegen Schwarze war in den Neunzigerjahren zwar kein flächendeckendes Problem gewesen, kein systematisches Vorgehen des Polizeiapparats. Aber sie war vorgekommen, insbesondere innerhalb kleiner geschlossener Einheiten.

»Nur von Toten, von Erschießungen können wir nirgends etwas finden. So weit gingen die Polizisten scheinbar nicht.«

Schon wieder ein falsches *scheinbar*, Jay biss die Zähne zusammen. Scheinbar war etwas, das nur zum Schein geschah, das nicht wirklich geschah. Es war kein *vermutlich* oder *wohl*. Wenn die Polizisten scheinbar nicht so weit gingen, dann gingen sie eigentlich doch so weit, gaben bloß vor … Jays Gedanke wurde von einem anderen Einfall gekreuzt. Moment. Vielleicht ging es hier doch um den Schein. Aber umgekehrt. Nicht, weil die Polizisten anscheinend nicht so weit gegangen waren, wusste man nichts von Erschießungen. Sondern weil sie nur scheinbar so weit gegangen waren.

»Scheinhinrichtung«, sagte er. Die Redenden verstummten. Alle blickten zu Jay. »War dazu nicht auch was in der Mappe?«

Sofort begannen sie zu blättern.

»Ja, hier. Manchmal wurden die Opfer nicht nur ausgesetzt.«

Jay blickte auf den Zeitungsausschnitt. Ein dunkelhäutiger Mann kniete auf dem Boden, an seinem Kopf ein Revolver. *Symbolfoto* stand daneben, der Artikel war von 1995.

»Du meinst …« Sonya drehte sich zu Jay um. »Du meinst, Mouhamadou Diallo sollte gar nicht erschossen werden?«

»Maximale Abschreckung, die Angst, gleich erschossen zu werden.«

Keiner sprach, nur Sonya wagte es, die Stille zu durchbrechen.

»Sie fahren mit ihm zum Koletzkigelände, um ihn da auszusetzen.«

»Genau. Und wollen ihm noch eine Lektion erteilen.« Jay formte mit seiner Hand eine Pistole und richtete sie auf Sonya. Dann zielte er knapp neben sie und hob die beiden ausgestreckten Finger kurz an. Pchiu, pchiu.

»Und Aissa sieht die Szene, hält das Ganze aber für eine wirkliche Hinrichtung.«

»Ja, und deswegen tötet sie aus Rache die Polizisten. Und sieht dann erst, dass Mo noch lebt.«

»O Gott.«

Niemand sprach. Die ganze Tragik der Nacht auf dem Koletzkigelände faltete sich allmählich im Raum aus, bis sie alle Anwesenden überdeckt hatte. Der Mord an zwei Polizisten, an zwei prügelnden und skrupellosen, doch zumindest nicht mordenden Polizisten, war die Rache für einen Mord, den es überhaupt nicht gegeben hatte.

Mitten in die Stille hinein klingelte das schwarze Telefon auf dem Konferenztisch. Es stammte noch aus einer Zeit, in der bei elektronischen Geräten möglichst viele Tasten und Knöpfe als Qualitätsversprechen galten. Jay brauchte wie immer einen Moment, um die Lautsprechertaste zu finden. Auf dem Display stand Marcels Mobilnummer.

»Jay? Ich glaube, ich habe hier etwas.«

Er war schwer zu verstehen, im Hintergrund ertönten Stimmen durcheinander.

»Ich dachte, du gehst im Gregorhof die Akten durch?«

»Habe ich, habe ich, Namen abgeglichen, alles. Nichts gefunden.«

»Und wo bist du jetzt?« Jay wartete auf eine Erklärung für den Trubel am anderen Ende der Leitung.

»Ich bin noch im Gregorhof. Aber ich habe im Programm gelesen, dass heute Konzert ist. Da gehen ja die allermeisten Bewohner hin.«

»Und?«

»Ich habe mich vorne hingestellt und gefragt, ob irgendjemand Kontakte zur Polizei hatte oder was in der Richtung weiß. Weil du das doch meintest, dass das ... na ja, ich dachte, so geht das schneller.«

Marcel schien eine Reaktion abwarten zu wollen, aber niemand dachte daran, ihn in seinen Ausführungen zu bremsen.

»Also ... da kam natürlich wieder viel Unbrauchbares. Ein Enkel, der seit Kurzem in den USA Hilfssheriff war ... ein Großüberfall auf den Gregorhof, der offensichtlich frei erfunden war ... dann hat jemand von Derrick erzählt. Wie auch immer, irgendwer hat Margot Krestel erwähnt. Kennst du den Namen?«

»Nie gehört.«

»Vor einem Jahr verstorben, hatte ihr Zimmer auf dem gleichen Gang wie Sprenger. Diese Krestel habe einen Schwiegersohn bei der Polizei gehabt, der sei nur ganz selten da gewesen.«

»Und die Aussage ist glaubwürdig?«

»Ja, pass auf. Wir haben das nachverfolgt. Es gab diese Margot Krestel. Als Kontaktperson ist ihre Tochter Beate Krestel in den Unterlagen verzeichnet.«

Wie im Reflex schrieb Jay mit, hatte *Beate Krestel* auf dem Zettel vor sich notiert, mit einer Linie zu *Margot Kres-*

tel, dahinter ein Kreuz. Von *Beate Krestel* zog er noch eine Linie, zeichnete zwei ineinandergreifende Ringe und einen leeren Kasten für den Namen, auf den er ungeduldig wartete.

»Wir haben die angerufen. Das mit dem Schwiegersohn stimmt nicht, sie war nie verheiratet. Aber sie war tatsächlich lange mit einem Polizisten zusammen. Und rate mal, wer das ist, Jay.«

Jay hatte keine Lust zu raten. Er hatte auch tatsächlich keine neue Idee.

»Sag's einfach.«

Dann fiel der Name, der für Jay gleichzeitig vollkommen überraschend und vollkommen erwartbar war. Und der ihn sofort auflegen und die Nummer der Operativen Dienste wählen ließ.

55

Käferschwarz

So schnell sie fuhren, viel schneller noch als Sonya und er am Morgen, so langsam kam es Jay vor. Wie in Zeitlupe raste der Wagen der Einsatzleitung über den Asphalt. Wie in Zeitlupe zogen die Bäume und Schilder links und rechts vorbei. Und sogar die Leitpfosten, alle fünfzig Meter, schienen einen langsameren Takt vorzugeben, als die Tachonadel glauben machen wollte.

Früher war es umgekehrt gewesen, erinnerte sich Jay. Bei den Autofahrten zu Oma und Opa in den Süden, er selbst auf der Rückbank. Da flogen die schwarz-weißen Pfosten nur so vorbei, und Jay zweifelte, ob das wirklich stimmte, was Gunther ihm auf seine Frage vom Fahrersitz nach hinten geantwortet hatte. Im Abstand von fünfzig Metern? Fünfzig Meter kannte Jay damals als Sprintdistanz im Schulsport. Was da unendliche Sekunden dauerte, sollten plötzlich bloß Augenblicke sein? Pfosten, fünfzig. Pfosten, hundert. Pfosten, hundertfünfzig. Pfosten, zweihundert. Kaum zu glauben.

Und jetzt war alles langsam.

Zu langsam?

Zu langsam für Aya?

Jay sah in den Rückspiegel. Blickte auf die schwarzen Busse mit den getönten Scheiben, die hinter ihm her krochen wie dicke Käfer mit nur einem leuchtend blauen

Auge. Vier davon hatten sie dabei, vollgepackt mit den besten, die die Polizei für solche Fälle hatte. Sondereinsatzkommando. Auch die wurden jetzt zu Insekten. Als sie losgefahren waren, sahen die meisten noch aus wie normale Menschen. Einer hatte ein zu großes Kurzarmhemd an, ein anderer eine verwaschene Jeans mit extragroß aufgenähten Gesäßtaschen. Ein Querschnitt durch die Gesellschaft. Sie kamen aus dem Zoo, von der Couch, vom Fußballplatz. Bereitschaftsdienst am Sonntagmittag. Jetzt, während immer weniger Häuser und immer mehr Bäume Spalier standen, verwandelten sie sich im Inneren ihrer Busse in Insekten. Schwarz von oben bis unten, nur die Augen hoben sich ab, runde Helmköpfe, an allen wichtigen Körperstellen gepanzert. Selbst ihr Gang würde gleich, wenn die Türen aufgingen und sie heraussprängen, kaum menschlich aussehen. Weit abstehende Arme, zu schwer die Uniform, die Ausrüstung.

Sie nahmen die Ausfahrt, die Jay schon zweimal genommen hatte. Einmal war er misstrauisch abgebogen und wenig später enttäuscht zurückgekommen. Beim zweiten Mal war er selbstsicher abgebogen und noch enttäuschter zurückgekommen. Dieses Mal spürte er alles gleichzeitig. Misstrauen, Bestätigung, Wut, Hoffnung, Enttäuschung, Angst, Nervosität. Was würde er bei der Rückfahrt fühlen? Hinter der Kurve wartete bereits der bestellte Krankenwagen. Er reihte sich am Ende in den Zug der dunklen Kolonne ein. Hoffentlich wäre der auf der Rückfahrt so leer wie jetzt.

»Alle RKL aus«, rief Jay in das Funkgerät in seiner Hand. Rundumkennleuchte, das Blaulicht. Hier brauchten sie es nicht mehr, es gab keinen Verkehr, es konnte nur die Falschen warnen. Nacheinander beruhigten sich die grellen

Blaus auf den Dächern aller sechs Wagen und schlummerten wieder in ihrem matten Normalzustand.

Auf den letzten Metern machte sich die Geschwindigkeit doch noch bemerkbar. Die Straße wurde schlechter, den holprigen Untergrund spürte man bis auf den Autositz. Dann gab Jay die Anweisung anzuhalten. Ein Stück vor der Lichtung, an der Sonya und er vorhin geparkt hatten.

Die Türen der Busse gingen auf, die Vermummten sprangen aus ihren Nestern, wie Jay es erwartet hatte. Titanhelme, schwarze Overalls. Unzerreißbar, unverbrennbar. Wer wer war, ließ sich nicht mehr sagen, sie hatten ihre Identitäten abgelegt und waren zu einem Schwarm geworden. Zu dick verpackten Helfern, die nur ein Ziel hatten.

Grzesinski überwältigen.

Und dabei eine Bedingung erfüllen mussten.

Das Leben der Geisel nicht gefährden.

Falls Aya noch lebte. Falls Aya hier war. Falls Grzesinski sie irgendwo hier festhielt. Falls Grzesinski ihnen vorhin etwas vorgespielt hatte. Falls Grzesinski hinter allem steckte. Viele *Falls* waren das, aber an einen Zufall konnte Jay nicht mehr glauben. *Dieter Grzesinski*, das war der Name, den Marcel vorhin am Telefon genannt hatte. Dieter Grzesinski war die Verbindung zu dem Altersheim, in dem Sprenger getötet wurde.

Gemeinsam starteten sie den Weg durch den Wald. Sonya, Marcel und Jay in ihren schusssicheren Westen, dazu das SEK, inzwischen mit heruntergeklappten Visieren. Als Erste trennten sich die mit den Präzisionsgewehren von der Gruppe, suchten sich ihre Plätze in der Distanz. Dann sah man Grzesinskis Haus, und die nächsten vier scherten aus, positionierten sich rückseitig. Auf den letzten Metern zur Tür wurden sie noch weniger, wie besprochen sicherten zwei den Weg, der Rest stellte sich außerhalb des Blickfelds der Fenster an die Wand. Am Ende waren es wieder nur Jay und Sonya, die wie vorhin vor der Holztür standen, klopften und auf eine Antwort warteten.

»Herr Grzesinski.«

Nichts regte sich.

»Herr Grzesinski, Jerusalem Schmitt hier, Neunte Berliner Mordkommission. Öffnen Sie die Tür.«

Jay sprach seine Sätze wie automatisch, hob seinen Arm wie automatisch. Sobald er ihn senken würde, ginge es los. Dann gäbe er das Kommando ab, ließe den anderen den Vortritt, könnte nur noch hoffen. Er wartete ein paar Sekunden, hatte das Bild des Alten mit Zahnbürste wieder im Kopf. Sonya ging einen Schritt zur Seite, versuchte, durch die halb zugezogenen Gardinen des Fensters zu schauen.

»Geh weg vom Fenster, Sonya.«

»Jay.«

»Geh weg da.«

»Jay, da liegt jemand.«

Dann riss Jay den Arm herunter.

Sofort kam der Rammbock, wurde an der Tür angesetzt. Sonya griff nach Jays Schulter und zog ihn zurück. Wieder wirkte es wie verlangsamt, der Schlag, mit dem die Tür zusammenbrach, der Wurf der Blendgranate, der Knall, das helle Licht, die lauten Rufe der Behelmten. *Polizei, Polizei. Auf den Boden.* Mit gezogenen Waffen stürmten sie das Häuschen.

Der ganze Aufwand für einen einzigen Verdächtigen, dachte Jay. Aber was für einen. Den langen Weg bis hoch zum Chef eines LKA war er gegangen. Wenn einer wusste, wie er sich verteidigen musste, dann Grzesinski.

Jay starrte auf den Eingang, konnte nichts sehen, nur die schwarzen Rücken der Einsatzkräfte. Seine Ohren erreichte per Funk das Durcheinander der Stimmen drinnen.

Flur sicher.

Polizei, Polizei.

Auf den Boden.

Schlafzimmer sicher.

Sie hatten sich aufgeteilt, zwei oder drei pro Raum, gaben durch, sobald sie in einem Zimmer jede Gefahrenquelle ausschließen konnten.

Küche ...

Die Stimme brach ab, Jay hörte nur das laute Atmen des Kollegen.

Küche ... hier liegt jemand auf dem Boden.

Jay blickte weiter regungslos auf das Haus voller Stimmen. Sonyas Blick nach drinnen, sie hatte recht gehabt.

Badezimmer sicher.

Küche ... eine Leiche.

Bitte nicht Aya, nur nicht Aya.

Küche sonst sicher.

Alle Räume sicher.

Jay nahm die Hand mit dem Funkgerät nach unten und ging hinein. Auch er hatte sich dem gefühlten Tempo angepasst, rannte nicht, hatte plötzlich keine Eile mehr. Eine Leiche in der Küche, lebendig würde er sie nicht mehr machen. Er lief durch den engen Flur, in dem Grzesinski heute Morgen noch überlegen gegrinst hatte. Ging durch die offene Tür in die Küche, vorbei an der hölzernen Eckbank, an den noch immer angespannten Vermummten.

Und dann sah er auf den Boden.

Auf einen Körper im eigenen Blut liegend.

Sah ein totes, atemloses Gesicht.

Im allerersten Moment spürte Jay Erleichterung.

Erst jetzt merkte er, wie viel Angst er vor einer toten Aya gehabt hatte. Und wie froh er war, nicht von ihrem stummen, abgewendeten Blick gefragt zu werden, wie er das alles hatte zulassen können. Der stumme, abgewendete Blick, der natürlich kein Blick mehr war, nur zwei leblose Augen, deren Lider sich im Moment des Todes nicht rechtzeitig geschlossen hatten, war der eines alten Mannes.

Dieter Grzesinski.

Neben ihm das Gewehr, die nackte Hand noch am Auslöser. Hatte er sich umgebracht, weil er merkte, wie nah Jay an der Lösung war?

Er ging um den Toten herum, sah die Falten, das knautschige Gesicht Grzesinskis, stellte ihm in Gedanken die letzten Fragen, deren Antworten sich Jay jetzt nur noch selbst geben konnte.

Selbstmord? Du feiger alter Sack. Hast in deiner Einsatzgruppe brutale Methoden geduldet. Bis die Frau eines Opfers irgendwann unerwartet Zeugin wurde und eine Szene falsch interpretierte. Sie für das hielt, wonach es aussehen sollte: eine Hinrichtung. Zwei Polizisten, im Affekt getötet, aus falscher Rache. Deine Jungs. Bist du damals zum Koletzkigelände gefahren, auf der Suche nach den verlorenen Söhnen, hast einen Tatort gefunden und die beiden Senegalesen? Hast du sie umgebracht und deine Spuren verwischt? Hast Panik bekommen und Sprenger getötet? Um mich abzulenken? Die Zeit zu nutzen, Aya Diallo zu finden und zu entführen? Aber wo war Aya?

Jay kniete sich auf den Boden, blickte auf den regungslosen Grzesinski, das Loch im Kopf, das Blut. Erinnerte sich an seine Sätze.

Ist das nicht herrlich hier?

Wie er bei Jays erstem Besuch rauchend auf der Terrasse saß.

Hier haste wirklich keine Sorgen.

Ein selbstzufriedener alter Mann, dem niemand etwas konnte.

Hier sitzte und genießt im Sommer die Sonne, und im Winter wärmt dir die Sauna deinen abgesessenen Arsch.

Jay stand auf. Das war es, Grzesinski. Vorbei. Nichts mehr mit Sonne, nichts mehr mit Sauna.

Dann, als Jay den Blick schon abgewandt hatte und hörte, wie Marcel am Telefon die Spurensicherung verständigte, dachte er noch einmal an Grzesinskis Satz.

Hier sitzte und genießt im Sommer die Sonne, und im Winter wärmt dir die Sauna deinen abgesessenen Arsch.

Die Sauna.

Der Holzverschlag am Ufer.

Jay drehte sich um und lief los.

»Jay, was ist?«

Er reagierte nicht, hörte nur, wie Marcel ihm folgte.

Raus aus der Küche, durch den Flur.

Am Eingang stieß Jay beinahe einen der Schwarzgekleideten um, kümmerte sich nicht darum, eilte weiter.

Er rannte über die Terrasse, über die Wiese, in Richtung des Ufers, dahin, wohin Grzesinski gezeigt hatte, mit der Kippe in der Hand.

Im Winter wärmt dir die Sauna deinen abgesessenen Arsch.

Immer näher kam Jay dem annähernd quadratischen Kasten.

Er sah keine Fenster, nur gestapeltes Holz, lief um den Schuppen, auf der Suche nach der Tür, fand sie zur Seeseite, riss an ihr.

Vergeblich. Eine dicke Kette mit Vorhängeschloss verhinderte den Zutritt.

»Aya? Aya!«

Jay schlug gegen das Holz.

Dann suchte er noch einmal nach einem Fenster oder irgendeinem anderen Einstieg, schlug auf morsch wirkende Stellen, die nicht morsch genug waren.

»Jay«, rief Sonya in seinem Rücken.

Er drehte sich um, sah sie kommen, hinter ihr Marcel und die beiden Männer mit dem Rammbock.

Jay zeigte auf den Eingang, sie setzten an, holten aus, schlugen zu.

Die Tür zersplitterte, gab den Blick auf die hölzerne Sitzbank frei. Auf einen Haufen Mensch, an Armen und Beinen mit Kabelbinder gefesselt, zusammengekauert wie ein Embryo.

Jay starrte auf den Körper, suchte nach irgendeiner kleinen Bewegung, einem Zucken des Beines, einem Vibrieren des Brustkorbs.

Dann erst sah er den Kopf.

Sah, dass er nichts sah.

Der Kopf, verhüllt von einer schwarzen Plastiktüte.

Er betrat den Schuppen, ging ganz langsam auf das Bündel vor ihm zu, glaubte plötzlich, ein Atmen gehört zu haben, ein Zittern zu bemerken. Oder war es sein eigenes Auge, das zitterte, sein eigener Atem, den er hörte?

Er griff mit einer Hand nach der Tüte, zog sie so vorsichtig es ging zurück.

Sah ein Kinn.

Einen Mund.

Eine Nase.

Augen.

Augen ohne den stummen Blick ins Nirgendwo, nicht wie bei Grzesinski.

Augen, die vermutlich das erste Mal seit Stunden Licht sahen und deswegen sofort, wenn auch schwach, zu blinzeln begannen.

56

Fehlschuss

Aissas Augen. Jetzt verstand Mo die Welt nicht mehr. Er hatte sie schon vorher nicht mehr begriffen, der ganze Tag war ein schlechter Traum, die Festnahme im Park, die Stunden auf der Wache ... Moment, war das überhaupt heute gewesen? Gestern? Die Schmerzen lähmten seine Gedanken, er hatte Bilder im Kopf, versuchte, sie in eine Chronologie zu bekommen, wurde immer wieder von seinem pochenden Kopf unterbrochen. Es gab die Festnahme, so viel war klar, damit hatte alles begonnen. Oder, nein ... besser er würde umgekehrt anfangen. In diesem Moment war er hier in der Halle, irgendeiner dunklen Lagerhalle voller Gerümpel, Bauteile, Elektroschrott, auf einem kalten Boden. Weil er hierhergerobbt war, von draußen, von der Laderampe, um Schutz zu suchen vor den Polizisten. Und dann dieses Geräusch, das Auto. Da war er schon fast in der Halle gewesen.

Kurz riss der Faden, an dem Mo seine Gedanken von vorn nach hinten aufzuhängen versuchte. Das Bein, das Blut überall, er konnte sich nicht konzentrieren. Wieso war er auf der Laderampe gewesen? Die Pistole, stimmt, er sah den großen Polizisten wieder vor sich. Der hatte abgedrückt, keine Frage, der Schuss war gut zu hören gewesen. Mo hatte geglaubt, er sei tot, bestimmt für einige Sekunden. Dann bloß weg.

Wo war eigentlich Aissa? Sie war nicht mehr da. Hatte er sich das nur eingebildet? Gerade eben stand Aissa doch noch über ihm, blickte ihn an, weinte. Egal, als Erstes musste er verstehen, was hier passiert war.

Also davor, vor der Laderampe ... davor hatten sie ihn hergebracht. Nach dem Verhör. Dann war die Sache mit dem Park also doch heute. Park, Verhör, Laderampe. Ein einziger Tag. Ein Scheißtag.

Er schloss die Augen.

Und wachte gleich wieder auf.

Aissa war zurück, kippte ihm Wasser aufs Bein. Dann in den Mund. Wasser war gut. Mo hatte gar nicht gemerkt, wie viel Durst er hatte. Sie kniete sich neben ihn und streichelte seinen Kopf, hielt seine Hand. Es beruhigte ihn, zumindest für den Moment. Nur warum Aissa überhaupt hier war, erschloss sich ihm auch nun, da er seine Gedanken sortiert hatte, kein bisschen. Und warum sie weinte und zitterte und die ganze Zeit *Mein Gott, Mein Gott* flüsterte.

Alles wird gut.

Hatte er das gerade gedacht? Gesagt?

Gesagt offensichtlich, Aissa antwortete: *Nichts wird gut.* Hörte gar nicht mehr auf zu antworten, redete vom Ende aller Hoffnung, von einem Missverständnis, fragte, warum Mo denn nicht tot sei, weinte. Er wusste es ja selbst nicht, er hatte sich schon für tot gehalten. Dann fing sie von den Polizisten an, vom Park, von der Wache. Als sei sie dabei gewesen. Aber er war doch allein? Sie ging nicht auf ihn ein, vielleicht verstand sie seine herausgepressten Satzfetzen auch überhaupt nicht.

Tot seien die beiden, sagte sie laut. Umgebracht.

Mo verstand nicht, was sie meinte. Wasser, Wasser. Die

Flasche war leer, er sehnte sich nach mehr Wasser. Es hatte unglaublich gutgetan.

Aissa stand auf, schrie jetzt. Er solle ihr verdammt noch mal zuhören. Sie müssten sofort hier weg, auf der Stelle, sie steckten im Dreck, im allerallertiefsten Dreckdreck, ob das nicht klar sei?

Mo glaubte kurz, eine Schlange neben sich zu sehen. Erschrak, zuckte zusammen. Es war nur ein Autoreifen. Er hörte, wie er noch immer nach Wasser rief.

Aissa nahm die Hände vors Gesicht, weinte jetzt lauthals.

Was war mit ihr los? Hatte sie gesagt, die Polizisten seien tot?

Sie rief seinen Namen, *Mouhamadou Diallo*, als klagte sie ihn an. Vorname und Nachname, da wurde es ernst. Sie habe kein Wasser mehr, und sie hätten auch keine Zeit, sie müssten weg, ganz schnell, aus Deutschland, für immer.

Er wollte doch nur einen Schluck Wasser, nach mehr fragte er ja gar nicht.

Aissa wischte sich ihr Gesicht mit dem Ärmel ab, packte Mos Kopf mit beiden Händen und kam ganz nah an ihn ran.

Sie würde im Auto der Polizisten nach Wasser schauen, in der Zeit solle er langsam versuchen aufzustehen. Dann würde sie zurückkommen, und dann müssten sie endlich weg hier. Ob er das verstanden habe?

Mo sah weniger und weniger von ihr, der Vorhang fiel langsam herunter. Das eine Auge war ohnehin zugeschwollen, das andere wurde immer müder.

Sofort spürte er, wie sein Kopf heftig geschüttelt wurde.

Ob er das verstanden habe?

Mo nickte.

Aissa ging.

Sekunden später wurde es erneut schwarz.

Als er wieder bei sich war, bekam er Panik. Aufstehen, hatte sie gesagt, aufstehen solle er. Weil sie gleich wegmüssten. Weil die Polizisten tot waren. Hatte Aissa die Polizisten umgebracht? Aufstehen, Mo, aufstehen. Er griff nach dem Reifen neben seinem Kopf, zog sich nach oben, hing halb über dem Gummi, nahm den anderen Arm als zusätzliche Stütze. Jetzt, da er nicht mehr auf dem Rücken lag, begann seine Nase zu laufen. Er wollte sie mit dem Handrücken abwischen, merkte bei der Berührung, wie sehr sie schmerzte. Bestimmt gebrochen. Egal, aufstehen. Er drückte seine Arme durch, nahm ein Bein nach vorn, versuchte zu stehen. Es funktionierte.

Langsam tastete er sich zum Ausgang. Als er in die Halle gekommen war, hatte er praktisch nichts gesehen, jetzt hatten sich seine Augen an die Dunkelheit gewöhnt, und er konnte zumindest Umrisse erkennen.

Er fand die Tür, ging raus, schleppte sich am Geländer die Laderampe entlang.

Da war sein Auto, sein geliebtes, ersehntes Auto. Mitten in der Nacht.

Davor lagen die zwei Polizisten, ohne Bewegung.

In der Ferne hörte er Aissas Stimme.

Sie sprach, sie redete mit jemandem.

Aber mit wem?

»Was machst du?«, fragte er kraftlos in die Dunkelheit.

57

Schlussstrich

Jay merkte, wie kalt es seinem übermüdeten Körper wurde, jetzt, ohne das Adrenalin der letzten Minuten. Die Sonne war weg, es schien auf einen dieser diesigen, nichtssagenden Berliner Wolkentage hinauszulaufen. Zu kalt für Sommer, zu warm für Herbst. Er hörte das leiser werdende Martinshorn des Krankenwagens, den er so gerne leer gesehen hätte. Er war nicht leer, eine junge Frau hatten sie auf die Liege gespannt, über den welligen Boden des Waldwegs geschoben, in Richtung der parkenden Autos. Aber immerhin lebte sie, war nicht einmal schwer verletzt. Zumindest äußerlich. Wie es in ihr aussah, mochte sich Jay nicht vorstellen.

Nur halb bei Bewusstsein war Aya gewesen, als Jay ihr die Plastiktüte vom Kopf gezogen hatte. Sie war wohl in ihrer Wohnung betäubt worden, um sie ruhiggestellt hierherbringen zu können. Festzubinden und einzusperren in den kleinen Holzschuppen, den Grzesinski im Winter als Sauna nutzte. Sie zitterte, gab nur einzelne, zusammenhangslose Worte von sich. Hatte vermutlich seit dem gestrigen Abend nicht mehr getrunken oder gegessen. Erst als Sonya nach ihrer Hand griff, beruhigte sie sich. Ganz fest drückte Aya zu, klammerte sich mit ihren Fingern an Sonya, als könne das Leben durch die fremde Hand zurück in ihren Körper strömen. Irgendwann hatte sie die Augen vor Schwäche nicht mehr offen halten können und war wieder eingeschlafen.

»Kannst du mich gleich am Krankenhaus rauslassen? Ich will da sein, wenn sie wieder aufwacht.«

Jay nickte.

Er stand mit Sonya einige Meter von Grzesinskis Häuschen entfernt. Die Schwarzgekleideten waren inzwischen herausgekommen, verwandelten sich wieder zurück, zogen die Helme ab und befreiten sich aus der dicken Schutzkleidung. Stattdessen strömten die von oben bis unten Weißbekleideten, die Kollegen mit den ganz dünnen, dafür genauso körperbedeckenden Einwegoveralls durch die Tür nach innen. Auf das Sondereinsatzkommando folgte die Spurensicherung, weiß nach schwarz.

Die Männer mit den Helmen in den Händen stellten sich im Halbkreis um Jay. Manche trugen noch ihre Sturmhauben, andere hatten nicht einmal mehr die Schutzwesten an. Bei einigen war es ein merkwürdiges Dazwischen: Die Hälfte des Outfits verhieß noch Elitetruppe, der Rest war Kapuzenpulli und kurze Cargohose, was im Ganzen an Paintballspieler aus dem Berliner Umland erinnerte. Zwei flachsten, bis ein Dritter sie unterbrach und auf Jay zeigte.

Was früher vermutlich *kurze Besprechung nach dem Einsatz* hieß, wurde heute Debriefing genannt, und dazu hatte Jay sie zusammengerufen. Er bedankte sich für die konzentrierte Arbeit aller Beteiligten und wertete die Operation als Erfolg. Die Geisel sei unverletzt geborgen worden, für den Tod des mutmaßlichen Täters sei man nicht einmal indirekt verantwortlich. *Des mutmaßlichen Täters.* Wie Jay sich reden hörte, hatte er wieder Grzesinskis Stimme im Ohr. Gestern vor einer Woche saß der noch wenige Meter von hier in seinem Liegestuhl und faselte von mutmaßlichen Tätern und dringend Tatverdächtigen. Jetzt war er selbst zu einem geworden.

»Formulieren Sie das dann auch so?«

Einer der nur zur Hälfte zum Zivillook Zurückgekehrten stand breitbeinig vor Jay. Die Sturmhaube noch auf, unter der offenen Weste ein T-Shirt mit Aufdruck. Das Bild wirkte falsch, wie die Anzugjacke über der ausgefransten Jeans oder die Wildlederschuhe zur Jogginghose. Outfits, die einem in Berlin durchaus begegnen konnten.

»Was?«

»Na, dass der sich selbst umgebracht hat. Sonst heißt es am Ende wieder: SEK-Einsatz mit einem Toten, und wir sind die Doofen.«

Marcel trat nach vorn, in einer Hand sein Telefon.

»Das wollte ich ohnehin noch kurz ... welche Infos geben wir raus? Martha fragt, was in die Meldung soll.«

Jay dachte kurz nach. Es war eine Abwägung, Wahrheit versus Taktik. Manchmal ergab es Sinn, weniger zu verraten, als man wusste. Manchmal war es besser, alles offen zu kommunizieren. Und dann gab es die Fälle, die noch spezieller waren und deren entsprechend spezielle Behandlung erst rückblickend als genialer Schachzug oder peinliche Panne gewertet würde.

»Die Polizei geht davon aus«, begann Jay zu diktieren, »dass es sich bei der gefundenen Leiche um den Entführer der Geisel ... der befreiten Geisel ... handelt.«

»Habe ich.« Marcel nahm den Kopf nicht vom Display.

»Nein, anders ... um den Entführer der befreiten Geisel und gleichzeitig um den Täter des Mords im Altersheim Gregorhof ...«

»Seniorenresidenz.«

»... in der Seniorenresidenz Gregorhof handelt.«

Der Mann im T-Shirt hatte die Sturmhaube hochgezogen und sah Jay erwartungsvoll an.

»Die Polizei geht von einem Selbstmord aus und hält den Fall für abgeschlossen.«

Wenig später lief Jay neben Sonya und Marcel den schmalen Waldweg zurück zu den geparkten Wagen. Marcel stieg nicht mit ein, blieb, um Grzesinskis angebliches Alibi in der Alten Schleuse zu überprüfen. Herauszufinden, ob die Aussagen vom Morgen Freundschaftsdienste waren oder Erinnerungslücken. Oder ob … Jay behielt den Gedanken für sich. Sobald Marcel etwas wisse, solle er sich bei ihm melden.

Dann fuhr Jay mit Sonya zurück in die Stadt und ließ sich von den Gesichtern am Straßenrand auf andere Gedanken bringen. Er kannte keinen Ort, der wetterfühliger war als Berlin. Die Laune seiner Bewohner hing so wesentlich davon ab, was sich am Himmel abspielte, dass es gut passieren konnte, an einem regnerischen Tag keinem einzigen Lächeln zu begegnen und an einem Sonnentag eine beinahe bekifft wirkende Grundzufriedenheit in jeder Seitenstraße zu spüren. Weder aus Coventry, wo er eine ganze Weile gelebt hatte, noch aus Lyon, wo er sich immerhin ein paar Wochen lang für ein internationales Trainingsprogramm aufgehalten hatte, kannte er eine derartige Verquickung der eigenen Befindlichkeit mit den äußeren Gegebenheiten. Dort ging man sonntags raus, traf Freunde, stellte sich unter, falls es regnete, war irgendwann wieder zu Hause. Berlin war anders. Berlin verließ das Haus nicht, wenn es nass war, verfluchte die Welt, igelte sich ein und suhlte sich in Selbstmitleid. Schien wiederum die Sonne, war man draußen, bis es Montag war. Als gäbe es in einer der beliebtesten Großstädte der Welt sonst keine Themen, redeten die Berliner auch über wenig anderes. Wie zwei Waschweiber vor hundert Jahren schimpfte man im Sommer auf den Regen, im Herbst auf den Sommer, im Winter auf die Kälte und im Frühjahr auf den noch immer andauernden Winter. Entsprechend war ein Tag wie der heutige, bewölkt, nicht zu warm und nicht zu kalt, ein Untag für Berlin, pure Langeweile für die nach Extremen gierende Stadt. Und während Jay die Gesichter durch die Autofensterscheiben an sich vorbeiziehen sah, glaubte er, ihnen genau das anzusehen.

»Langsam kann ich Marcels Probleme verstehen.« Sonya riss Jay aus seinen Gedanken. Er blickte zum Beifahrersitz, sie sah nicht von ihrem Telefon auf.

»Sasha?«

»Sie ist sauer, dass ich nicht in Leipzig war. Und heute weiß ich ja auch noch nicht, wann ich zu Hause bin.«

Die ganzen Paare unter Polizisten, es war kein Zufall. Genau wie unter Chirurgen, Extremsportlern, Künstlern, Barpersonal, überall wo Arbeit nicht *nine to five* hieß, bot es sich an, einen Partner zu haben, der das nicht nur akzeptierte, sondern nachvollziehen konnte. So viel Verständnis die oder der Fachfremde aufbringen mochte, die ständige Rechtfertigung des Ausnahmezustands schuf ein ungesundes Ungleichgewicht, das für Paare mit ähnlichem beruflichem Hintergrund fremd war. *Das uns beiden fremd war*, dachte Jay, entschied sich aber für einen beiläufiger wirkenden Kommentar.

Drei Straßen weiter waren sie da. Bademantelträger mit einer Hand am Infusionsständer standen in der Raucherecke vor dem Eingang, eine junge Familie schob Oma im Rollstuhl durch die Schiebetür.

»Melde dich, wenn Aya ansprechbar ist«, sagte Jay.

»Mach ich.«

»Und pass auf sie auf.«

»Wieso aufpassen? Hast du nicht gesagt, der Fall ist abgeschlossen?«

Jay nickte zögerlich.

Sonya schnallte sich ab, griff schon zur Tür, als sie sich noch einmal umdrehte. »Du glaubst nicht, dass es vorbei ist, oder?«

Ihr konnte er nichts vormachen, das wusste Jay. Ja, Grzesinski hatte vermutlich Aissatou und Mouhamadou Diallo umgebracht. Um die Methoden seiner Einsatzgruppe zu decken und seine Jungs zu rächen. Beweise gab es dafür bisher keine. Und ja, Grzesinski hatte die Idee, wie man die Neunte Berliner Mordkommission ablenken konnte, als Jay ihm auf der Spur war. Er kannte das Altersheim, wusste, wie man rein- und rauskommt, erinnerte sich an Sprenger, die niemand vermissen und die ohnehin bald sterben würde. Doch hatte er allein Aya entführt? Ein zweiundsiebzigjähriger Pensionär in der Pampa? Der für die Tatzeit von mehreren Personen, deren Vertrauenswürdigkeit freilich noch zu überprüfen war, ein Alibi bekam? Hatte er nicht wenigstens noch eine rechtsradikale Schleusenkrugnase als Helfer?

»Ich weiß es nicht.«

»Ja, ich auch nicht. Aber wieso sagst du dann, der Fall ist abgeschlossen?«

Sonya hatte natürlich recht. Die Aussagen in der Polizeimeldung waren dem Ermittlungsstand nach verfrüht. Und Jay wusste bereits, was Sonya vermutete, bevor sie es aussprach.

»Weil du willst, dass es alleine Grzesinski war? Weil du den dicken alten Mann nicht leiden kannst? Weil du und dein Vater dann nichts mehr zu befürchten haben?«

»Nein«, sagte Jay und freute sich fast, wie falsch Sonya ihn einschätzte. Kein Impuls, kein Instinkt, es war eine rein rationale Entscheidung. Nicht Jays Jagdeifer, Jagdübereifer, und seine Abneigung gegen Grzesinski ließen ihn über das Protokoll hinwegsehen. Und auch nicht die Angst vor der eigenen Strafe. Es war pure Logik.

»Nein?«

»Es gibt nur zwei Optionen. Entweder Grzesinskis Alibi ist falsch und er hat das alleine gemacht, dann ist der Fall tatsächlich abgeschlossen«, sagte Jay ruhig. »Oder da draußen läuft noch irgendwo ein kleines Helferlein frei herum. Dann soll sich das jetzt gerne absolut sicher fühlen.«

58

Linientreue

Jay! Jedes Mal das Gleiche.« Jeanne versuchte, ein böses Gesicht zu machen, was ihr herzlich misslang.

»Sorry, das war wirklich spontan ... ich komme gerade von einem Einsatz.«

Sie umarmte ihn und verhedderte sich dabei mit den Zipfeln ihres Paschminaschals in einem von Jays Hemdknöpfen. Lachend pfriemelte sie an den dünnen Fäden.

»Da siehst du, wie sehr ich an dir hänge, mein Junge.«

Tatsächlich war der Besuch bei den Eltern nicht ganz spontan. Auf der Wiese vor Grzesinskis Häuschen hatte Jay den Plan geschmiedet. So tun als ob. Falls er wieder beobachtet werden würde. Er hatte Grzesinski und vielleicht eben noch jemanden unfreiwillig zu Aya geführt, dieses Mal ließe er sich nicht in die Karten schauen. Was würde er machen, wenn er den Fall wirklich für abgeschlossen hielte?

»Und weißt du was? Ich bleibe zum Abendessen.«

Sich von seiner Mutter bekochen lassen.

Zehn Minuten später lag Jay auf dem Bett seines Jugendzimmers, die Hände hinter dem Kopf verschränkt. Es sah noch alles aus wie früher. Dank Jeanne. Als er auszog, hatte Gunther *Regale bis unter die Ecke* einziehen wollen, Jays *altes Zeug* in Kisten packen und *Stauraum schaffen*. Überall platze das Haus aus allen Nähten, einen leeren Raum könne man sich da nicht erlauben. Das sei kein leerer Raum, hatte Jeanne gekontert, sondern ein Stück Erinnerung, und wenn Jays Kleiderschrank nach dem Auszug leer sei, könne Gunther dort gerne im Sommer seine Wintermäntel aufhängen, aber einen Speicher mache man nicht aus dem Zimmer ihres Sohnes, basta. Und so hingen die alten Poster noch, und die verstaubte Stereoanlage stand neben den Tim-und-Struppi-Heften im Regal vor der roten Wand. Auch gegen die hatte Gunther damals protestiert, rot mache aggressiv, das wisse man doch, wenn Jay schon streichen wolle, dann grau, dezent blau, aber nicht rot. Als Gunther ein Wochenende auf Fortbildung gewesen war, hatte Jeanne ihre Latzhose angezogen, und am Ende des Tages waren sie und Jay mit der Wand fertig.

»Hallo, Jay.«

Gunther stand in der Tür.

»Gunther, hallo. Jeanne meinte, du bist bei den Nachbarn.« Jay setzte sich auf.

»Ja ... ja. War ich. Ich leihe mir den Vertikutierer von denen. Die sind eigentlich ganz nett. Kennst du die schon? Jens und ... äh ... wie sie heißt, weiß ich jetzt gar nicht mehr.«

»Nein, kenne ich nicht.«

Einen Moment schwiegen beide, was Gunther sichtlich unangenehm war. Er ließ den Blick durch den Raum wandern, lächelte und klopfte gegen die Wand neben der Tür.

»Zurück in den alten Gemäuern.«

»Ja«, sagte Jay. Mehr fiel auch ihm nicht ein.

Wieder entstand eine dieser unendlich wirkenden Redepausen.

»Und ... du kommst von einem Einsatz, meinte Jeanne?«

»Ja«, sagte Jay schnell, »ja, ja. SEK sogar.«

»Oh, SEK.«

»Ja, eine Entführung.«

»Ach, das, was im Radio kam?«

»Kann gut sein.«

Bevor die nächste Pause entstehen konnte, drehte sich Gunther weg.

»Ich hole mal Getränke aus dem Keller. Trinkst du ein Bier mit?«

»Grzesinski ist übrigens tot.«

Gunther blieb stumm stehen. Ganz leise hörte Jay von unten das Brutzeln aus der Küche.

»Grzesinski ist tot?«

»Er hat sich umgebracht. Die Toten auf dem Koletzki-gelände, vermutlich steckte er dahinter. Er wusste, dass ich ihm auf der Spur bin.«

Gunther drehte sich wieder zu Jay, sah ihn ruhelos an.

»Die Morde? Was hatte er damit zu tun?«

»Er hat vermutlich zwei der vier getötet.«

»Grzesinski?«

»Ja.«

»Das ... und ich habe damals noch ... ich dachte ... gerade wegen der Toten in seiner Einheit ... dass man ihm helfen muss.«

Gunther nahm die Brille ab und massierte sich mit der anderen Hand die Schläfen.

»Ja, falsch gedacht.«

Jay merkte, wie hart der Tonfall gegen seinen Vater war. Gleichzeitig fiel es ihm schwer, etwas daran zu ändern. Hätte Gunther die Alkoholfahrt nicht unter den Tisch fallen lassen, wäre vielleicht ein Schlaglicht auf Grzesinski gefallen, das der Sache schon viel früher die nötige Aufmerksamkeit gebracht hätte. Und wahrscheinlich wäre man sogar stutzig geworden, wenn man sich angeschaut hätte, wo Grzesinski angehalten ...

Plötzlich stockte Jay.

Wo wurde er eigentlich angehalten?

Vielleicht war das der Beweis, den er suchte.

Vielleicht war es Grzesinski damals überhaupt nicht um die Alkoholfahrt gegangen. Verlust des Führerscheins, Nebensache.

Vielleicht war sein Problem gar nicht gewesen, *dass* die Kollegen ihn aus dem Verkehr gezogen hatten. Sondern, *wo* das Ganze passiert war. Nicht auf dem Rückweg von der Kneipe, auf dem Rückweg vom Koletzkigelände.

»Wo habt ihr damals Grzesinski kontrolliert?«

»Poah, Jay, das ist Jahre her.«

»Denk nach«, rief Jay eindringlich. »Bitte.«

Jay stand auf und stellte sich vor das Regal. Er durchwühlte die Schubladen, kniete sich dann auf den Boden und wurde zwischen den Reiseführern fündig. Ein Faltplan. Jay erkannte ihn sofort. Als Kind konnte er sich dafür begeistern, immer wieder malte er die Straßen Berlins davon ab, kreierte irgendwann seine eigenen Metropolen. Wie er die Stadtkarte auseinanderfaltete, fielen sie ihm entgegen. Bleistiftbekritzelte Papierbogen voller Straßen, Flüsse und Parks. *J-City* hieß eine der Fantasiestädte, eine andere trug den futuristischen Namen *Corbinian 2000*. Jay legte das Papier beiseite, breitete den Stadtplan aus.

»Kannst du hier einzeichnen, wo die Kontrolle war?«

Er griff zu der Werbetasse, die noch immer als Stifteaufbewahrung fungierte, und drückte Gunther einen Textmarker in die Hand.

»Ja, ja, lass mich kurz überlegen.« Gunther zog die Brille wieder auf und beugte sich über die Karte.

»Ich bin gleich wieder da.«

Jay spürte, wie das Adrenalin zurückkam.

Er stürmte die Treppe nach unten, sah seine Mutter von hinten am Herd stehen, französische Chansons durchströmten die dampfende Luft.

Keinen Meter aus der Haustür, Jay zog sie nicht zu, hatte er den Autoschlüssel bereits in seiner Hand.

Er beugte sich vom Beifahrersitz aus in den Wagen, öffnete das Handschuhfach und fand, was er suchte.

Die Ermittlungsakte Koletzki-Morde.

Er überblätterte Erstbericht, Zweitbericht, Tatort-Ermittlungsbericht, Fotos, Notizen.

Dann fand er, was er suchte.

Grzesinskis damalige Aussage.

Wo stand die Adresse? Wo war die Bar?

Jay sah sich kurz unsicher um, doch die Straße wartete regungslos auf den Abend. Mit der Akte in der Hand lief er zurück zum Haus.

Als Jay wieder ins Zimmer kam, stand Gunther noch immer über der Karte.

»Hier«, sagte er und zeigte auf ein rotes Kreuz, »hier müsste das gewesen sein. Da standen wir damals oft.«

Jay sah seinen Vater lange an.

»Und du bist dir sicher?«

Es wäre nicht Gunthers erster Irrtum.

»Ja, sicher. Ich sehe ihn da noch vor der Bäckerei das Auto parken und auf das Taxi warten.«

Jay schlug die Akte auf und legte sie neben den Stadtplan auf den Tisch. Grzesinskis Adresse stand ganz oben, bei den persönlichen Daten der bei der Vernehmung Anwesenden. Name, Dienstgrad, Telefonnummer, Adresse.

Er fuhr mit dem Finger suchend über die Karte, entdeckte die Straße, machte ein zweites Kreuz, dieses in Blau, und schrieb *Grzesinski* daneben.

Dann überflog er die Aussage. Die Kneipe, Grzesinski hatte von einer Kneipe gesprochen. In der er den ganzen Abend auf seine Jungs gewartet habe.

Krogmanns, da stand es.

»Kennst du Krogmanns?«

»Die Polizeikneipe?«

»Ja.«

Gunther beugte sich wieder vor. Er nuschelte Straßennamen und Kreuzungen vor sich hin, schwebte mit dem Stift wenige Millimeter über der bunten Stadtoberfläche. Dann senkte er ihn, machte erst einen Punkt, danach ein kleines schwarzes Kreuz.

Drei Kreuze hatten sie bisher auf den Stadtplan gezeichnet. Rot, blau, schwarz. Sie markierten ein ordentliches Dreieck, nicht gleichseitig, aber mit drei weit auseinanderliegenden Eckpunkten. Eine Gerade ließ sich nicht einmal mit viel Wohlwollen ziehen. Um vom schwarzen Kreuz zum blauen zu kommen, käme man niemals am roten vorbei.

Damit war eines klar.

Auf dem Heimweg von der Kneipe war Grzesinski nicht, als Gunther ihn damals angehalten hatte.

Aber wohin kam man, wenn man die Linie zwischen dem blauen und dem roten Kreuz weiterdachte?

Jay hielt den grünen Stift in der Hand und suchte nach dem Koletzkigelände.

59

Schnurlos

Halb besoffen ist rausgeschmissenes Geld, hatte sein Mathelehrer immer gesagt, und irgendwie stimmte das natürlich. Da war man drei Stunden in der Kneipe, hatte sich gerade das nächste Bier bestellt und musste dann raus in die kalte Nacht. Um die null Grad war das, mitten im April. Die Tage waren schon warm, abends kühlte es ab, selbst im Auto fror er noch. Aber so war das: Wenn du was werden wolltest hier in dem Laden, richtig was werden, musstest du buckeln. Musstest du die Sachen machen, die keiner machen wollte. Wie eben jetzt, den Abend unterbrechen, durch die kalte Nacht fahren, weil Holger und Schlüti nach offiziellem Dienstschluss kein Funkgerät dabeihatten und nicht an ihr Autotelefon gingen.

Wahrscheinlich waren die noch was essen oder tranken zu zweit ihr Bier oder waren schlicht zu müde für den Abend mit den Kollegen. Vorhin, als sie das letzte Mal telefoniert hatten, erzählten sie ja schon, wie anstrengend der Tag gewesen sei. Das ewige Verhör mit dem Schwarzen, gekrönt vom Ausflug zum Koletzkigelände. Mit links machst du das nicht. Es war überhaupt die Frage, wie lange das noch gut ging. Sachen wie das Koletzkigelände, ewig konnte man das nicht mehr machen. Die Öffentlichkeit war sensibel geworden, die linken Gutmenschen schlichen wie Wachhunde durch Berlin. Doch während Leute wie er, die

Polizei, die Deutschen vor gefährlichen Eindringlingen bewahrte, wollten die Wachhunde ebenjene ungebetenen, kriminellen Gäste vor der Polizei bewahren. Während ihre Kinder vermutlich an dem Zeug verreckten, das das Ausländerpack hier unter das Volk brachte. Verkehrte Welt, das gab es nur in Deutschland.

Hätte er gerade abbiegen müssen?

Nein, die nächste Ausfahrt war es, er erinnerte sich an die Werbetafel am Straßenrand, auch wenn er lange nicht hier gewesen war.

Wenn jetzt doch schon jeder sein eigenes schnurloses Telefon immer mit sich trüge. Dann müsste er nur kurz anrufen und alles würde sich vermutlich schnell klären. Er hatte das auf der IFA gesehen, letztes Jahr, angeblich dauerte es nicht mehr lange und alle liefen mit mobilen Geräten rum, wie sie heute die Manager hatten. Zum ersten Mal überhaupt waren Telekommunikationsfirmen bei der Funkausstellung gewesen, *T-MobilNet* prangte magentafarben über den Köpfen der Besucher. Vielleicht war es aber auch bloß die Hoffnung einer kriselnden Branche. Jeder Haushalt hatte einen Farbfernseher, fast jeder Stereoanlage und Videorekorder. Eigentlich gab es nichts mehr, was man brauchte. Daher mussten sie sich irgendetwas einfallen lassen, ob es sich durchsetzen würde oder nicht.

Dann kam die Ausfahrt. Er sah den abblätternden Koletzki-Schriftzug und fuhr durch das alte Tor. Schnapsidee, dachte er. Als ob die jetzt noch hier wären. Er würde einmal bis zur Halle fahren, damit er seine Schuldigkeit getan hätte. Damit er danach in die Kneipe zurückkönnte, das rausgeschmissene Geld trinkend in sinnvoll investiertes umwandeln. In fünf Minuten wäre er auf der Rückfahrt.

In fünf Minuten war er nicht auf der Rückfahrt.

60

Sekttablett

Jay stand im Garten und hielt sich sein Smartphone ans Ohr. Durch die Scheibe sah er seine Eltern im Wohnzimmer. Der beginnenden Dämmerung zuvorkommend hatte Jeanne das Licht angemacht. Wie ein Fernsehbild wirkte die erleuchtete Szene hinter der Scheibe. Sein Vater saß sprachlos, beinahe verwirrt am Esstisch, seine Mutter wickelte ein Best-of des Abendessens in Alufolie. Wieder würde Jay nicht zum Essen bleiben können, zu brisant war, was die vierte Markierung auf der Karte verhieß. Das grüne Kreuz.

Es begann zu tuten.

Einmal, zweimal.

Dann nahm Marcel ab.

»Jay, Gedankenübertragung, ich wollte dich gerade ...«

»Wo bist du?«

»Seit eben wieder im Kommissariat. Es hat ein bisschen gedauert, aber ...«

»Kannst du mir einen Gefallen tun?«

»Jay, interessiert dich gar nicht, was mit Grzesinskis Alibi ist?«

Es interessierte Jay, doch kannte er die Antwort bereits.

»Wasserdicht?«

»Erst hatte ich nur die Aussagen der Stammgäste von der Alten Schleuse, die waren sich zwar ziemlich sicher, erinnerten sich aber nicht genau an den Verlauf des Abends. Mit Uhrzeiten musst du denen nicht kommen.«

»Aber?«

»Die Dorfjugend. Ich habe dir gerade ein Video geschickt. Das wurde um kurz nach zwölf gepostet.«

Jay nahm das Telefon vom Ohr, spielte ab, was Marcel ihm übermittelt hatte. Viel erkennen konnte man nicht, im Vordergrund sprangen durch die schummrige Kneipenbeleuchtung kaum zu erkennende schwarze Silhouetten durchs Bild. Auch die Tonspur verriet noch nicht, was Marcel meinte. Heisere Jugendliche grölten einen aus den Boxen scheppernden Schlager mit, so laut, dass sich nicht einmal sagen ließ, ob sie einen männlichen oder einem weiblichen Interpreten gesanglich unterstützten. Irgendwann schwenkte der Filmende weg von der Gruppe Richtung Theke, hinter der die Wirtin eine Flasche Sekt in fünf Gläser auf einem Tablett verteilte. Und da, im Licht der Tresenbeleuchtung, erkannte Jay Grzesinski. Allein an der Bar, die Kippe im Mundwinkel.

»Woher wissen wir, zu welcher Uhrzeit das aufgenommen wurde? Vielleicht haben die das um zehn aufgenommen und erst um kurz nach zwölf gepostet.«

»Schau bis zum Ende, Jay.«

Die Kamera wackelte. Mit einer Hand ergriff der Filmende das Tablett mit dem Sekt und lief zurück zu seinen Freunden. *Zehn*, begann die Jugendgruppe zu zählen, *neun, acht, sieben, sechs, fünf, vier, drei, zwei, eins, Heyyyy.* Dann sang Stevie Wonder »Happy Birthday«.

»Jay? Jay? Bist du noch da?«

»Ja.«

»Bist du dir mit dem Zeitpunkt der Entführung denn ganz sicher?«

»Ja, um zehn vor zwölf habe ich noch mit Aya telefoniert, eine halbe Stunde später war sie nicht mehr in der Wohnung.«

»Dann hat Grzesinski Aya nicht entführt. Dann hat der irgendeinen Dummen gehabt, der das für ihn gemacht hat.«

»Ja«, sagte Jay langsam. »Oder er war selbst der Dumme.«

»Was?«

»Marcel, du musst etwas für mich herausfinden. Ich glaube, ich weiß, wo wir Grzesinskis Helfer finden.«

61

Achsenbruch

Jeanne hatte es ja gut gemeint. Zu gut gemeint. Sie hatte alles, was die Küche hergab, alles, was Jay zum Abendessen bekommen hätte, in Fladenbrot gewickelt und ihm mitgegeben. Bei jeder Ampel biss er einmal hektisch ab. Am Anfang ging das noch gut, aber bis der Wagen auf dem Krankenhausparkplatz zum Stehen kam, hatte er ein Stück vom Kartoffel-Hackfleisch-Auflauf auf der Hose, eine gegrillte Auberginenscheibe neben der Kupplung und den Minzjoghurt im Bart. Alles jeweils garniert mit feinem Taboulésalat. Die Mischung aus Übermüdung, Nervosität und einem auch ohne diese verstärkenden Faktoren unmöglich beim Autofahren zu konsumierenden Essen hatte dem Ganzen die Eleganz einer Tierfütterung verliehen, und Jay konnte nur hoffen, dass er während der Rotphasen nicht beobachtet wurde. Er wühlte nach einem Papiertaschentuch in der Ablage, fand nichts, wollte keine Zeit verlieren und wischte sich mit dem Handrücken den Mund ab, bevor er ausstieg. Das triefende Knäuel Alufolie landete hart im Mülleimer vor dem Eingang.

2217 hatte Sonya geschrieben. Jay versuchte, dem Übersichtsplan mit den vielen Pfeilen und überklebten Beschriftungen zu entnehmen, wohin er musste.

Geradeaus, links, Aufzug in den zweiten Stock.

Er lief so schnell er konnte, ohne die Aufmerksamkeit

der anderen auf sich zu ziehen. Gefühlt schlichen hier alle, Patienten, Besucher, sogar Pfleger und Ärzte schienen am Sonntagabend nicht in Eile.

Die Aufzugtüren entließen Jay in die zweite Etage.

2136, 2137.

Alle paar Meter bog Jay in neue Gänge ab, hier oben war es leerer als unten, übersichtlicher nicht.

»Jay!«

Dann hörte er Sonya in seinem Rücken.

»Sonya.«

»Aya ist wach.«

»Ich muss dir was zeigen.«

Er blickte durch den mintfarbenen Flur und entdeckte über der Vierersitzbank eine Pinnwand. Einen Menüplan gab es hier, das Ärzteteam stellte sich vor, in der Ecke prangte der Witz des Tages. Jay hängte zwei zufrieden grinsende Ärztinnen ab, zog den Stadtplan aus seiner Jackentasche, faltete ihn auf und befestigte ihn mit den frei gewordenen Stecknadeln an der Wand.

»Was machst du da?«

»Der Abend der Koletzki-Morde, ich habe mir das noch mal angeschaut.«

Sonya fasste sich ans Kinn.

»Du hast da was.«

Jay wischte sich erneut mit dem Handrücken über den Mund.

»Hier«, er zeigte auf das schwarze Kreuz, »ist die Kneipe, in der Grzesinski den Abend über war.«

»Okay.«

»Hier«, jetzt zeigte Jay auf das blaue Kreuz, »hat er damals gewohnt.« Mit einem Finger fuhr er den Weg zwischen den beiden Kreuzen hin und her. Bar – Zuhause,

Grzesinskis angebliche Strecke. »Die Alkoholkontrolle war aber hier.« Den Zeigefinger der anderen Hand presste Jay auf das rote Kreuz, weit weg von der Blau-Schwarz-Achse, die er mit seinem Finger immer wieder entlangglitt.

Sonya begriff sofort, was Jay meinte.

»Dann haben wir einen Beweis, dass Grzesinski damals gelogen hat.«

»Er war definitiv nicht auf dem Rückweg von der Kneipe.«

»Deswegen wollte er, dass dein Vater ein Auge zudrückt. Damit sich niemand wundert, wo er war. Und lass mich raten, die Kontrolle liegt auf dem Rückweg vom Koletzkigelände?«

»Genau das habe ich auch gedacht.«

Schritte näherten sich. Jay und Sonya blieben einen Moment ruhig. Dann bog Marcel um die Ecke. Außer Atem drückte er Jay einen Zettel in die Hand.

»Das ist die Liste.«

»Welche Liste?«, fragte Sonya.

»Genau das habe ich auch gedacht«, wiederholte Jay. »Vermutlich liegt die Kontrolle zwischen Koletzkigelände und Grzesinskis Adresse. Weil er dort war, die Kollegen gerächt hat und wieder weggefahren ist.«

»Aber?«

Jay zeigte auf das grüne Kreuz. Ganz unscheinbar prangte es in Köpenick, war zwar größer als die anderen drei, fiel jedoch farblich weniger auf. Sonya schaute Jay so verwundert an, wie er es selbst gewesen war, als er vorhin in seinem Jugendzimmer die Position der Kreuze verglich. Am allerweitesten war das grüne Kreuz vom roten entfernt. Weder auf dem Weg von der Kneipe nach Hause noch auf dem Weg vom Koletzkigelände nach Hause, nicht einmal auf dem Weg vom Koletzkigelände zur Kneipe lag das rote Kreuz. Die Stelle, an der Grzesinski aufgegriffen wurde.

»Er war woanders«, sagte Sonya leise.

»Er war woanders«, wiederholte Jay. »Und er hat lieber einen Polizeibeamten bestochen als zuzugeben, bei wem.«

62

Stecknadel

Neun kleine Stecknadeln, verteilt über halb Berlin. Eine davon starrte Jay seit Minuten an, regungslos, die Hände in die Hüften gestützt. Ganz allein stand er jetzt auf dem Krankenhausgang, Sonya und Marcel waren drinnen bei Aya. Die neunte Nadel, den Namen, den er kannte.

Er hatte die Idee gehabt, als er in seinem Jugendzimmer über die vier Kreuze gebeugt stand. Als klar war, dass Grzesinski in jener Nacht noch irgendwo war. Wenn es damals eine eingeweihte Person gegeben hatte, wieso sollte das nicht die gleiche sein, die ihm auch jetzt half? Sie hatten sich zu lange allein auf Grzesinski konzentriert. Schlüter und Heinsmann, natürlich waren es Grzesinskis Jungs, aber es waren ebenso die Kollegen der anderen. Aus zwölf Personen bestand die Operative Gruppe City West damals, Marcel hatte die Namen und Adressen zum Glück schnell gefunden. Sieben Männer und zwei Frauen standen auf der Liste. Oder besser: acht Unbekannte und ein Name, bei dem Jay sofort erschrak. Schon während sie die Straßennamen eintippten und auf dem Stadtplan suchten, ging er ihm nicht aus dem Kopf. Nach und nach stachen sie die Nadeln in die Karte, markierten das jeweilige Zuhause der damaligen Kolleginnen und Kollegen.

Acht steckten, als Marcel die neunte Straße vorlas, Sonya zum neunten Mal durchgab, wo sie zu finden war, und Jay die letzte Nadel in den Plan drückte. Mit den Blicken verfolgte er die Linie, von ihr bis zum blauen Kreuz, fuhr die Strecke gedanklich ab und bremste, als die Straße textmarkerrot wurde. Startete man bei der neunten Adresse und wollte zu Grzesinskis Wohnung, kam man an der Stelle vorbei, an der laut Gunther die Verkehrskontrolle stattgefunden hatte.

Plötzlich ging die Tür auf. Marcel.

»Sie ist ansprechbar. Sie will uns was sagen.«

Jay folgte ihm in den schwach beleuchteten Raum, sah das hohe weiße Bett, die müde Aya. So viel er sich schon mit ihr beschäftigt hatte, zum ersten Mal überhaupt sah er Aya wirklich. Große braune Augen, kurze Haare. Ihre Oberlippe war dicker als die Unterlippe, wie bei ihrer Mutter. Sie war genauso alt wie Aissa bei ihrem Tod, achtundzwanzig. Während jene jedoch älter ausgesehen hatte, wirkte Aya deutlich jünger. Nichts hatte sie erwachsen werden lassen.

Sonya saß neben ihr und hielt ihre Hand, wie vorhin in Grzesinskis Saunaschuppen.

»Hallo, Frau Diallo.«

Aya antwortete nicht.

»Ich bin so froh, dass Sie leben.«

Sie schwieg weiter. Jay konnte es ihr nicht übel nehmen, sie wusste nichts von ihm, er so viel von ihr.

»Sie hat gesehen, wer sie entführt hat«, sagte Sonya leise in Jays Richtung.

»Was?«

»Also nicht, wer in die Wohnung eingebrochen ist. Das war eine schwarz vermummte Gestalt. Und da wurde ihr sofort das Tuch unter die Nase gehalten. Aber ...«

»Was haben Sie gesehen, Aya?«, wandte sich Jay direkt an die zerbrechliche junge Frau unter der Bettdecke.

»Ganz kurz nur«, flüsterte Aya. »Durch eine Ritze. In dem Holzschuppen. Finden Sie die?«

»Wen haben Sie gesehen?«

»Da sind die beiden gelaufen.«

»Die beiden? Zwei Personen? Und Sie haben beide erkannt?«

»Nein, eine Person. Können Sie die finden? Ich habe Angst.«

Dann hatte Jay eine Idee. Er holte sein Telefon aus der Hosentasche und öffnete seine Fotosammlung. Wo war das Bild vom Freitag? Er strich über das Display, bis er fand, wonach er suchte.

»Ist die Person, die Sie gesehen haben, hier drauf?«

Zehn Sekunden später war Jay aus der Tür und eilte den Krankenhausgang entlang. Er hörte Sonya hinter sich.

»Jay, was hast du vor?«

»Ich kümmere mich drum. Sie wird keine Angst mehr haben müssen.«

»Versprichst du mir, dass das kein Alleingang wird?«

Jay drehte sich kurz um, sah Sonyas besorgtes Gesicht und nickte.

Dann wählte er Marthas Nummer.

63

Zitronenbaum

Sie hatten doch Koletzki gesagt, vorhin am Autotelefon, oder? Langsam ließ er seinen Ford über das geteerte Gelände rollen. Schnell noch zum Koletzki, dann ins Krogmanns. Bis später. Ja, ganz sicher, sie hatten es beide gehört.

Stockdunkel war die Nacht. Die vereinzelten Laternen warfen Schlaglichter auf das verkommene Grundstück. Eine Kerzenfabrik war das früher, vor der Wende, wenn ihn nicht alles täuschte. Halb abgebrannt, dann stillgelegt.

In seinem Schädel machte sich das rausgeschmissene Geld bemerkbar. Halb besoffen, Scheißzustand.

Wohin fuhr man noch gleich?

Wenn er es richtig im Kopf hatte, war es da vorn, vor dieser Halle, Halle 3.

Er war schon lange nicht mehr hier gewesen. Inzwischen war er weg vom Dienst auf der Straße, weg von ständigen Festnahmen und Vernehmungen. Er war einer der Strategen. Er überlegte sich Abläufe, versuchte, die Gruppe effizienter werden zu lassen. Irgendwann würde man ihm vielleicht sogar eine leitende Funktion zutrauen, er musste sich bloß mit den richtigen Leuten gut stellen. Das war es, was die meisten nicht verstanden. Es ging immer nur um Leute, um Kontakte. Klar konnte man auch mal mit einer grandiosen Idee punkten, aber wie oft kam das vor? Achtzig Prozent war Vitamin B. So was wie jetzt, nachts durch Berlin eiern, damit andere in der Kneipe bleiben und den Feierabend genießen konnten.

Er merkte, dass er pfiff.

Er hatte gar nicht bewusst damit angefangen, es passierte einfach. Wenn er getrunken hatte, kam das häufiger vor, er lief pfeifend durch die Straße, manchmal sogar durch das Treppenhaus. Die aus der zweiten hatte sich schon beschwert. Hier würde sich niemand beschweren.

I wonder how, I wonder why, yesterday you told me 'bout the blue blue sky.

Ganz leise drang der Ohrwurm der letzten Wochen aus dem Autoradio, umso lauter pfiff er mit. Eine Runde würde er drehen, danach zurück in die Kneipe.

Plötzlich sah er das Auto.

Erst war er sich nicht ganz sicher, dann erkannte er das Kennzeichen der Kollegen.

Etwas abseits der Laderampe stand es da, mit offener Fahrertür.

Waren sie doch noch hier?

Er parkte direkt dahinter und stieg aus.

Der Wagen war leer, eiskalt, die Tür musste schon einige Minuten offen gestanden haben.

»Holger? Schlüti?«

Er rief die Namen der Kollegen in die Nacht, bekam keine Antwort.

Noch immer pfiff er, auch wenn ihm die Situation merkwürdig vorkam. Stunden war es her, dass Holger und Schlüti mit dem Schwarzen hierhergefahren waren. Was machten sie so lange?

Er lief zurück zu seinem Auto und holte die Pistole. Sicher war sicher.

Und obwohl oder gerade weil ihm das hier unheimlich wurde, pfiff er die fröhliche Melodie weiter vor sich hin.

Wie früher, wenn er als Junge auf dem Weg zum Fußballtraining durch das kleine Waldstück gehen musste. Und die Angst einfach mit Pfeifen übertönte.

Da!

Vorn vor der Laderampe stand noch ein Auto.

Es gab viel Schrott auf dem Gelände, aber das sah noch intakt aus.

Er hielt seine Waffe mit beiden Händen.

Vielleicht war es doch mehr als halb besoffen, eher dreiviertel besoffen fühlte er sich gerade. Oder es war das Adrenalin. Was war hier los?

Von hinten näherte er sich dem Wagen.

Roter Mazda 626, ein paar Jahre hatte der auf dem Buckel.

Auch hier saß niemand drin.

Aber da war etwas, vor der Kühlerhaube, auf dem Boden.

Er schlich an der Fahrerseite um den Mazda, stieß sich beinahe am Seitenspiegel.

Dann sah er es.

Den blutverschmierten Reifen.

Holger, regungslos vor dem Auto.

Daneben noch ein blutüberströmter Körper.

Schlüti.

Nein, sagte er sich. Nein. Nein. Nein. Nein, nein, nein.

Sie waren tot.

Die OG City West war angegriffen worden.

Überfahren mit einem Auto.

Von wem?

Der Neger? Hat der verrückte Dealer sie reingelegt?

Dann hörte er ein ganz leises Stöhnen, das sofort von einem *Pssst* unterbunden wurde. Es kam von oben, aus der Halle hinter der Laderampe.

Die Mörder waren noch da.

64

Ausflug

Jay sah das Messingschild mit dem Familiennamen und klingelte. Er hörte Schritte näher kommen, dann ging die Tür auf.

»Guten Abend«, sagte die Frau, die Jay nur von dem einen Foto auf dem Schreibtisch kannte. Überrascht, aber höflich.

»Entschuldigen Sie die späte Störung. Jerusalem Schmitt, ich bin ein Kollege Ihres Mannes. Ist er da?«

Jay versuchte, an ihr vorbei in den Flur des Einfamilienhauses zu schauen. Die Tür zum Wohnzimmer stand einen Spalt offen, es roch nach Braten. Eine jungenhafte Stimmbruchstimme diskutierte mit einem Mädchen, wer das Vanilleeis aus dem Keller holen müsse.

»Geht das jetzt so weiter? Er hat gerade erzählt, es würde endlich ruhiger.«

Jay wusste nicht, was er antworten sollte.

»Steffen«, rief sie in Richtung des Wohnzimmers. Im Hintergrund lachten die Jugendlichen.

Dann öffnete sich die angelehnte Tür. Ein schlaksiger Mann im beigefarbenen Pullover kam auf die beiden zu, erkannte Jay im hellen Licht des Hauseingangs.

»Herr Schmitt! Einen schönen guten Abend, damit habe ich nicht gerechnet.«

»Guten Abend, Herr Bäumert.«

»Ich … ich gehe dann mal wieder«, sagte die Frau und trat beiseite. »Dauert das länger?«

Jay bemerkte den Unterton in ihrer Stimme.

»Das … ähm … wird Herr Schmitt uns vielleicht sagen können.« Bäumert sah den ungebetenen Gast fragend an, Jay hingegen wandte sich an die Frau.

»Ich werde Ihnen Ihren Mann am Sonntagabend nicht länger entführen als nötig, aber ich brauche seinen Rat.«

»Dann hat er Pech gehabt«, sagte sie schnippisch, »wir werden mit dem Nachtisch nicht warten.«

Fünf Minuten später saß Bäumert neben Jay auf dem Beifahrersitz und sah fassungslos nach draußen. Die heimelig beleuchteten Fenster der Bessere-Leute-Häuser zogen spiegelnd über die Autoscheiben. Grzesinski, Bäumerts Vorgänger als Leiter des LKA 4, war tot. Jay konnte ihm die Neuigkeit nicht ersparen. Er erzählte von dem Selbstmord, von Aya, der Verbindung zu den Toten auf dem Koletzkigelände. Der dicke Grzesinski, ein Mörder.

»Und wofür brauchen Sie mich?«, fragte Bäumert nach längerer Pause.

»Ich bin mir nicht sicher, ob Grzesinski das alleine machen konnte. Es gibt ein paar Gründe, die dagegensprechen.«

»Sie glauben, er hatte Unterstützer? Rechtsradikale?«

»Nein. Ich glaube, es gab innerhalb der Polizei jemanden, der ihm half. Jemanden mit Einfluss.«

Bäumert schwieg. Jay überlegte, ob er den Weg im Kopf hatte oder nachschauen sollte. Da vorn müsste er auf jeden Fall erst einmal abbiegen.

»Und … wer soll das sein?«

Jay sah in den Rückspiegel und drehte am Lenkrad. Dann blickte er kurz zu Bäumert.

»Kann ich Ihnen vertrauen?«

Bäumert nickte.

»Ich überlege, ob Martha Klewicz etwas mit der Sache zu tun hat.«

»Martha Klewicz?«, fragte Bäumert überrascht.

»Martha Klewicz, Dezernatsleiterin LKA 1, Delikte am Menschen. Quasi meine Vorgesetzte.«

Bäumert brachte keinen Ton heraus.

»Und deswegen wende ich mich an Sie. Ich kann schlecht durchs Kommissariat laufen und Vermutungen anstellen, die Chefin hat mit einem Mordfall zu tun.«

»Aber wie kommen Sie darauf?«

Jay atmete kurz durch. Dann erzählte er von Marthas andauernden Bemühungen, seine Ermittlungen zu lenken, ihrer Gereiztheit in den letzten Tagen, den Aufgaben, die sie auf ihn abwälzte, um vermutlich genug Zeit zu haben, mit Grzesinski einen Plan auszuhecken. Jay bog erneut ab.

»Wohin fahren wir?«

»Nicht in die Keithstraße, Kommissariat ist mir zu heikel. Ich wurde schon einmal verfolgt. Niemand weiß, dass ich zu Ihnen gefahren bin.«

Mehr sagte Jay nicht, fuhr weiter den Weg, den er noch nie gefahren war, zu dem Ort, an dem er noch nie gewesen war.

»Kennen Sie die Gegend?«

Bäumert schüttelte den Kopf.

»Ich auch nicht. Aber ich habe eine Theorie, und es würde mich interessieren, was Sie davon halten. Wir sind bald da.«

Dann schwiegen sie eine Weile. Bäumert entschuldigte sich für seine Wortkargheit, die Nachricht vom Selbstmord seines Vorgängers schocke ihn, er habe nie viel mit Grzesinski zu tun gehabt, doch immerhin sei man jahrelang gemeinsam in diesem Apparat gewesen. Tür an Tür mit einem Mörder, er könne das immer noch nicht richtig glauben.

Ja, man könne sich täuschen in den Menschen, sagte Jay. Dann sah er die Aufschrift auf der Wand und bog in die Einfahrt.

»Waren Sie mal hier?«

Bäumert versuchte, im Dunkeln irgendetwas zu erkennen. »Nicht, dass ich wüsste.«

»Koletzkigelände, hier war das damals.«

Jay machte das Nebellicht an, um sich besser orientieren zu können. Soviel er gelesen hatte von der Nacht in den Neunzigern, von dem heruntergekommenen Industriegelände, da gewesen war er noch nie. Er versuchte, sich an sein Lego-Modell zu erinnern, an die Anordnung der Bauklotzhallen. Geradeaus, dann links und dann noch einmal rechts. Dann fuhr man auf Halle 3 zu.

»Also«, sagte Jay ruhig, »hierhin bringen die beiden Polizisten Mouhamadou Diallo, abends gegen zehn. Was sie nicht wissen: Seine Frau Aissa hat vor der Wache auf ihn gewartet. Sie folgt dem Auto, fährt kurz darauf den gleichen Weg.«

Die Wände links und rechts waren bis auf die letzten Zentimeter mit Graffiti vollgemalt. Angeblich hatten sich zwischenzeitlich auch Künstler hier ihre Ateliers eingerichtet, hatte Jay gelesen, einer Webseite nach zimmerte ein junger Italiener in einer der Hallen Tische. Ohne rechtliche Grundlage vermietete ein findiger Berliner Wohnwagenstellplätze. Jetzt am Sonntagabend schien das Gelände menschenleer.

Jay sah vor sich die Laderampe aus dem Dunkeln auftauchen und bremste ab. Er beugte sich über Bäumert und öffnete das Handschuhfach.

»Ich müsste einmal kurz …« Dann hielt Jay seine Dienstwaffe in der Hand. »Nur zur Illustration«, sagte er freundlich.

Die beiden stiegen aus, Jay ließ das Licht der Scheinwerfer weiter brennen.

»Hier war das?«

»Ja, genau«, sagte Jay. »Irgendwo hier setzen die beiden Polizisten Diallo ab und halten ihm die Waffe an den Kopf.«

Jay lief ein paar Meter vom Auto weg, die Treppe zur Laderampe nach oben. Er zielte auf einen imaginären Mo. Angestrahlt wie ein Schauspieler stand er im Licht der Autoscheinwerfer auf seiner Bühne.

»Es sieht sehr echt aus, das ist ja der Sinn des Ganzen«, rief Jay so laut, dass Bäumert ihn über die Distanz gut verstehen konnte. »Vielleicht fällt sogar ein Schuss.«

»Und Sie meinen, die Frau hat das gesehen?«

»Genau, jetzt kommt Aissatou«, Jay stieg die Treppe wieder hinunter und ging zum Auto, »sieht die Szene und denkt, ihr Mann wurde erschossen. Sie dreht durch. Angst, Hass, Rache, Wut, alles gleichzeitig. Als die Polizisten zurückkommen, greift sie zur einzigen Waffe, die sie hat. Ihr Auto.«

»Sie überfährt die Polizisten?«

»Davon gehe ich aus. Nur: Als sie Mo findet, merkt sie, dass er noch lebt. Verprügelt, schwer angeschlagen, Schlüter und Heinsmann haben ihn stundenlang zugerichtet. Aber er lebt.«

Beide blickten auf die Laderampe, auf die leere Stelle, auf die Jay eben noch gezielt hatte.

»Wieso hauen die beiden nicht direkt ab?«

»Weil sie in Panik sind oder weil Mouhamadou halb tot ist, das weiß ich nicht genau. Aber ich weiß, dass

Blutspuren von ihm in der Halle gefunden wurden. Und dass Aissatou vom Autotelefon der Polizisten aus zu Hause bei ihrer Tochter angerufen hat.«

Bäumert vergrub die Hände in den Hosentaschen. Offensichtlich fror er. Er hatte sich nur eine dünne Jacke über den Pullover gezogen, war nicht vorbereitet auf die abendliche Exkursion ins Nirgendwo. Seine Ohren waren rot. »Und dann kommt Grzesinski und bringt die beiden Afrikaner um?«, versuchte er, Jays Ausführungen abzukürzen.

»Ja. Er wartet in der Kneipe, die beiden kommen nicht. Deswegen macht er sich Sorgen und fährt her. Findet Mouhamadou und Aissatou Diallo vor, zwingt sie in ihr Auto und erschießt sie da mit den Waffen der toten Polizisten.«

Bäumert schwieg.

»Klingt das logisch?«

»Herr Schmitt, das ist jetzt wirklich nicht einfach für mich … ich bin da auch nicht in dem Fall.« Er bemerkte Jays enttäuschtes Gesicht. »Aber ja, ja, auf den ersten Blick klingt das logisch.«

»Wussten Sie, dass er in der Nacht noch in eine Alkoholkontrolle geraten ist?«

»Grzesinski?«

»Ja.«

»Nein.«

»So bin ich auf die Sache gestoßen.«

Jay erzählte von seinem Vater, der die Anzeige wegen Alkohols am Steuer gegen eine Gefälligkeit unterschlagen habe. Es sei ihm unangenehm, aber man müsse es wohl Bestechung nennen. Deswegen habe er Grzesinski ja gesucht, um herauszufinden, was es mit der Anzeige auf sich habe. Bäumert erinnere sich an seinen Besuch? Der Chef des LKA 4 rückte sich seine randlose Brille zurecht und nickte. Und dann sei beim Alten die Panikmaschine angelaufen. Die Tochter, da war doch was, die war der Polizei gegenüber immer so misstrauisch gewesen und hatte von einem angeblichen Beweis gesprochen. Darum habe Grzesinski Aya finden wollen, unbedingt, vor Jay, und dafür, vermutlich mithilfe seiner Komplizin, einen Plan ausgeheckt. Den Plan, Jay abzulenken, mit einem außergewöhnlichen Mord für die Mordkommission für außergewöhnliche Fälle. Eine Tote im Altersheim mit rätselhafter Botschaft. Es ehre das Mörderduo ja fast, eine Frau ausgewählt zu haben, die zumindest nicht mehr lange gelebt hätte. Wahrscheinlich sei der Hintergrund jedoch eher die reibungslose Umsetzbarkeit des Mordes gewesen, von der Grzesinski durch den persönlichen Kontakt zum Gregorhof gewusst habe. Sprenger? Gregorhof? Persönlicher Kontakt? Bäumert musste an einigen Stellen nachfragen, Jay hetzte durch die Geschichte ohne Rücksicht auf sein Gegenüber. Wie auch immer, Grzesinski habe es geschafft, habe in Ruhe nach Aya suchen können, während Jay mit alten Volksliedern beschäftigt gewesen und irgendwann am Beginn des Ersten Weltkriegs angekommen sei. Doch Grzesinski habe sie nicht gefunden. Erst als er, Jay, Aya ausfindig gemacht habe, sei der ihr auf die Spur gekommen. Und dann die Entführung, bevor Jay mit ihr habe sprechen können. Aber auch da sei der Plan nicht aufgegangen. Der nächtliche Anruf von Aissatou, von der verängstigten Tochter mit dem Kassettenrekorder aufgenommen, Jay habe die Aufnahme finden können. So entspannt Grzesinski damit konfrontiert am Morgen gewirkt habe, so nervös sei er wohl eigentlich gewesen. Aya in der Sauna, die Polizei auf den Fersen, er schien keinen Ausweg mehr zu sehen. Und dann einfach … Jay hielt sich seine Pistole an die

Schläfe und zog sie mit einer schnellen Bewegung nach oben, als gebe er einen Schuss ab.

»Klingt das für Sie auch logisch?«

Wieder tat sich Bäumert mit einer Antwort schwer. Ja, sehr ausgeklügelt sei das alles, überzeugend. Nur sehe er nicht, wieso Jay von mehreren Tätern ausgehe. Sei es nicht viel praktikabler und realistischer, dass Grzesinski das allein gemacht habe?

Jay überlegte kurz. Ja, jetzt wo er es sage, vielleicht habe Grzesinski das auch ohne fremde Hilfe hinbekommen. Vielleicht sei es einfach der Alleingang eines Durchgedrehten gewesen. Nur würde er das mit Martha überprüfen müssen und hoffe auf Bäumerts Rückendeckung.

Was die denn für ein Interesse habe, Grzesinski zu helfen, fragte Bäumert.

Jay überlegte. Eine Verflossene?

Von einem der umliegenden Hallendächer tönte ein dumpfer Schlag. Bäumert sah Jay an. Ob er das auch gehört habe?

»Grzesinskis Geist.« Jay lachte bitter. »Wahrscheinlich eher eine Katze.«

Sie gingen langsam zurück Richtung Auto. Als sie schon fast an ihren jeweiligen Türen angekommen waren, hielt Jay an und blickte zu seinem Begleiter auf der anderen Seite der Motorhaube.

»Vielleicht haben Sie recht.«

Bäumert hielt erstaunt an und blickte zu Jay.

»Vielleicht muss man eher schauen, wer ein wirkliches Interesse hat, Grzesinski zu helfen.«

Die beiden standen sich jetzt genau gegenüber, zwischen ihnen der alte Volvo.

»Und wer soll das sein?«

Jay machte eine Pause, überlegte, bevor er antwortete. »Kann sein, dass alles keinen Sinn ergibt, aber ich spinne jetzt einfach einmal ein bisschen herum.«

Bäumert sah kurz auf die Uhr, wovon Jay sich nicht aufhalten ließ.

»Sagen wir, die Gewalt gegen Ausländer war in Grzesinskis Operativer Gruppe ein offenes Geheimnis. Sagen wir, Grzesinski hat nicht alleine in der Kneipe auf Schlüter und Heinsmann gewartet. Sondern zum Beispiel mit einem jungen Kollegen. Aufstrebende Nachwuchskraft. Und er ist nicht selbst zum Koletzkigelände gefahren, er hat *den* dorthin geschickt, um nach dem Rechten zu sehen. Und entsprechend hat gar nicht Grzesinski Mouhamadou und Aissatou Diallo umgebracht, sondern der Kollege. Mit ein paar Bier im Schädel, aus Rache für die ermordeten Kollegen. Und vielleicht auch, weil es eben Schwarze waren, Flüchtlingspack, keine Ahnung. Dann fährt er heim, völlig fertig, langsam wird ihm bewusst, was er angerichtet hat. Und er ruft in der Kneipe an, will Papa Grzesinski sprechen. Dieter, Dieter, ich habe Mist gebaut. Grzesinski, inzwischen bumsvoll, fährt sofort hin. Ein, zwei Stunden diskutieren sie, was zu tun ist. Sie sind jetzt eine Schicksalsgemeinschaft. Für den Jungen geht es um die Vertuschung eines Mordes, für den Alten immerhin um die Karriere. Denn wenn rauskommt, wozu das Koletzkigelände dient, gerade nach den Schlagzeilen um den Hamburger Polizeiskandal, dann gute Nacht Polizeilaufbahn. Aber ihre Story klingt überzeugend, zwei Schwarze rasen auf die Polizisten zu, die erschießen sie im Affekt. Böse Schwarze, Polizisten in Notwehr, alles gut. Dann fährt Grzesinski heim. Wird dummerweise auf dem Weg nach Hause von der Polizei angehalten. Lappen weg, beschissen. Noch beschissener: der

Ort der Kontrolle. Denn der war nicht auf dem Heimweg von der Kneipe, sondern eben auf dem Heimweg von dem Kollegen.«

Ganz langsam bewegte sich Jay, weg von der Fahrertür, wieder zum vorderen Ende seines Autos.

»Na ja, halb so wild. Als Mann mit Einfluss lässt sich herausfinden, was der diensthabende Polizist für Wehwehchen hat. Mit einem kleinen Gefallen und vorgespielter Trauer um die Kollegen wandert die Anzeige in den Papierkorb. Und damit ist Ruhe. Zwanzig Jahre Ruhe. Für beide. Wie klingt das bisher?«

Bäumert sah Jay einige Momente nicht in die Augen, schien die Umgebung zu prüfen. »Ich glaube«, sagte er dann mit ruhiger Stimme, »dass das vielleicht wirklich ein bisschen weit hergeholt ist.«

»Ja?«, fragte Jay. »Wie gesagt, das kann sein, ich spiele das gerade nur als Möglichkeit durch.«

Kurz starrten sie sich gegenseitig an.

»Na ja, wenn«, und Jay betonte das *wenn* außerordentlich, »wenn sich das so zugetragen hätte, wäre vor wenigen Tagen gleich zwei Leuten die Pumpe gegangen. Ich, Jerusalem Schmitt, der schon einmal einen schwierigen Fall gelöst hat, bin ihnen auf der Spur. Und es gibt da noch dieses verdammte Mädchen, das man damals erfolgreich eingeschüchtert hat, das aber irgendetwas zu wissen scheint, was auch immer. Sie beraten sich, sie überlegen, wie sie den Schnüffler davon abbringen können, der Sache nachzugehen. Dann die Idee mit der kranken Frau im Altersheim. Halb so schlimm, die würde es ja nicht mehr lange machen. Man braucht nur etwas Außergewöhnliches, ein paar Hinweise, Rätsel, die mit ihr zu tun haben, die aber auch nicht zu schwer zu lösen sind. Futter für die Neunte, gib dem

Affen Zucker. Grzesinski bringt sie nicht um, zu riskant, dass ihn irgendwer erkennt. Er gibt dem Jungen ...«

Jay unterbrach sich kurz.

»Gut, inzwischen wäre der vermutlich gar nicht mehr so jung.«

Er blickte auf die Motorhaube und schien zu rechnen.

»Anfang fünfzig?«

Dann sah er Bäumert wieder in die Augen.

»Er gibt dem jüngeren Kollegen die Infos, die der braucht. Uhrzeit, Türcode, Sauerstoffgerät. Kein Hexenwerk. Der Plan geht auf, die Alte stirbt, ich bin beschäftigt. Das Mädchen lässt sich trotzdem nicht finden. Die Spur verläuft sich im Kinderheim, trotz mehrerer Anrufe kommt man nicht weiter. Und plötzlich geht dieser Jerusalem Schmitt der Sache doch nach. Findet Marième, weil sie nicht mehr Marième heißt, sondern Aya. Jetzt muss es schnell gehen, bevor sie sich mir anvertrauen kann. Grzesinski, ohnehin im Fokus des Schnüfflers, macht sich wieder nicht strafbar, verbringt den Abend in der Kneipe, holt sich da sein Alibi. Der Kollege, inzwischen dreifacher Mörder, bricht bei Aya ein und entführt sie. Kein Problem, gute alte Polizeischule.«

Noch einmal schob sich Jay Zentimeter um Zentimeter näher an die Front des Autos. Er war sich nicht sicher, aber es schien, als rücke Bäumert in der gleichen Geschwindigkeit auf seiner Seite nach hinten.

»Dann überschlagen sich die Ereignisse. Ich stehe mit einer Kollegin bei Grzesinski vor der Tür. Fasele von Polizeigewalt bei der Operativen Gruppe City West. Verdammt nah dran. Zum Glück lasse ich mich abwimmeln. Und jetzt ...«

Jay machte den Schritt vor das Auto, stand nun mitten im Licht der Scheinwerfer.

»Und jetzt kommt der Moment, wo der jüngere Kollege eigene Wege gehen muss. Umplanen. Die Schlinge zieht sich zu, man kommt nicht mehr raus aus der Nummer. Zumindest zusammen. Und alleine? Wenn Grzesinski alle Schuld auf sich nähme, die Morde damals, den Mord an Sprenger, die Entführung, dann wäre man selbst fein raus. Nur würde der alte Fettsack das nicht machen. Also gibt es bloß eine Möglichkeit, damit endlich Ruhe ist. Damit man endlich einfach sein Leben leben kann. Ein schönes Wohlstandsleben mit der Familie, im eigenen Haus, hier und da reisen. Denn als Grzesinskis Protegé hat man inzwischen eine ordentliche Position bekommen. Aber auf die alte Schicksalsgemeinschaft kann man jetzt keine Rücksicht mehr nehmen. Man muss den eigenen Arsch retten. Und den ehemaligen Vorgesetzten opfern.«

Jay bog um die Frontpartie des Autos, war nun auf Bäumerts Seite, der sich jedoch weiter nach hinten bewegte, auf Höhe der Tür der Rückbank war. Leise begann Jay, die Zeile zu singen, die er noch von den Kirchenbesuchen in Kindertagen kannte.

»Danke, dass ich all meine Sünden auf dich werfen mag.«

»Herr Schmitt«, sagte Bäumert leise, »Sie machen mir Angst. Sie steigern sich da in Ihre Fantasien.«

»Fantasien? Bislang klingt das doch alles ganz plausibel, oder? Zumindest erklärt es, wieso Grzesinski damals an einem Ort fernab von zu Hause, Kneipe und Koletzkigelände angehalten wurde. Und warum er ein Alibi für die Entführung von Aya hat.«

Bäumert schwieg.

»Wer einmal einen Tatort manipuliert hat, kann das auch ein zweites Mal tun. Wieder etwas anders aussehen lassen, als es war. Denn Grzesinski hat sich gar nicht umgebracht.

Er wurde umgebracht. Als Sündenbock. Der vierte Mord, dieses Mal sollte es tatsächlich der letzte sein. Das Mädchen ließ man sogar leben, sie hatte ja ohnehin nichts gesehen.«

Bäumert war inzwischen hinter dem Auto, Jay kam ihm langsam entgegen.

»Irgendwie finde ich keinen Haken an der Theorie.«

Bäumert sagte kein Wort, war inzwischen auf der anderen Seite des Autos angelangt.

»Jetzt müsste man nur noch wissen, wer damals alles in der Operativen Gruppe City West war.«

»Viele«, flüsterte Bäumert.

»Ja, neun. Vielleicht ist ja jemand dabei, von dessen damaliger Adresse Grzesinski auf dem Weg nach Hause genau in die Polizeikontrolle geraten konnte.«

»Vielleicht.«

»Ich habe die Adressen geprüft. Nur eine kommt infrage. Seegefelder Straße, Spandau. Sagt Ihnen das was?«

Jay stand jetzt hinter dem Auto, Bäumert war fast vorn an der Motorhaube.

»Hat Martha Klewicz da gewohnt?«

Bäumert antwortete nicht.

»Nein, hat sie nicht.«

Bäumert stand im prallen Licht der Autoscheinwerfer.

»Sie haben da gewohnt, Herr Bäumert.«

»Das ist krank, das ist völlig krank.«

»Meinen Sie?«

»Eine Adresse? Wirklich? Sie wollen mir etwas anhängen mit einer Adresse von vor zwanzig Jahren? Haben Sie irgendeinen Beweis?«

»Ich bin mir auch recht sicher, dass Sie keine Alibis für die Zeiten aller vier Morde haben. Und die Entführung von Aya.«

Bäumert lachte auf.

»Und vielleicht hat Aya ja doch etwas gesehen? Hat sie vielleicht erkannt, wer sie entführt hat?«

»Sie bluffen.«

»Ich war gerade bei ihr. Im Krankenhaus. Ich habe ihr unseren Schnappschuss vom Freitag gezeigt. Sie hätten sehen sollen, wie sie gezittert hat. Wie sie sich mit den Fingernägeln in die Bettdecke gekrallt hat.«

Dann, mit einem Mal, schnellte die Motorhaube nach oben.

Jay sah für einen Moment nichts, hörte nur, wie Bäumert losrannte.

»Herr Bäumert!«

Jay lief hinterher, die Waffe noch immer in der Hand.

Die Treppe, Bäumert war die Treppenstufen zur Laderampe hochgerannt.

Jay hetzte hinterher.

Auf einmal war es ruhig.

Hinter einer der Säulen auf der Laderampe würde Bäumert lauern.

Jay ging den Weg langsam ab. »Was mich ja nur interessieren würde«, sagte er. »Hatten Sie die ganzen Jahre eigentlich ein schlechtes Gewissen? Hat Ihnen das Ganze leidgetan?«

Jay blickte mit gezogener Waffe hinter die erste der Säulen. Nichts.

»Für Mouhamadou, der um die halbe Welt gelaufen ist, um in Deutschland glücklich zu werden? Der keine Arbeit fand und dann fast zu Tode gequält wurde, weil er ein bisschen Haschisch verkauft hat?«

Jay lief den Gang weiter, versuchte, in seinen Redepausen, Bäumerts Atem zu hören, ohne Erfolg.

»Für Aissatou? Die sich geirrt hat? Die eine täuschend echt aussehende Hinrichtung für eine reale Hinrichtung hielt? Und deswegen zwei brutale Polizisten ermordet hat?«

Auch hinter der zweiten Säule war Bäumert nicht.

»Für Sprenger, die zumindest noch eine Zeit lang gesungen hätte? Für Grzesinski, der Ihnen all die Jahre beigestanden und Sie gedeckt hat?«

Jay hielt seine Waffe jetzt weit vor dem Körper. Keine gute Idee in so einer Situation, das wusste er. Er machte sich angreifbar.

»Oder wenigstens für Aya? Für ein kleines Mädchen, das durch Sie beide Eltern verloren hat? Das seit ihrem achten Lebensjahr keine Kindheit mehr hatte, dann keine Jugend, dann kein Leben. Keinen stolzen Papa bei der Abifeier, keine tröstende Mama beim ersten Liebeskummer, keinen ersten Urlaub mit der Clique, keinen Brief der Eltern mit guten Wünschen zum Start des Studiums. Haben Sie Aya einmal in die Augen geschaut? Haben Sie schon einmal so leere Augen gesehen?«

In diesem Moment sah Jay die Hand.

Eine Zehntelsekunde dauerte es.

Die Hand hinter der Säule packte die Pistole, drehte sie zur Seite, die andere Hand zog Jays Finger vom Abzug.

Sobald er den Halt verlor, schlug sein Gegner ihm mit der Waffe ins Gesicht.

Jay sank zusammen.

Ein Tritt in die Beine zwang ihn auf den Boden.

Als er nach oben sah, blickte er in den Lauf seiner Dienstwaffe.

»Ich will doch nur endlich meine Ruhe.«

Bäumerts Stimme war brüchig, er zitterte.

65

Vogelperspektive

Auf einmal lief alles wie automatisch. Sein Arm, sein Kopf, das Blut, Mouhamadou Diallo spürte nichts mehr davon, seine Seele, so fühlte es sich an, war seinem Körper entstiegen und schaute bereits von oben zu. Er sah sich selbst, wie er seine Hände erhob, hinter dem Hinterkopf verschränkte, mühevoll, aber widerstandslos der Anweisung folgte. Er sah sich aus der Halle gehen, humpelnd, in die Dunkelheit, Aissa an seiner Seite, die seinen Blick suchte und auf irgendetwas wartete. Es war zu spät. Der Mann neben Aissa, er, Mouhamadou, hatte alles falsch gemacht, und deshalb würden sie alles verlieren. Angst davor spürte er nicht mehr, die letzten Stunden hatte er Angst, um sein Leben, um die Familie. Jetzt war nichts mehr übrig. Er ging und ging, vernahm die Schritte hinter sich, spürte die auf Aissa und ihn gerichtete Waffe im Rücken.

»To the car«, hörte er den großen Mann hinter sich sagen. Mo kannte ihn, hatte ihn schon einmal gesehen, ganz kurz, vorhin auf der Polizeiwache. Er war einer von denen.

Sie hatten Pech gehabt, waren zu langsam gewesen, Aissa und er, irgendwann musste ja jemand kommen. Sie hatten das Auto gehört und waren zurück in die Halle gegangen, hofften auf einen Zufall. Doch es gab keinen Zufall, nicht mit der deutschen Polizei. Mit gezogener Waffe war der Mann in die Halle gestürmt, fuchtelte vor ihren Augen herum, mit dem Blick eines Verrückten.

»Open.« Aissa öffnete die Beifahrertür und stieg ein. Mo wurde auf die andere Seite des Autos geführt.

Eigentlich, dachte Mo, eigentlich war es kein Pech. Man hätte früher abhauen können, er hätte sich früher aufraffen können. Durst und Schmerzen hin oder her, er hatte eine wochenlange Flucht überlebt, davor das Chaos in der Heimat, später die Demütigungen in Deutschland. Aber er hatte keine Lust mehr. Er hatte aufgegeben. Auch jetzt dachte er überhaupt nicht an Gegenwehr. An Flucht oder Angriff. Er war müde, ausgelaugt. Damals, als er hier ankam, war die ganze Kraft, die ihn die lange Reise gekostet hatte, nach wenigen Tagen wieder aufgetankt. Doch alles danach hatte ihn mürbe gemacht. Er war ausgetrocknet, ohne Saft, ein Haufen Staub war er noch, mehr nicht.

Er setzte sich auf den Fahrersitz, hörte das leise Schluchzen Aissas neben sich. Sie sprachen kein Wort, nicht einmal das funktionierte noch.

Der große Mann war jetzt direkt vor der Scheibe, entfernte sich, wurde kleiner, war ein, zwei Meter weiter weg, dort, wo die Polizisten lagen. Mo sah in den Lauf der Pistole.

War das wieder Abschreckung? Er hatte genug von Abschreckung. Sollte man ihn einfach erschießen. Keine Spiele, keine Tricks.

Als wolle er eine bessere Sicht auf die Geschehnisse bekommen, blickte er wieder von oben auf die Szene. Fühlte sich über dem Auto schwebend, dabei saß er doch mittendrin.

Was würde passieren?

Würde man ihn zwingen, gegen eine Wand zu fahren?

Würde Mo den Schlüssel umdrehen und den Mann mit der Pistole totrasen?

Er war gespannt, als hätte er selbst keinen Einfluss auf den Fortgang der Handlung. Sein Bewusstsein war Zuschauer, sein Körper hörte nur noch auf die Befehle.

Er war nicht mehr.

Und so glaubte Mouhamadou Diallo tatsächlich, er sehe von oben zu, als der Mann sich über den einen der toten Polizisten beugte, mit dem Hemdärmel über der Hand dessen Waffe hervorholte, die eigene Pistole senkte.

Als der Schuss abgefeuert wurde.

Als die Frontscheibe zerbarst.

Der Schuss, der ihn traf.

Und der nächste.

Und der nächste.

Er hörte das Schreien, erneute Schüsse, kein Schreien mehr.

Au revoir, dachte Mo, und sah sich weiter aufsteigen.

Doch ein Wiedersehen mit dieser Welt sollte es nicht geben.

66

Brillenbügel

Jay merkte, wie sein Jochbein schmerzte.

»Noch ein Mord?« Er hielt sich eine Hand ans Gesicht. »Nummer fünf?«

Bäumert sagte lange nichts. Er stand da mit der Waffe in der Hand, und es wirkte, als spiele er im Kopf alle möglichen Szenarien durch. Aber es gab für ihn nur ein Szenario, wie bei Sprenger, wie bei Grzesinski. Arsch retten.

»Es hätte doch alles vorbei sein können, wenn Sie nicht …« Er beendete seinen Satz nicht.

»Ja, ja, klar. Meine Schuld. Tut mir leid.« Jay tat Bäumert nicht den Gefallen, um sein Leben zu winseln.

»Was habe ich denn falsch gemacht?«, schrie Bäumert jetzt. »Das waren Kriminelle. Das waren Mörder. Die haben meine Kollegen umgebracht. In jedem anderen Land wäre man als Held …«

Wieder brach er ab, wollte sich nicht auf einen Dialog mit Jay einlassen.

»Und Sprenger? Grzesinski?«

»Ich gehe doch nicht jetzt in den Knast für eine Sache, die zwanzig Jahre her ist.«

»Doch, das werden Sie.«

»Nein.« Bäumert lachte auf.

»Dann schießen Sie. Trauen Sie sich.«

Bäumert ging einen Schritt zurück, zielte auf Jays Kopf.

»Los, schießen Sie.«

Jay sah, wie der Mann zitterte.

»Sie Waschlappen!«, brüllte Jay ihn an. »Schießen Sie!«
Dann ertönte der Schuss.

Das Schüsschen.

Das Klicken der ungeladenen Waffe.

Und während Bäumert ihn entsetzt ansah, regungslos dastand, sah Jay schon, wie sie alle hervorkrabbelten. Die schwarzen Käfer mit ihren dicken Panzerungen. Sie strömten aus der Halle, zwei seilten sich vom Dach ab, noch mehr kamen aus der Dunkelheit, aus Richtung einer der anderen stillgelegten Produktionsanlagen. Helle Strahler gingen an, blendeten Jay und Bäumert. *Polizei! Auf den Boden!*, hörte er von allen Seiten, Waffen umzingelten den Mann mit der randlosen Brille vor ihm. Polizeiwagen fuhren vor, auch einen Krankenwagen erkannte Jay aus dem Augenwinkel, noch immer auf der Laderampe liegend.

Bäumert ließ die Waffe fallen, sank auf die Knie, nahm die Hände hinter den Kopf, wie er es vermutlich so oft in seinem Leben bei anderen gesehen hatte. Sofort kamen drei der Schwarzgekleideten, pressten ihn auf den Boden, zwei andere halfen Jay auf.

»Schmitt«, sagte Bäumert leise.

Jay lief auf den am Boden liegenden Mann zu. Die SEK-Beamten wollten ihn zurückhalten, doch Jay kniete sich neben ihn.

»Ich werde alles erzählen«, flüsterte Bäumert, »was Ihr Vater gemacht hat, was Sie gemacht haben.«

Jay nickte. Er entdeckte die Brille neben Bäumert, sie musste eben zu Boden gefallen sein. Er griff nach ihr, bog die Bügel zurecht und setzte sie ihm auf. Dann stand er auf und ging.

Er lief die Treppenstufen hinunter, schob seinen Kiefer hin und her. Bäumerts Schlag hatte wehgetan. An den unten wartenden Sanitätern ging er dennoch vorbei. Direkt daneben wartete Martha. Sie schüttelte den Kopf, halb bewundernd, halb entsetzt. Ob diese Show am Ende nötig gewesen sei? Wenn Aya Bäumert doch auf dem Foto erkannt habe? Von wegen! Jay lachte und merkte den ziehenden Schmerz der Gesichtsmuskeln. Sie hatte Grzesinski gesehen, nicht Bäumert, auf dem Gruppenbild von der Ausstellungseröffnung war ihr niemand bekannt vorgekommen. Er hatte Bäumerts Geständnis gebraucht.

Dann löste er das unter dem Mantelkragen versteckte Mikrofon, zog es hervor und drückte es Martha in die Hand.

Danke, Jay.

Er trottete weiter, sah Sonya und Marcel, blickte beide an, nickte ihnen anerkennend zu.

Er zog seinen Autoschlüssel aus der Tasche und lief zu seinem Wagen.

Wo er hinwolle, rief Sonya ihm hinterher.

Zu Aya. Damit sie zumindest ruhig schlafen konnte. Ihren Kummer würde Jay ihr nicht nehmen können, vielleicht zumindest die Angst. Ob Sonya mitkommen möge?

Sie nickte und stieg ein.

Inhalt

Danksagung

Ich danke den Experten, die mich bei der Recherche unterstützten: den fachkundigen Testlesern, allen voran Sophie de Haen. Dem Berliner Landeskriminalamt, namentlich den Mordkommissaren Detlef Knoll und Gerd Hasse. Dem Mitgründer von Fearless Democracy, Philip Husemann. Der ehemaligen Bundesjustizministerin Herta Däubler-Gmelin. Dem Leiter der Abteilung Rechtspolitik bei Pro Asyl, Bernd Mesovic. Dem Direktor des Programms Integration und Bildung bei der Bertelsmann Stiftung, Ulrich Kober, und Ralph Müller-Eiselt vom Programm Megatrends. Der stellvertretenden Leiterin der Abteilung Leitungsunterstützung und Grundsatz beim Bundesamt für Migration und Flüchtlinge, Katrin Hirseland. Dem Industrial Attaché beim Auswärtigen Amt, Björn Grözinger. Dem ehemaligen senegalesischen Fußballnationaltrainer Peter Schnittger. Dem Musiker und Veranstalter François Tendeng und der Deutschen Botschaft im Senegal. Dem Arzt für Innere Medizin und Nephrologie Dr. med. Oliver Vonend. Claire und Juliette Dérian, Anne Kimmritz und Lucas Vogelsang, die mir mit ihren jeweiligen Muttersprachen geholfen haben. Sowie dem YouTube-Nutzer ziererwelle, dessen Hobbyfilmerstreifzug durch das Berlin von 1995 ein wertvolles Dokument einer Zeit ist, zu der es noch keine achtzig Millionen Hobbyfilmer in Deutschland gab.

Autor

Philipp Reinartz, 1985 in Freiburg geboren, ist ein in
Berlin lebender Autor und Kreativer. Er studierte in Köln,
Saragossa und Potsdam unter anderem Geschichte und
Journalismus. Als Mitgründer und Geschäftsführer einer
Berliner Ideenschmiede beschäftigt er sich mit gesell-
schaftlichen Megatrends, hält Vorträge und arbeitet für
mehrere Hochschulen. Daneben schreibt er feuilletonis-
tische Texte, so etwa für *ZEIT online* und das *Süddeutsche
Magazin*. Nach seinem Debütroman »Katerstimmung«
im Jahr 2013 veröffentlichte er 2017 den ersten Jay-
Schmitt-Kriminalroman »Die letzte Farbe des Todes«.
Mit »Fremdland« bleibt er seinem Stil treu, eine viel-
schichtige Kriminalgeschichte mit überraschenden
Wendungen filmschnittartig prägnant zu erzählen.

Philipp Reinartz bei Goldmann:

Die letzte Farbe des Todes. Jerusalem Schmitt ermittelt
Fremdland. Kriminalroman

(beide auch als E-Book erhältlich)

G **GOLDMANN**
Lesen erleben